Jeanne Ryan • Das Spiel ist aus, wenn wir es sagen

cbt

Jeanne Ryan

Das Spiel ist aus, wenn wir es sagen

Aus dem amerikanischen Englisch
von Tanja Ohlsen

cbt

cbt

cbt ist der Jugendbuchverlag
in der Verlagsgruppe Random House

MIX
Papier aus verantwortungsvollen Quellen
FSC® C014496

Verlagsgruppe Random House FSC® N001967
Das für dieses Buch verwendete FSC® zertifizierte Papier *Super Snowbright* liefert Hellefoss AS, Hokksund, Norwegen.

Gesetzt nach den Regeln der Rechtschreibreform

1. Auflage 2013

Die Originalausgabe erschien 2012 unter dem Titel »Nerve« bei Dial Books, einem Imprint der Penguin Verlagsgruppe (USA), Inc, New York.
Aus dem amerikanischen Englisch von Tanja Ohlsen
Lektorat: Stefanie Rahnfeld
Umschlaggestaltung: init.büro für gestaltung, Bielefeld
KK · Herstellung: kw
Satz: Buch-Werkstatt GmbH, Bad Aibling
Druck: GGP Media GmbH, Pößneck
ISBN: 978-3-570-16271-2
Printed in Germany

www.cbt-jugendbuch.de

Für James, meinen Hauptgewinn

PROLOG

Drei Tage hatte sie warten müssen, bis um vier Uhr am Sonntagmorgen endlich auch die letzten Beobachter abgezogen waren. Wahrscheinlich mussten sogar die Verrückten irgendwann mal schlafen. Sie selbst brauchte auch dringend Ruhe, aber viel mehr noch sehnte sie sich danach, endlich wieder frei zu sein. Seit fast einer Woche hatte sie das Haus nicht mehr verlassen.

Sie schrieb ihren Eltern einen Zettel, warf ein paar Sachen ins Auto und fuhr los. Den ganzen Weg durch die Stadt und während der zweistündigen Fahrt in den Shenandoah-Nationalpark sah sie immer wieder hektisch in den Rückspiegel. Wenn sie die Strecke mit ihren Eltern und Geschwistern gefahren war, hatten sie immer irgendetwas gespielt, gesungen, sich Videos angesehen oder einfach vor sich hin geträumt. Dieses Mal wurde sie von einem wachsenden Gefühl der Panik begleitet.

Sie ignorierte bewusst die eindringlichen Ermahnungen ihrer Eltern, sich sofort nach Ankunft im Park bei einem Ranger zu melden, ließ das Auto am einsamsten Parkplatz stehen, den sie finden konnte, und lief einen von Sträuchern fast überwucherten Weg entlang. Am frühen Nachmittag müsste sie sich für einen Zeltplatz entscheiden, aber im Augenblick wollte sie nur im Wald verschwinden. Wenn sie den Beobachtern jetzt entkommen konnte, dann würde ihr die undurchdringliche Wildnis wenigstens für ein paar Tage etwas Schutz bieten.

Der Rucksack lastete schwer auf ihren Schultern, als sie sich den steinigen Berg hochkämpfte. Wenn sie den üppigen Farn beiseite schob, fielen ab und zu ein paar Tautropfen auf ihre Hände. Das verlockende Rauschen eines Wasserfalls trieb sie an. Er würde eine wohltuende Abwechslung zu dem Psychoterror sein, dem sie die letzten dreiundzwanzig Tage ausgesetzt gewesen war. Verdammtes Spiel!

Sie schlug nach einem tief hängenden Zweig, woraufhin Wassertropfen und Blätter auf ihren Kopf regneten. Aber was machte das schon, es war niemand da, der sehen konnte, dass ihr Laub auf der Haut klebte und in den Haaren hing. Allein der Gedanke an andere Menschen ließ verstörende Bilder in ihr aufsteigen. Und Ängste. Ängste, die am Rand ihres Bewusstseins verharrten und Gestalt anzunehmen schienen, diesmal in Form von leisen Schritten hinter ihr.

Sie blieb stehen und betete, dass sie sich das Geräusch nur eingebildet hatte. Wie so oft in letzter Zeit. Stehen bleiben. Konzentrieren. Nachdenken.

Die Schritte hielten einen Moment lang inne und erklangen dann wieder, schneller dieses Mal.

Da war eindeutig jemand hinter ihr.

Sollte sie sich hinter einem der dichten Büsche verstecken und denjenigen vorbeilassen? Wahrscheinlich war es nur ein Wanderer, der wie sie allein sein wollte, trotzdem schien ihr Verstecken die beste Lösung. Sie erhöhte ihr Tempo, um ihren Vorsprung zu vergrößern, und kroch dann in die schützenden Blätter eines dichten Rhododendronbuschs.

Die Schritte wurden lauter, und sie klangen schwer, was auf eine große Person schließen ließ. War das die »Konsequenz«, mit der die Spinner, die das Spiel kontrollierten, für den Fall gedroht hatten, dass sie sich den Beobachtern nicht zur Verfügung stellte? Aber niemand konnte sie dazu bringen, sich mit den Idioten einzulassen, die sie zu jeder Tages- und Nachtzeit anriefen, mit den Irren, die ihr bis aufs Klo folgten, oder mit den Geisteskranken, die diese grauenhafte Webseite erstellt hatten, auf der sie und die anderen Spieler in einem Fadenkreuz abgebildet waren.

Nachdem sie das gesehen hatte, hatte sie sich krank gestellt und war die letzte Woche zu Hause geblieben. Aber sie konnte sich nicht ewig verstecken und noch weniger konnte sie einstweilige Verfügungen gegen die ganze Welt erwirken.

Ihr Atem ging schneller und flacher, als sich die Schritte immer mehr näherten. Sie klangen sehr schwer. War das womöglich gar kein Mensch hinter ihr? Komischerweise beunruhigte sie der Gedanke an einen Schwarzbären weniger als der, dass ihr hier jemand begegnen könnte. Vielleicht waren die Schritte aber auch gar nicht real. Das alles konnte ein Traum sein, der genauso manipuliert wurde wie ihre Gedanken während des Spiels und selbst danach noch. Es wurde immer schwieriger zu unterscheiden, was tatsächlich passierte und was nicht. Wie bei dem Zettel, den sie in einer Zeitschrift gefunden hatte, als sie sich ins Einkaufszentrum geschlichen hatte:

Liebe Abigail, das Spiel ist erst zu Ende, wenn wir es sagen.

Wie hatte jemand wissen können, dass sie in genau diesen Laden gehen würde, um sich genau diese Zeitschrift anzusehen? Und nachdem sie hektisch jede andere Zeitschrift im Regal durchgeblättert hatte, um nachzusehen, ob darin auch irgendeine Nachricht versteckt war, hatte sie den Zettel nicht mehr wiedergefunden, so als sei er nie da gewesen. Wahrscheinlich hatte ihn einer der Unbekannten gestohlen, die jeden ihrer Schritte überwachten. Das war das Schlimmste: nicht zu wissen, wie ihre Feinde aussahen, während ihr eigenes Foto allen zur Verfügung stand wie eine perverse Art Sammelbild.

Jetzt gesellte sich ein Pfeifen zu den Schritten. Selbst sie mit ihrer blühenden Fantasie konnte sich nicht vorstellen, dass es ein Tier gab, das »Somewhere over the Rainbow« pfeifen konnte. Tränen stiegen ihr in die Augen, aber sie versuchte sich weiter einzureden, dass es einfach nur ein gut gelaunter Wanderer war.

Die Schritte hielten inne. Sie duckte sich tiefer zwischen die Blätter, als es in den Zweigen in der Nähe knackte.

»Ich weiß, dass du hier bist«, sagte eine dunkle Stimme.

Ihre Eingeweide schienen sich zu verflüssigen. Sie presste sich an den Baumstamm hinter ihr und wünschte sich, sie wäre hinaufgeklettert. Meilenweit war niemand in der Nähe, und ein kurzer Blick auf ihr Handy zeigte ihr, dass sie keinen Empfang hatte. Das passte. Zurzeit brachte ihr das Handy nur schlechte Nachrichten und Pech.

Plötzlich teilten sich die Zweige des Rhododendrons und gaben den Blick auf einen Mann mit dem Gesicht eines Pitbulls frei, dessen Atem nach gebratenem Speck roch. Oh Gott, da war es ja noch besser gewesen, nicht zu wissen, wie ihre Peiniger aussahen! Dieses Gesicht würde für den Rest ihres Lebens – wie lang auch immer es noch dauern mochte – eine Hauptrolle in ihren Albträumen spielen.

Fleischige Hände schoben die Zweige weiter auseinander.

»Komm raus, Süße, dann haben wir beide es wesentlich einfacher.«

Ihr ganzer Körper verkrampfte sich. Die furchtbare Angst, die sich in ihrem Bauch zusammenballte, war schlimmer als die, die sie in der letzten Phase des Spiels gespürt hatte, als sie in dem Raum voller Schlangen gewesen war. Damals hatte sie geglaubt, sie könnte keine größere Angst haben.

Trotz des wilden Hämmerns in ihrer Brust fand sie irgendwie die Kraft zu sagen: »Lass mich in Ruhe, du Arsch!«

Er fuhr zurück. »Es gibt keinen Grund, unfreundlich zu sein. Ich war einer deiner größten Bewunderer.«

Ihr Blick glitt durchs Unterholz. Nur in einer Richtung gab es einen Hauch Hoffnung. Mit einem Satz hechtete sie auf den Teil des Gebüschs zu, der am wenigsten dicht war. Trotzdem gab es noch genug Zweige, die ihr die Arme zerkratzten, als sie sich hindurchzwängte und auf den Pfad rannte. Dummerweise verstellte ihr der Mann den Rückweg zu ihrem Auto, weshalb sie nur weiter in das Waldgebiet laufen konnte.

Sie rannte los, gefolgt von den Schritten hinter ihr. Bald übertönte das Rauschen des Wasserfalls, der ihr Gesicht auf dem Weg zur Aussichtsplattform mit feinen Tröpfchen besprühte, alle anderen Geräusche. Der einzige Weg von dort aus führte über einen steilen, felsigen Abhang mit vom Moos glitschigen Steinen.

Hinter ihr erklang ein schrilles Pfeifen, das das tosende Wasser übertönte. Sie drehte sich zu dem Mann um, in dessen Hosentaschen sich unförmige Gegenstände beulten, die sie unwillkürlich an die Tatwaffen aus *Cluedo* denken ließen. Nicht dass der Kerl einen Kerzenleuchter oder ein Messer gebraucht hätte: Seine Arme waren so dick wie die Baumstämme neben ihm. Was wollte er? War er ein durchgedrehter Fan, der sie dafür bestrafen wollte, dass sie gestern Abend die »Aftershow«-Sendung mit den anderen Spielern nicht mitgemacht hatte? Die Hand entsetzt vor den Mund gepresst, hatte sie zugesehen, wie ihre Mitspieler Witze gerissen und gelacht hatten, obwohl ihre Mundwinkel verdächtig zuckten und sie dunkle Ringe unter den Augen gehabt hatten. Nach der Sendung hatte kein Einziger von ihnen auf ihre SMS geantwortet, als ob es gefährlicher wäre, etwas mit ihr zu tun zu haben als mit denen, die sie verfolgten. Das war alles so krank. Als sie sich letzten Monat bereit erklärt hatte, mitzuspielen, hatte niemand etwas von späterer Videoauswertung oder von Stalkern erzählt.

Sie kletterte über das schiefe Geländer der Plattform und klammerte sich an dem glitschigen Metall fest. Würde sie es zum Fluss runterschaffen, ohne sich das Genick zu brechen?

»Jetzt stell dich nicht so an, Abigail«, rief der Mann und griff in seine Hosentasche. »Komm her und sei ein bisschen kooperativ. Wir könnten ein Video drehen, das sonst keiner hat, und uns tausend Bonuspunkte sichern.«

Bonuspunkte? Dann war er also einer der persönlichen Beobachter, die Videos von den Spielern machten, um sich den Respekt der anderen Beobachter zu verdienen, der sich in Form von Stimmen beziehungsweise Bonuspunkten ausdrückte. Wenn es eine Möglichkeit gäbe, ihre Angst zu messen, dann hätte der Kerl den Jackpot geknackt. Aber würde er auch noch einen Schritt weiter gehen?

Bei dem Gedanken schnürte sich ihre Kehle zu. Tief Luft

holen und sich auf einen Ausweg konzentrieren, ermahnte sie sich.

Der Mann legte den Kopf schief, als würde er über Beleuchtung und Bildausschnitt nachdenken. Wollte er tatsächlich nur eine Aufnahme von ihr machen? Ihr stockte der Atem, als er langsam die Hand aus der Tasche nahm. Irgendwie fand sie es merkwürdig, dass ihr Leben nicht blitzschnell vor ihrem inneren Auge vorbeizog. Stattdessen erinnerte sie sich an einen Film, den sie in der achten Klasse in der Schule gesehen hatte: *Die Dame oder der Tiger?* Sie hatte sich damals darüber geärgert, dass der Film den Zuschauer am Schluss im Unklaren ließ. Warum hatte sich der Regisseur nicht einfach für ein Ende entscheiden können?

Und jetzt stand ein Fremder vor ihr, der entweder eine Kamera oder eine Waffe aus der Tasche ziehen würde, je nachdem, ob er ein Bild von ihr schießen oder sie erschießen wollte. Mit einem Schluchzer registrierte sie, dass ihr die zweite Möglichkeit beinahe lieber gewesen wäre, nur damit dieser Horror, zu dem ihr reales Leben geworden war, endlich ein Ende hatte.

Seine rechte Hand kam zum Vorschein und mit ihr eine schwarze Kompaktkamera, die wie ein hübscher kleiner Käfer glänzte. Sie stieß den Atem aus und unterdrückte ein weiteres Schluchzen. Also doch nur ein Foto. Vielleicht brachte sie, wenn sie sich anstrengte, tatsächlich ein Lächeln zustande, und das hier wäre vorbei. Dann könnte sie den Weg zurückhetzen, nach Hause fahren und sich den Rest des Tages in ihrem Zimmer verstecken. Oder auch noch länger. Irgendwann würden die Beobachter das Interesse an ihr verlieren, spätestens wenn eine neue Runde mit neuen Spielern begann.

»Und jetzt bitte hübsch lächeln!«, sagte der Mann.

Sie starrte ihn an und versuchte, die Mundwinkel zu heben. Eine Schweißperle lief ihr über die Schläfe, gefolgt von einer weiteren. Noch ein paar Sekunden, dann war es vorbei.

Klick.

Sie atmete auf. Okay, wenn es das war, was er gewollt hatte, gut. Na ja, nicht gut, aber erträglich.

Doch dann griff der Mann mit schiefem Grinsen in seine andere Tasche.

EINS

Ich bin das Mädchen hinter dem Vorhang. Im wahrsten Sinn des Wortes. Und wenn ich diesen Vorhang für den zweiten Akt aufgezogen habe, dann muss ich vierzig Minuten totschlagen, in denen keine Kostümwechsel anstehen oder Masken gemacht werden, es sei denn, einer der Schauspieler muss schnell nachgeschminkt werden. Ich hole tief Luft. Für einen Premierenabend ist bislang alles sehr glatt verlaufen, was mich leicht beunruhigt. Normalerweise geht bei der ersten Aufführung immer etwas schief. Das ist Tradition.

Ich überlege, ob ich in die Mädchengarderobe gehen soll, in der über Jungen getuschelt wird, oder lieber im Gang stehen bleibe, wo ich tatsächlich einen Jungen treffen könnte. Einen ganz bestimmten, um genau zu sein. Da sein Stichwort in zehn Minuten fällt, entscheide ich mich für den Gang und hole mein Handy heraus, auch wenn Ms Santana, die Leiterin unseres Theaterkurses, uns unter Androhung der Todesstrafe verboten hat, es während der Vorstellung einzuschalten.

Nichts Neues auf meiner ThisIsMe-Seite. Das ist nicht verwunderlich, da die meisten meiner Freunde im Stück mitspielen oder im Publikum sitzen. Ich poste eine Meldung:

Es gibt noch ein paar Tickets für die nächsten beiden Vorstellungen. Also, wenn ihr nicht schon eins habt: Kauft es jetzt!

So, damit habe ich meine Bürgerpflicht getan.

Zusammen mit der Nachricht lade ich ein Bild von mir und meiner besten Freundin Sydney hoch, dem Star des Stücks, das ich vor der Vorstellung aufgenommen habe. Das Foto sieht ein bisschen so aus wie aus einem dieser Kinderbücher, in dem Kleinkindern der Unterschied zwischen Extremen wie groß und klein erklärt wird: sie, die goldene Hollywood-Barbie, neben mir, der altmodischen Stoffpuppe, blass, mit dunkelbraunen Haaren und blauen Augen, die viel zu groß für mein Gesicht sind. Wenigstens leuchten sie unter dem Metallic-Lidschatten, den ich mir aus dem Theaterschminke-Fundus geliehen habe, blauer als sonst.

Auf meinem Handy ploppt die Werbung eines Modeversands auf, die mir zeigt, wie toll ich in einem der neuen Sommerkleider aussehen würde. Sommerkleider sind etwas, was man in Seattle selten braucht, vor allem im April, aber dieses fliederfarbene Kleid mit dem weit schwingenden Rock ist unwiderstehlich, deshalb lade ich ein Foto von mir hoch und gebe meine Größe und mein Gewicht an: eins dreiundsechzig und einundfünfzig Kilo. Während ich noch mit mir hadere, welche Angaben ich sonst noch machen soll, erklingt im Umkleideraum der Jungen ein vertrautes Lachen, dem kurz darauf sein Besitzer folgt. Matthew stellt sich so dicht neben mich, dass sich unsere Schultern berühren. Na ja, meine Schulter berührt seinen footballgestählten Bizeps.

Er neigt sich zu mir herunter, dass sein Mund fast mein Ohr berührt: »75 B, stimmt's?«

Ups, wie hat er meine Angaben auf dem Display so schnell erkennen können? Ich drehe das Handy so, dass er nicht mehr draufschauen kann.

»Das geht dich nichts an.«

Und außerdem habe ich eher Körbchengröße 75 A, vor allem heute Abend mit dem dünnen BH, der keine Wunder vollbringen kann.

Er lacht. »Du erzählst das gerade total Fremden, warum also nicht mir?«

Ich schalte das Display aus. »Das ist nur eine bescheuerte Werbung, kein richtiger Mensch.«

Er dreht sich um, sodass wir uns gegenüberstehen, stützt die Unterarme rechts und links von meinem Kopf an die Wand und sagt mit seiner seidenweichen Stimme, die sich immer so anhört, als würde er einem gerade ein Geheimnis verraten: »Ich würde dich total gerne in diesem Kleid sehen.«

Ich verstecke das Handy hinter dem Rücken. »Echt?« Im Vergleich zu seiner Stimme klingt meine eigene wie quietschendes Plastik. Ganz toll.

Er greift um mich herum und nimmt mir das Handy weg. »Vielleicht aber auch in etwas, hm, Bequemerem ...« Er stellt sich wieder neben mich, tippt auf dem Telefon herum und hält mir ein Bild von mir in weißer Unterwäsche vor die Nase. Meine Brüste sind überlebensgroß, mindestens im D-Bereich.

Mir steigt die Röte in die Wangen. »Witzig. Wie wäre es, wenn wir jetzt eins von dir machen?«

Er fängt an, sein Hemd aufzuknöpfen. »Super Idee. Ich stehe als Modell zur Verfügung.«

Im Gang wird es plötzlich sehr stickig. Ich räuspere mich. »Äh, du musst dein Kostüm anbehalten, also fangen wir doch lieber mit deinem virtuellen Ich an, ja?«

Oh Mann, kann man noch unverführerischer klingen?

Seine Augen glitzern noch grüner als sonst. »Gern, sobald wir damit fertig sind, die kleine Vee neu einzukleiden.«

Er fängt an, verschiedene Slips und Bikinis für mich auszusuchen. Jedes Mal wenn ich ihm das Handy wegnehmen will, hält er es lachend hoch. Ich versuche es mit einer anderen Taktik, mit Gleichgültigkeit. Fast funktioniert es und ich überrasche ihn mit einer blitzschnellen Bewegung. Nicht schnell genug, um mein Handy tatsächlich wiederzubekommen, aber immerhin treffe ich das Display an der richtigen Stelle, sodass sich die Modeseite schließt. Stattdessen taucht eine andere Seite mit der Werbung für ein Spiel auf: *Risk*. Ein Online-Spiel, das ein bisschen wie *Wahrheit oder Pflicht* ist, nur ohne die Wahrheit.

Unter einem Banner, auf dem steht: *Guck mal, wer da spielt!*, sind drei kleine Videolinks von Jugendlichen zu sehen, die verschiedene Challenges bestehen müssen.

Matthew zieht die Augenbrauen hoch. »Hey, lass uns mal das Mädchen ansehen, das den Ladendiebstahl spielen muss.«

Er hält das Handy so, dass wir uns gemeinsam das Video eines Mädchens mit einer Unmenge von Piercings anschauen können, die sich Nagellackfläschchen in die Taschen ihrer Camouflage-Hose steckt. Auch wenn sie nur so tut, als würde sie klauen, sieht schon allein diese Hose ziemlich verboten aus. Und wie kommt sie mit dem ganzen Metall im Gesicht durch die Sicherheitsschleuse am Flughafen, wenn sie mal verreist? Als ob sie meine fiesen Gedanken hören könnte, dreht sie sich in dem Moment zur Kamera und zeigt ihr den Mittelfinger. Das Bild zoomt auf ihr leicht unheimliches, wolfartiges Gesicht und ich ziehe unwillkürlich die Schultern hoch. Mit einem Grinsen marschiert sie aus dem Laden auf den Parkplatz, wo sie sich mit

Nagellack ein blutrotes X auf die Stirn malt. Sie hat die Fläschchen also tatsächlich geklaut.

Dann wird das Bild schwarz und Matthew bewertet das Mädchen mit vier von fünf möglichen Punkten.

»Ich hätte ihr höchstens drei Punkte gegeben. Es ging darum, so zu tun, als würde man klauen, nicht es wirklich zu tun«, sage ich. »Welcher Idiot filmt sich schon selbst dabei, wie er was Illegales macht?«

Er lacht. »Ach komm schon. Das war mutig. Du willst dich doch nicht etwa darüber beschweren, dass sie die Challenge besser erfüllt hat, als sie musste. Es wird bestimmt lustig, sie in der Live-Runde zu sehen.«

»Sag das bloß nicht Sydney. Sie wollte sich diesen Monat unbedingt bewerben, aber dann ist ihr klar geworden, dass die Live-Runde am selben Abend stattfindet wie die letzte Vorstellung.«

»Was? Reicht es ihr etwa nicht, hier im Stück mitzuspielen?«

Ich verlagere mein Gewicht von einem Fuß auf den anderen. Zwar ärgere ich Sydney immer wieder damit, dass sie eine Diva ist, aber das sage ich nicht hinter ihrem Rücken.

»Mit Highschool-Theater gewinnt man keinen Oscar.«

Achselzuckend tippt Matthew wieder auf meinem Handy herum.

»Hey, sieh dir mal den Typen an, der seinen Hund Suppe aus seinem Mund schlabbern lässt.«

»Ist ja eklig.«

Matthew gibt ihm trotzdem fünf Sterne. Gleich darauf taucht eine Anzeige auf: *Lade dein eigenes Video hoch, damit du die Chance hast, am Samstag in der Live-Show dabei zu sein. Es ist noch nicht zu spät!*

Er wedelt mit dem Handy vor meiner Nase herum. »Du solltest mitmachen, kleine Vee.«

»Hallo? Samstag bin ich für eure Maske zuständig, falls du dich noch daran erinnerst.«

»Ich meine ja nur, dass du eine dieser Probe-Challenges machen sollst, einfach nur so. Und wenn du tatsächlich für die Live-Show ausgewählt wirst, findet sich sicher jemand, der das mit der Schminkerei übernehmen kann.«

Offensichtlich glaubt er, ich hätte bei *Risk* keine Chance, und selbst wenn ich wider Erwarten gewählt würde, dann könnte auch jeder andere ein bisschen Fettschminke auf die Schauspielergesichter klatschen. Plötzlich fühle ich mich klein.

Ich zupfe unbehaglich an meinem Rock herum. »Wozu der Aufwand? Ich würde sowieso nie ernsthaft mitmachen.«

Als letzten Monat das erste dieser Spiele lief, habe ich zusammen mit meinen Freundinnen zu Hause die Live-Runden gesehen. Es war aufregend genug, nur Zuschauerin zu sein. Eine halbe Stunde lang hoch oben auf einem Haus zu stehen, die Zehen um die Dachkante gekrümmt? Nein danke.

Matthew scrollt sich durch die Homepage von *Risk*. »Hier ist eine Liste von Challenges, die du versuchen könntest: in einem Edelrestaurant mit den Fingern essen, in einen Asiashop gehen und nach Ziegenhod…«

»Ich werde nichts davon machen.«

Er tippt etwas in mein Handy. »Weiß ich doch. Ich ärgere dich nur ein bisschen, weil du so süß bist, wenn du rot wirst.«

Greta von der Requisite kommt aus der Kulisse und berührt Matthew am Arm. »In zwei Minuten bist du dran!«

Er gibt mir das Handy wieder, und erst als er schon zehn

Schritte weit weg ist, bemerke ich, dass er meinen ThisIsMe-Status von *Single* auf *Vielversprechend* gesetzt hat. Mein Herz macht einen kleinen Sprung. Obwohl es noch eine halbe Stunde dauert, bis der letzte Vorhang fällt, folge ich Matthew bis zum Bereich neben der Bühne. Er marschiert unter das Spotlight und nimmt seine Position links hinten ein, neben Sydney, wo sie sich necken, streiten, küssen und miteinander singen, bis die Aufführung endet.

Im Augenblick beherrscht Sydney die Bühne. Ihre blonde Schönheit ist dramatisch ausgeleuchtet, und ich verspüre einen Anflug von Stolz darauf, wie umwerfend sie aussieht. Mit meinem Make-up wird ihre natürliche Anmut perfekt in Szene gesetzt. Natürlich habe ich für Matthew noch mehr Zeit aufgewendet und jeden Millimeter seines Gesichts mit zärtlicher Fürsorge bedacht. Selbst aus sieben Metern Entfernung bekomme ich beim Anblick seiner glitzernden Augen weiche Knie.

Die nächste halbe Stunde spreche ich die Texte der Schauspieler auswendig mit, bis es zum Finale geht, wo die schicksalsgebeutelten Liebenden endlich wieder vereint werden. Matthew nimmt Syds Gesicht in seine Hände und ihre Münder treffen sich zu einem ein, zwei, drei Sekunden langen Kuss. Ich beiße mir auf die Unterlippe und versuche, meine Eifersucht zu unterdrücken, auch wenn Syd behauptet, Matthew wäre gar nicht so toll, wie alle sagen. Sie glaubt immer zu wissen, was für mich das Beste ist.

Die Schauspieler versammeln sich für den letzten Song um Sydney und Matthew und ich ziehe den Vorhang zu. Weil sie ihre Verbeugungen vor dem Vorhang machen, ist mein Bühnendienst damit beendet, und ich gehe in den Umkleideraum, um die Kostüme einzusammeln. Der Mädchenbereich riecht nach Haarspray und den roten Rosen, die in einem riesigen Strauß auf dem Tisch stehen. Ich lese das Kärtchen, das daran hängt. Natürlich für Syd. Ein paar Minuten später kommt sie auch schon atemlos und kichernd mit den anderen Mädchen in den Raum getänzelt.

Instinktiv umarme ich meine beste Freundin. »Du warst großartig. Hier, schau mal, was dir jemand geschickt hat.«

Sie quiekt entzückt auf, liest die Karte und macht große Augen. »Ein anonymer Bewunderer!«

Ihre gespielte Dramatik lässt mich aufstöhnen. »Anonym! Wahrscheinlich genau zwei Minuten lang, bis er angeschlichen kommt, um sich sein Dankeschön abzuholen.«

Syd riecht lächelnd an den Blumen. Sie ist diese Art von Aufmerksamkeit gewohnt.

»Und, hast du deine Eltern wegen heute Abend überreden können?«

Ich sinke ein wenig in mich zusammen. »Nein. Aber wenigstens geben sie mir für die Abschlussparty am Samstag Freigang aus dem Gefängnis.«

Nachdem ich mich jetzt geschlagene fünf Monate lang strikt an die harten Regeln meiner Eltern gehalten habe, konnte ich sie davon überzeugen, dass ich meine Freiheit wiederverdient habe. Es wird seit dem »Vorfall« das erste Mal sein, dass ich etwas mit meinen Freunden unternehmen darf, wenn man mal von den Proben für das Stück und den Besuchen in der Bibliothek absieht. Wobei der »Vorfall« nur in der Fantasie meiner Eltern wirklich ein Vorfall war. Meinen wiederholten Erklärungsversuchen, dass es nicht das war, wonach es aussah, wird nach wie vor nicht geglaubt.

»Dann geh ich auch nicht«, sagt Syd.

Ich schlage ihr spielerisch auf den Arm. »Sei nicht blöd. Du hast dir eine rauschende Nacht verdient. Du solltest es nur nicht so übertreiben, dass du am nächsten Morgen kratertiefe Augenringe hast. Auch meinen Maskenbildner-Künsten sind Grenzen gesetzt.«

Sie beginnt, ihr Korsett aufzuschnüren. »Bist du sicher? Was die Party heute Abend angeht, meine ich. In deine Visagistinnenfähigkeiten hab ich unbegrenztes Vertrauen.«

Ich helfe ihr mit der Schnürung am Rücken. »Na klar. Erzähl mir morgen alles, oder noch besser: poste Bilder.«

Als sie und die anderen sich aus ihren Kostümen geschält haben, sammle ich die Sachen ein und überprüfe, ob etwas gebügelt oder ein Fleck entfernt werden muss. Sydney umarmt mich noch einmal, bevor sie mit Greta und dem Rest der Mädchen verschwindet.

Ein paar Minuten, nachdem sie gegangen sind, steckt Matthew den Kopf in den Raum.

»Wie geht es der kühnen kleinen Vee?«

Auch wenn mir sein Anblick Bauchkribbeln verursacht, versuche ich, cool zu bleiben, und überprüfe eingehend die Ärmelaufschläge eines Tweedjacketts.

»Mir geht es gut.«

Was ist schon eine Premierenparty, wenn ich vor der Sperrstunde noch ein paar Minuten mit ihm zusammen sein kann? Ja, vielleicht ist mein Status tatsächlich vielversprechend.

»Gehst du mit Syd zu Ashley?«

»Sie geht, ich nicht.«

»Immer noch Hausarrest? Mensch, Mädchen, du solltest mehr lernen!«

Er und die meisten meiner Freunde glauben, meine Eltern seien deshalb so streng, weil ich so schlechte Noten schreibe. Nur Sydney kennt die Wahrheit.

»Immerhin darf ich zur Abschlussparty. Bis Mitternacht hab ich Ausgang.«

Wenn ich Matthew von meiner bevorstehenden Freiheit erzähle, hilft er mir vielleicht dabei, sie am Samstag besonders gut zu nutzen.

Er nickt zu den Rosen hin. »Weiß sie schon, von wem die sind?«

Einen Augenblick lang halte ich den Atem an. »Woher weißt du denn, dass kein Name draufsteht?«

Er zwinkert. »Ich hab da so meine Quellen. Wir sehen uns morgen!« Mit leisem Kopfschütteln sieht er mich noch einmal von oben bis unten an und sagt: »Eigentlich bist du viel zu hübsch, um hinter der Bühne zu arbeiten.« Damit geht er.

Das war's? Unsere Chance, allein zu sein, und er geht einfach? Mein Magen verkrampft sich schmerzhaft. Und warum interessiert er sich für die Rosen? Ich versuche, keine voreiligen Schlüsse zu ziehen, aber trotzdem gehen mir die unterschiedlichen Möglichkeiten durch den Kopf. Vielleicht ist einer seiner Freunde in Sydney verliebt, und er hat den Auftrag, vorzufühlen. Aber er hatte irgendwie unsicher geklungen, fast verletzlich. Hat er ihr die Blumen geschickt? Das einzig Tröstliche an dieser Option ist nur, dass Sydney den Strauß nicht einmal mit nach Hause genommen hat.

Zähneknirschend nehme ich den kleinen Schlüssel aus meiner Tasche und schließe den Schrank auf, der die Geheimwaffe aller Garderobieren enthält: eine Sprühflasche mit einer Mischung aus Wodka und Wasser. Das ist eine billige Methode, um die Kostüme aufzufrischen. Ms Santana hat behauptet, ich wäre die erste Schülerin, die das Spray ohne Aufsicht benutzen darf. Ich bin zwar froh, dass es wenigstens einen Erwachsenen gibt, der mir vertraut, aber wenn meine Eltern davon erfahren würden, wäre sie ihren Job los.

Schritte nähern sich, und Tommy, der Bühnenbildner, der auch die ganze Technik überwacht, erscheint im Türrahmen.

»Lief großartig heute Abend, was?«

Ich besprühe ein üppig mit Perlen besetztes Kleid, das ein wenig nach Schweiß riecht. »Ja, es lief superglatt.«

»Alle anderen sind schon weg. Wenn du fertig bist, bringe ich dich zu deinem Auto.«

Gäbe es einen Preis dafür, seine Kinder zu höflichen Menschen zu erziehen, hätten Tommys Eltern die besten Chancen darauf. Schon in der fünften Klasse hat er sich immer freiwillig angeboten, die Stopp-Schilder zu tragen, wenn wir Schülerlotsendienst hatten.

Ich wechsle in den Raum nebenan, um mich um die Kostüme der Jungen zu kümmern. »Okay, ich bin gleich fertig.«

Er folgt mir. »Ist alles in Ordnung?«

Ich lege die Hose von Matthew zusammen, die er über einem Stuhl hängen gelassen hat. »Klar. Es war nur eine anstrengende Woche.«

Er reckt sich gähnend. »Tja, wir beide haben wohl den Hauptteil der Arbeit hinter der Bühne erledigt.«

Ja, wir sind das Rückgrat der Show. Aber dafür gibt es keinen Applaus. Und auch keine Rosen. Ich blinzle die Tränen weg, bevor ich mich zu ihm drehe.

»Du hast einen tollen Job gemacht, Tommy. Niemand hätte die Kulissen so hingekriegt wie du.«

Während der Aufführung verwandelt sich die Bühne innerhalb einer einzigen Minute von einem im Krieg halb zerstörten afghanischen Dorf in einen coolen Club in Tokio. Es ist ein multikulturelles Stück.

Er zuckt mit den Achseln.

»Sei nicht so bescheiden. Du hast mindestens so viel Anerkennung verdient wie die Schauspieler.«

»Es hat seine Vorteile, nicht im Rampenlicht zu stehen.«

Meine Augenbrauen müssen fast meinen Haaransatz berühren, so erstaunt bin ich. »Nenn mir einen.«

»Privatsphäre.«

Mein Lachen hört sich an wie ein Zwischending zwischen Schnauben und Grunzen. »Und das soll ein Vorteil sein?«

Wieder zuckt er mit den Achseln. Als ich die letzten Kostüme fertigmache, summt mein Telefon. Eine SMS von meiner Mutter, die mich daran erinnert, dass ich in vierzig Minuten zu Hause sein muss. Seufz. Der Schraubstock wird angesetzt. Beim Löschen der Mitteilung fällt mir auf, dass Matthew die *Risk*-Seite offen gelassen hat. Das Spiel, von dem er weiß, dass ich es niemals spielen würde.

»Hältst du mich für eine Draufgängerin?«, frage ich Tommy unvermittelt.

Er macht einen Schritt zurück. »Eine Draufgängerin? Hm. Ich weiß nicht. Aber du kannst andere mitreißen. Weißt du noch, wie wir in der Fünften den Text der Schulhymne umgeschrieben haben?«

Dafür bin ich also bekannt? Für ein paar umgetextete Liedzeilen, die sich noch nicht einmal richtig reimen? Mit einer Grimasse halte ich ihm das Handy unter die Nase. »Würdest du je bei diesem Spiel mitmachen?«

Er sieht sich die *Risk*-Seite an. »Ziemlich sicher nicht. Es ist verdammt riskant.«

»Also nichts für mich, oder was?«

»Das habe ich nicht gesagt.«

Ich klicke mich durch die Seite, auf der die Challenges aufgelistet sind, mit denen man sich für die Live-Runden bewerben kann. Dazu werden die Preise gezeigt, die man gewinnen kann. Außerdem gibt es noch ein Video der Hauptpreisgewinner aus der letzten Runde beim Besuch einer Filmpremiere. Zwei Mädchen halten stolz den Schmuck in die Kamera, den sie für ihre Challenges gewonnen haben. Die Glücklichen.

Ich überfliege die Liste. Die meisten Challenges sind ziemlich schrecklich, aber es gibt eine, bei der man in ein Café gehen, sich mit Wasser übergießen und laut »Kaltes Wasser macht mich heiß!« rufen muss. Klingt irgendwie dämlich, ist aber weniger gefährlich, als Nagellack zu stehlen oder auch nur so zu tun. Ich sehe auf die Uhr. Das *Gotta-Hava-Java* liegt auf halber Strecke auf meinem Heimweg. Wenn ich mich beeile, könnte ich es schaffen. Und damit das »klein« aus Matthews Wortschatz streichen, das er grundsätzlich mit meinem Namen verbindet, selbst wenn er mir eine SMS schreibt, was er seit Beginn der Proben regelmäßig macht. Er schreibt süßes, flirtendes Zeug, vor allem spätabends.

Ich sehe Tommy abschätzend an. »Willst du mal etwas Außergewöhnliches tun?«

Er wird rot. »Du möchtest dich doch nicht für die Live-Runde bewerben, oder?«

»Auf keinen Fall. Es ist sowieso ziemlich spät, um noch ausgewählt zu werden. Aber wäre es nicht lustig, mal eine der Challenges auszuprobieren? Nur um zu sehen, wie das ist?«

»Äh, nein, eigentlich nicht.« Er blinzelt hektisch, als würden seine Kontaktlinsen auch langsam Feierabend machen. »Du weißt doch, dass diese Probe-Challenges sofort auf der *Risk*-Seite gepostet werden, und da man sich die Vorrunden kostenlos ansehen kann, werden das vermutlich jede Menge Leute tun.«

»Genau darum geht es ja.«

Er legt den Kopf schief. »Bist du sicher, dass es dir gut geht?«

Ich marschiere zum Schrank, um die Sprühflasche wegzuschließen. »Mir geht es gut. Und du musst auch nicht mitkommen. Ich habe nur gedacht, dass es lustig werden würde.«

»Vielleicht schon«, nickt er. Offensichtlich muss er nachdenken. »Okay, ich drehe das Video.«

Stimmt! Ich habe ganz vergessen, dass ich jemanden brauche, der mich dabei filmt. Ich nehme meine Tasche und gehe zielstrebig an ihm vorbei, ganz Lara Croft. »Also los!«

Er beeilt sich, zu mir aufzuschließen. »Wir können meinen Wagen nehmen.« Seine Eltern haben ihm zum Geburtstag einen actionfilmreifen Audi geschenkt.

»Nein«, widerspreche ich. »Wir nehmen meinen.«

Schließlich ist es meine Challenge.

In der Luft draußen hängt eine Feuchtigkeit, die zuvor noch nicht spürbar gewesen ist. Auch wenn ich mir gleich Wasser über den Kopf schütten werde, ist mir jetzt nicht nach Regen zumute. Tommy und ich laufen zu meinem zehn Jahre alten Subaru, dessen Lenkrad jedes Mal klappert, wenn ich auf die Bremse trete. Aber er gehört mir und er ist gemütlich. Wir steigen ein und fahren los.

Ich versuche, einen Hip-Hop-Song aus dem Radio mitzusummen, aber meine Stimme zittert vor Nervosität.

»Meinst du, irgendjemand im *Gotta-Hava-Java* checkt, dass es um eine Challenge für *Risk* geht?«

Tommy betrachtet das Armaturenbrett, als würde er versuchen, dort etwas Interessanteres zu entdecken als das mickrige Autoradio mit dem kleinen handgeschriebenen »Pump up the Volume!«-Sticker auf dem Lautstärkeknopf

»Ich glaube, die Stammkundschaft dort gehört nicht zur *Risk*-Zielgruppe.«

Lustig, wie leicht ihm der Begriff »Zielgruppe« über die Lippen kommt, als wäre er ein Marketingexperte. So etwas könnte auch mein Dad sagen. Plötzlich wird mir mulmig, als ich an das blasse Gesicht meines Vaters vor ein paar Monaten denke. Fassungslos saß er an meinem Bett im Krankenhaus und sagte immer wieder, wie wenig das, was ich getan hatte, zu mir passen würde. Mädchen wie ich würden nicht mit laufendem Motor in einer geschlossenen Garage enden. Stimmt genau, hatte ich geantwortet.

Ich schüttele den Gedanken ab.

»Dann mache ich mich also vor einem Haufen Leute zum Idioten, die keine Ahnung haben, dass das für ein Spiel ist. Perfekt.«

Letzten Monat hatte ein Sprecher den Zuschauern in verschwörerischem Flüsterton verkündet, dass die Spieler nicht sagen durften, dass es sich um eine Challenge handelt.

Tommys hochgezogene Augenbrauen sagen deutlich, was er von meinem Vorhaben hält, aber er ist viel zu höflich, um es laut auszusprechen. Stattdessen erzählt er mir von einer Doku über eine Business-Uni, an der mit knallharten Samurai-Methoden unterrichtet wird und deren Studenten sich beispielsweise an belebte Straßenecken stellen und singen müssen, um ihre Hemmungen zu überwinden.

»Vielleicht bringt dir das Ganze ja irgendwas«, meint er.

Ich betrachte ihn genauer. Eigentlich sieht er besser aus, als ich es vor mir selbst zugeben würde. Nicht dass wir je mehr als Freunde sein könnten. Mit seinen gut geschnittenen Gesichtszügen, seiner zuversichtlich-zupackenden Art und den reichen Börsenmakler-Eltern wird er wahrscheinlich noch vor unserem zehnjährigen Klassentreffen für ein politisches Amt kandidieren.

Plötzlich fällt mir ein, dass ich noch nicht einmal das Bewerbungsformular ausgefüllt habe.

»Kannst du schnell mal auf die *Risk*-Seite gehen und meine Angaben eintragen?«, bitte ich ihn.

Er schaltet sein Handy ein, liest die Fragen vor und tippt meine Antworten ein. Ich gebe Adresse, Telefonnummer, E-Mail-Adresse und Geburtsdatum an (24. Dezember – der unmöglichste Tag des Jahres). Als Notfall-Kontakte – was mir für eine zweiminütige Challenge ein bisschen übertrieben vorkommt – nenne ich Sydney, dann Liv, Eulie, Tommy und zum Schluss, nur zum Spaß, Matthew.

Fünf Minuten und zwei Runden um das *Gotta-Hava-Java* später habe ich einen Block entfernt einen Parkplatz gefunden. Als wir aussteigen, ist die Wärme des Tages vollends verschwunden, und der Rückweg zu meinem Auto verspricht unangenehm zu werden. Vorausgesetzt, ich ziehe die Challenge wirklich durch, was ein kleiner Teil von mir langsam zu bezweifeln beginnt.

Ich reiche Tommy meine Jacke. »Kannst du die so lange halten, damit ich mir hinterher etwas Trockenes anziehen kann?«

»Vielleicht sollte ich zur Sicherheit auch deine Tasche nehmen.«

Welcher andere Junge würde an so etwas denken? »Gute Idee.«

Tommy nimmt meine Sachen so vorsichtig entgegen, als hätte er Angst, sie kaputt zu machen, was im Grunde auch keine Katastrophe wäre, weil ich bei *Vintage Love,* dem Secondhandshop, in dem ich nebenbei arbeite, alles zum halben Preis bekomme.

Wir betreten das Café, und mein Herz schlägt schneller, als ich feststelle, dass es voll besetzt ist. Es ist eine Sache, sich eine Challenge auf einer Webseite auszusuchen, aber sie dann tatsächlich durchzuziehen, ist etwas völlig anderes. Durchziehen, ja, das ist das Problem. Wie beim Vorsprechen für das Theaterstück, bei dem ich davongelaufen bin, oder bei dem Referat in Geschichte, mit dem ich mich schwitzend vor der Klasse abgemüht habe. Wieso um alles in der Welt sollte ausgerechnet jemand wie ich bei so einem Spiel mitmachen?

Ich hole tief Luft und stelle mir vor, wie Matthew Sydney auf der Bühne küsst, während ich in den Kulissen stehe. Offensichtlich will ich der Welt irgendetwas beweisen. Danke an den Grundkurs Psychologie.

Tommy setzt sich an einen Tisch in der Mitte des Cafés, stellt unsere Sachen ab und zückt sein Handy.

»Auf der *Risk*-Seite steht, dass ich das live posten muss, damit wir die Aufnahmen nicht manipulieren können. Ich fange an, sobald du bereit bist.«

»Okay.« Ich gehe zum Ende der Schlange am Tresen und kämpfe gegen das seltsame Gefühl an, dass meine Beine nicht so funktionieren, wie sie sollen. Ich muss mich extrem konzentrieren, einen bleiernen Fuß vor den anderen zu setzen. Es ist, als würde ich durch einen Swimmingpool voller Sirup waten. Atmen, atmen, atmen! Wenn der Kaffee nur nicht so stark riechen würde. Die Lüftung hier ist miserabel. Meine Haare und die Sachen, die ich anhabe, werden noch ewig stinken. Ob Mom es merkt?

Das Pärchen vor mir streitet sich darüber, ob es vernünftig ist, abends noch Chai-Tee zu trinken, weil er Koffein enthält, und eine Gruppe von Frauen vor ihnen bombardiert den Barista mit Fragen über den Kaloriengehalt der Getränke. Ihr Geplapper geht mir auf die Nerven. Am liebsten würde ich sie anschreien, dass Leute, die Kalorien zählen, nichts in einem Laden zu suchen haben, der Unmengen von zuckrigen Törtchen anbietet.

Ich winke einem der Angestellten hinter der Theke zu, um auf mich aufmerksam zu machen. Er lächelt bloß und hantiert weiter an der Espressomaschine herum. Die Uhr an der Wand zeigt neun Uhr siebenunddreißig. Mist, nur noch dreiundzwanzig Minuten, bis ich zu Hause sein muss. Erst jetzt fällt mir ein, dass ich Tommy ja noch zu seinem Wagen zurückbringen muss, bevor ich mich auf den Heimweg machen kann. Ich drängle mich zum Tresen vor, was mir ein paar böse Blicke einträgt. Vielleicht geben sie Ruhe, wenn sie merken, was ich vorhabe. Mit einer Verrückten will sich niemand anlegen. Am Ende des Tresens steht ein Krug, der mit Eiswasser gefüllt ist. Ich nehme ihn von der Theke und gehe langsam zu Tommy zurück. Trotz meiner zitternden Arme und Beine bemühe ich mich, nichts zu verschütten.

Neun Uhr neununddreißig. Ich hole tief Luft und nicke Tommy zu, der auf sein Handy zeigt und etwas sagt, was ich nicht verstehe. Ein paar Leute runzeln die Stirn und sehen mich giftig an, weil ich mitten im Raum stehe. Tommy hält lächelnd den Daumen hoch und in meiner Brust wallt Dankbarkeit auf. Allein würde ich so etwas niemals schaffen. Vielleicht schaffe ich es nicht mal mit seiner Unterstützung. Mein Körper hört nicht auf zu zittern, und ich muss dem Drang widerstehen, in Tränen auszubrechen. Oh Mann, ich bin so eine Niete! Kein Wunder, dass mir beim Vorsprechen die Luft wegbleibt.

Ich starre die Uhr an und bekomme plötzlich eine Art Tunnelblick. Um mich herum wird alles schwarz. Das Einzige, was ich sehe, ist die Uhr, deren Ticken so klingt wie das Pochen von Edgar Allan Poes *Verräterischem Herz.* Das ist lächerlich. Es ist nur ein bisschen Wasser und eine Zeile Text. Syd würde sich den Krug ohne Verzögerung über den Kopf schütten und dabei ihre Lieblingsnummer aus *Les Miserables* schmettern. Aber ich bin nicht Syd.

Mein Herzklopfen wächst sich zu einem Wummern aus und mir wird schwindelig. Jedes einzelne Molekül in meinem Körper will flüchten. Oder schreien. Oder beides. Ich zwinge mich zu atmen. In einer Minute ist die Challenge vorbei. Nur ein paar schreckliche Augenblicke lang muss ich noch durchhalten. Ich wische mir über die Wange. Als die Uhr an der Wand zwanzig vor neun zeigt, räuspere ich mich rau.

Schaffe ich es? Die Frage stellt sich mir noch, während ich den Krug schon über meinen Kopf hebe. Erstaunlicherweise tut mein Arm, was ich will. Mit kaum hörbarer Stimme flüstere ich »Kaltes Wasser macht mich heiß!« und lasse ein paar Tropfen auf meinen Kopf fallen.

Tommy blinzelt, als hätte er mich nicht gehört.

Ich hebe meine Stimme, die ein wenig brüchig klingt, und sage laut: »Kaltes Wasser macht mich heiß!« Dann gieße ich das Wasser über mich. Der eisige Schwall macht mir schlagartig den Kopf frei. Oh mein Gott, ich habe es geschafft! Und jetzt stehe ich triefend nass hier und wünsche mir mehr denn je, dass ich einfach unsichtbar werden könnte.

Neben mir ist eine Frau aufgesprungen und quietscht: »Was soll denn das?«

»Tut mir leid«, entschuldige ich mich, während mir das Wasser von der Nase tropft. Ich weiß, ich sollte irgendetwas tun, aber ich bin wie gelähmt. Nur meine Augen können eine Million Details auf einmal erfassen und die scheinen sich alle gleichzeitig über mich lustig zu machen. Mit größter Anstrengung löse ich mich aus der Erstarrung und wische mir mit dem Handrücken über das Gesicht, während mich ein Junge ein paar Tische weiter mit seinem Handy fotografiert. Ich sehe ihn böse an, worauf er gleich noch eine Aufnahme macht.

Tommy legt das Handy weg und starrt mich mit aufgerissenen Augen an.

»Äh, Vee, oh Mann … deine Bluse …« Er zeigt auf meine Brust. Auch ich sehe nach unten, werde aber von einem der Angestellten abgelenkt, der mit einem Wischmopp auf mich zukommt und missbilligend auf die Pfütze zu meinen Füßen deutet.

»Ich mache das schon«, sage ich und greife nach dem Mopp. Warum habe ich nicht daran gedacht, ein paar Servietten mitzunehmen?

Er hält den Stiel fest. »Glaubst du, ich würde dir so etwas anvertrauen? Wer weiß, was du damit anstellst. Geh zur Seite. Und wenn du nichts trinken willst, dann verlass bitte das Café.«

Mein Gott. Schließlich hab ich ihm nicht in den Mixer gespuckt.

»Tut mir leid«, stoße ich hervor und laufe zur Tür. Die kalte Luft draußen fühlt sich an wie ein Sprung in den Lake Washington.

Tommy holt mich ein und hält mir die Jacke hin. »Zieh die sofort an!«

Ich betrachte im Licht der Laterne meine Bluse und muss nach Luft schnappen. Als ich mich mit Wasser übergossen habe, habe ich nicht bedacht, dass ich eine weiße Baumwollbluse trage und dass mein BH aus dünnem Seidengemisch ist. Ich, die Kostümbildnerin, die Teilzeit in einem Modeladen arbeitet, hätte wissen müssen, welche Wirkung Wasser auf diese Stoffe hat. So, wie ich aussehe, hätte ich bei einer Wahl zur Miss-Wet-T-Shirt mitmachen können. Und das vor laufender Kamera.

Oh Gott, was habe ich getan?

ZWEI

Ich schnappe nach Tommys Handy.

»Lösch das Video! Los!«

»Kann ich nicht. Das hab ich live hochgeladen!«

Verzweifelt presse ich mir die Jacke vor die Brust. »Warum hast du nicht aufgehört, als du gesehen hast, dass ich fast nackt zu sehen bin?«

Er reibt sich über den Hinterkopf. »Ich war so damit beschäftigt, dich im Bild zu halten, dass es mir erst aufgefallen ist, als ich das Handy weggelegt habe. Keine Panik, ja? Auf dem Video sieht alles bestimmt ganz anders aus. Bei der Beleuchtung und der miesen Kameraauflösung ist wahrscheinlich gar nichts zu sehen«, sagt er, sieht aber selbst nicht so aus, als würde er das glauben.

»Kannst du nachschauen?« Gott, warum habe ich heute Morgen nicht den gepolsterten rosa BH angezogen?

»Nein, mein Handy speichert keine Kopien von Video-Chats. Das verbraucht zu viel Speicherplatz.«

Wir steigen in meinen Wagen, und ich wende ihm den Rücken zu, während ich schnell meine Jacke anziehe. Auch wenn ich gerne hier sitzen bleiben und über einen Ausweg aus dieser Katastrophe nachdenken würde – als ob es einen gäbe! –, muss ich doch in einer Viertelstunde zu Hause sein. Ich lasse den Motor an und stelle die Heizung auf volle Stärke, während ich zur Schule zurückfahre.

Tommy werkelt an seinem Handy herum. »Vielleicht gibt es ja irgendeine Möglichkeit, deinen Beitrag zurückzuziehen.«

»Ja, tu das! Sag ihnen, dass ich ihnen mein Einverständnis nicht erteile!«

Kurz darauf räuspert er sich. »Da steht, dass alles, was gepostet ist, automatisch das Eigentum von *Risk* ist. Mit der Registrierung für das Spiel hast du ihnen die Rechte für das Video übertragen.«

Ich schlage aufs Armaturenbrett. »Verdammt!«

In diesem Moment kommen wir am Schulparkplatz an. Bevor er aussteigt, sagt Tommy: »Denk dran, es gibt Tausende solcher Videos, und die meisten sind wahrscheinlich viel schlimmer als deins. Die Leute machen die verrücktesten Dinge, um für die Live-Runden ausgewählt zu werden.«

»Hoffentlich hast du recht. Aber ich muss in neun Minuten zu Hause sein, sonst … ich muss es einfach schaffen.«

»Ich verspreche dir, mit niemandem darüber zu reden.« Er legt kurz eine Hand aufs Herz und schlägt dann die Tür zu.

Ich muss schlucken und habe ein dumpfes Gefühl im Magen, während ich davonfahre. Wie hatte ich nur so dämlich sein kön nen? Wagemut gehört einfach nicht zu meinen Charaktereigenschafen. Schüchtern, fleißig, loyal … die ganzen langweiligen Steinbock-Eigenschaften: Das bin ich.

Unter Missachtung sämtlicher Geschwindigkeitsbegrenzungen rase ich nach Hause – wieder ein neuer Aspekt meiner Persönlichkeit. Aber ich bin nicht schnell genug. Als ich die Tür öffne, die von unserer Garage ins Haus führt, ist es zwei Minuten nach zehn.

Mom wartet wie ein Grenzposten. »Wo bist du gewesen?«

»Bei der Aufführung. Es gab ein kleines Problem mit dem Waschbecken im Umkleideraum, dabei bin ich nass geworden. Ich hab versucht, mich so schnell wie möglich wieder trocken zu bekommen. Tut mir leid, dass ich ein bisschen zu spät bin.«

Am liebsten würde ich mich übergeben, weil ich so lüge, aber es wäre auch niemandem geholfen, wenn ich die Wahrheit sagen würde.

Moms Gesichtsausdruck bleibt streng. »Du hast versprochen, um zehn zu Hause zu sein!«

»Mom, bitte! Es war ein Unfall!« Zu spät erkenne ich meinen Fehler. Irgendetwas als »Unfall« zu bezeichnen, versetzt meine Eltern selbst jetzt, fünf Monate später, noch in Panik.

Dad kommt aus der Küche zu uns. »Alles in Ordnung?«

Ob es noch andere Elftklässlerinnen gibt, deren Eltern um zehn Uhr abends hinter der Tür auf sie warten?

Ich ziehe die Jacke fester zu und streiche mir die feuchten Haare aus dem Gesicht. »Ja, nur ein kleines Waschbecken-Problem. Es tut mir leid.«

Dad versucht, locker zu klingen, aber seine Miene ist angespannt. »Warum hast du nicht angerufen?«

»Ich hab gedacht, ich würde es rechtzeitig schaffen. Aber da war eine rote Ampel zu viel.«

Gibt es eine Möglichkeit, den Verkehrsfluss zwischen hier und dem Theater zu überprüfen, um diese letzte Lüge auffliegen zu lassen?

Dad stellt sich neben Mom. Ich stehe einen Meter vor ihnen und wünsche mir, ich könnte aus meinen feuchten Sachen raus, aber so schnell komme ich an den beiden nicht vorbei. Sie sieht ihn an, er sieht sie an.

Ich verschränke die Arme.

»Alle meine Freunde sind jetzt gerade auf einer Party, während ich die ganzen Kostüme reinigen und mich um ein kaputtes Waschbecken kümmern musste. Findet ihr nicht, dass das genug Strafe für zwei Minuten Zuspätkommen ist?«

Sie sehen sich noch einmal an, dann seufzt Dad: »Gut, wir glauben dir.«

Wieder plagen mich Schuldgefühle, aber im Grunde genommen habe ich nichts Verwerfliches gemacht. Okay, wenn man davon absieht, dass ich mich gerade halb nackt vor einem weiß Gott wie großen Online-Publikum zur Schau gestellt habe.

»Danke. Ich gehe ins Bett, schließlich ist morgen Schule.« Ich halte die Luft an und hoffe, dass ich die Rolle der pflichtbewussten Tochter nicht übertrieben habe.

»Gute Nacht, Süße«, sagen sie wie aus einem Mund und umarmen mich. Manchmal glaube ich, es wäre einfacher, wenn ich kein Einzelkind wäre. Ob meine Eltern wohl zu alt sind, um noch ein Kind zu machen? Oh nein, das will ich mir lieber gar nicht vorstellen.

Oben ziehe ich meine Schlafsachen an und denke über den Verlauf des Abends nach. Hoffentlich hat Tommy recht und mein Video geht im Gewimmel der anderen unter. Trotzdem wälze ich mich die ganze Nacht von einer Seite auf die andere und gebe um fünf Uhr den Gedanken an Schlaf schließlich ganz auf. In den zwei Stunden, die mir bleiben, bis ich aufstehen muss, könnte ich Hausaufgaben erledigen oder sonst etwas Produktives tun. Aber sobald ich aus dem Bett steige, greife ich als Erstes nach meinem Handy. Nein, halt, auf dem Computer kann ich die Videos besser ansehen. Also setze ich mich an den Schreibtisch und schalte mit zitternden Händen meinen Laptop ein.

Ich brauche ein paar Minuten, bis ich die *Risk*-Seite finde und die Anordnung der Einträge durchschaut habe. Während ich klicke, ploppen Fenster auf, die mich daran erinnern, dass ein Junge bei der ersten *Risk*-Runde eine einwöchige Trainingsreise mit dem Tour-de-France-Team gewonnen hat und ein Mädchen ein Vorstellungsgespräch bei MTV. Sie zeigen die Fotos der glücklichen Gewinner. Nicht schlecht für einen Abend Angst, denke ich.

Während ich die Seiten überfliege, bessert sich meine Laune. Über fünfzigtausend Leute haben sich landesweit für die Live-Runden beworben. Samstagabend, also morgen, wählt *Risk* Bewerber aus zwölf Städten aus. Letztes Mal wurde die eine Hälfte der erfolgreichsten Teilnehmer aus den Live-Runden nach New York und die andere Hälfte nach Las Vegas geflogen, um im großen Finale um alles oder nichts zu spielen.

Ich werde fast übermütig, als ich merke, dass die Café-Challenge eine derjenigen ist, die am wenigsten Leute gewählt haben. Wahrscheinlich weil sie so leicht war, was gleichbedeutend mit langweilig ist. Umso besser. Ich klicke die Kategorie an und scrolle mich durch die Liste der Videoclips, bis mich beim Erkennen meines eigenen Clips fast der Schlag trifft.

Auf dem Bild ist mein verzerrtes, wasserglänzendes Gesicht zu sehen. Darunter zeigt ein kleiner Messbalken an, dass es über achtzig Kommentare zu dem Clip gibt. Das sind mehr als doppelt so viele wie für alle anderen Videos dieser Kategorie zusammen!

Ich hole tief Luft und klicke auf das Bild, um das Video zu starten. Da stehe ich, mit gequältem Blick, und starre auf einen Punkt zwischen der Wand und Tommys Kamera. Ich weiß noch genau, dass ich mir vorkam wie eine Idiotin. Und im Video sehe ich auch genau so aus. Warum habe ich es nur für eine gute Idee gehalten, diese Challenge anzunehmen? Bloß weil Sydney Blumen bekommen hat und ich nicht? Wie bescheuert. An so etwas müsste ich mich längst gewöhnt haben.

Ich höre Tommys Stimme: »Hier ist sie – das netteste, vernünftigste Mädchen, das ich kenne, und sie ist kurz davor, etwas zu tun, bei dem sie sich absolut nicht wohlfühlt. Wird sie es durchziehen?«

Ich hatte gar nicht mitbekommen, dass Tommy einen Kommentar dazu abgegeben hat. Was soll das denn? Im Video zögere ich, als wollte ich ihm antworten: Nein, verdammt noch mal, natürlich wird sie das nicht durchziehen. Einen Augenblick lang hoffe ich, dass der gestrige Abend nur ein wirrer Traum war. Aber das Mädchen im Video gießt sich das Wasser über den Kopf und prustet.

Tommys Kommentar dazu lautet: »Oh!«

Dann zeigt der Clip ein sehr nasses Mädchen mit sehr kleinen Brüsten in einer sehr durchsichtigen Bluse. Meine schlimmsten Befürchtungen sind wahr geworden.

Ich sehe mir die Kommentare unter dem Video an und mir wird immer schlechter. Einer lautet: *Hübsche Rosinen!* Und der ist noch der netteste. Ich knalle den Laptop zu, krieche wieder ins Bett und ziehe mir die Decke über den Kopf.

Eine Stunde später kommt summend eine SMS auf meinem Handy an. Ich ignoriere sie ebenso wie die nächste und übernächste. Haben meine Freunde das Video schon gesehen? Ich vergrabe mich tiefer in den Kissen.

Um halb acht ruft meine Mutter durch die Tür: »Liebling, ist alles in Ordnung? Du kommst noch zu spät!«

»Schon gut, ich bin gleich fertig«, lüge ich.

»Kann ich reinkommen?«

»Augenblick!« Schnell schlüpfe ich in meine Jeans und ein Top und unterdrücke ein Gähnen, als ich die Tür aufmache.

Mom wirft einen Blick in mein Zimmer, wahrscheinlich sucht sie nach einer Crack-Pfeife.

»Ich habe gestern Abend Spargelsuppe gemacht. Möchtest du welche zum Mittagessen mitnehmen?«

»Klingt gut, danke.«

Sobald sich die Tür wieder hinter ihr geschlossen hat, laufe ich zu meinem Handy. Die SMS sind von Sydney und Liv, die mir einen Kurzbericht von der Party gestern Abend schicken. Beide enden damit, dass sie sich gewünscht hätten, ich wäre dabei gewesen. Die letzte Nachricht ist von Tommy. »Ruf mich an!«

Ich wähle sofort seine Nummer. Als er abnimmt, sage ich: »Ich hab es gerade gesehen. Es ist schrecklich. Und was sollte dieser Kommentar von dir?« Eigentlich ist es mir egal, aber das ist leichter, als ihn zu fragen, was er von meinen Brüsten hält.

»Ich wollte es nur ein bisschen spannender machen und dir außerdem ein Hintertürchen offen halten, nur für den Fall.«

»Für den Fall, dass ich einen Rückzieher mache?«

»Für den Fall, dass du deine Meinung änderst. Dafür muss man sich nicht schämen.«

Ich massiere mir die Schläfe. »Na ja, vielen Dank. Auf jeden Fall war dein Kommentar wesentlich netter als das, was die meisten anderen geschrieben haben. Hast du gesehen, wie fies manche sind?«

Tommy räuspert sich. »Ignorier sie einfach. Es ist nicht so schlimm, wie du denkst. Bei ein paar Clips in der Kategorie nackter Hintern gibt es dreihundert Kommentare.«

»Kann ich nichts tun, um den Beitrag doch noch irgendwie zu löschen? Ich meine, ist es nicht illegal, ein Video von einer Minderjährigen zu zeigen, die ihren … äh … Busen präsentiert?«

»Über die Hintern-Videos scheint sich jedenfalls keiner zu beklagen. Und auf der *Risk*-Seite kann man niemanden direkt erreichen, da lassen sich nur Antragsformulare und Videolinks runterladen. Ich kann nicht einmal über den Provider jemanden identifizieren, es scheint, als würden sie irgendwo in Übersee sitzen und von Server zu Server springen.«

Ich reibe mir die Stirn. »Danke, dass du es versucht hast, Tommy.«

»Wenn wir niemandem etwas davon erzählen, besteht die Chance, dass es keiner sieht, den wir kennen. Und wenn morgen die Live-Runden beginnen, interessiert sich sowieso kein Mensch mehr dafür.«

Ich möchte ihm gern glauben. Was er sagt, klingt so logisch und beruhigend.

»Na gut. Was im *Gotta-Hava-Java* passiert ist, bleibt auch dort.«

»Genau.«

Auf dem Weg zur Schule zittern meine Hände und Knie vor Aufregung, was mich dort wohl erwartet, aber als ich ankomme, scheint alles normal zu sein. Zum ersten Mal bin ich froh über die strikte Schulregel, dass Handys im Gebäude nur in Notfällen benutzt werden dürfen. Ich versuche, so zu tun, als sei alles in Ordnung, und bis Mittag habe ich meine Panik tatsächlich fast vergessen.

Als ich am Nachmittag an Tommy vorbeikomme, der vor seinem Schließfach steht, flüstere ich ihm zu: »Alles gut!«

Nach der Schule erledige ich schnell meine Hausaufgaben, esse hastig zu Abend, denn Appetit habe ich sowieso keinen, und verspreche meiner Mutter, rechtzeitig zu Hause zu sein. Gegen fünf fahre ich ins Theater, wo alle schon ganz nervös und aufgeregt sind. Am liebsten würde ich als Erstes in den Technikraum laufen und nach Tommy sehen, aber Sydney stürmt auf mich zu und zeigt mir völlig begeistert eine positive Besprechung des Stücks, in der steht, dass die Chinook-Highschool möglicherweise ein paar zukünftige Stars heranzieht. Über dem Text prangt ein großes Bild, auf dem zu sehen ist, wie sie Matthew ohrfeigt.

Ihre Augen strahlen. »Ich liebe diese Szene!«

Matthew gesellt sich zu uns und reibt sich die Wange, als täte sie ihm immer noch weh. »Für meinen Geschmack liebst du sie ein bisschen zu sehr.«

Ich beobachte die beiden und suche nach Anzeichen dafür, dass mehr zwischen ihnen ist als nur Freundschaft. Bei Sydney erkenne ich nichts; sie verdreht nur die Augen und verschwindet im Umkleideraum der Mädchen. Matthew sieht ihr nach, aber bloß kurz, dann wendet er sich wieder mir zu und tippt mir auf die Nasenspitze.

»Klar für meine Maske, kleine Vee?«

»Sicher.«

Ich klemme mir meine Schminktasche unter den Arm und gehe mit ihm in den Umkleideraum der Jungen, den wir ganz für uns haben.

Ich nehme die Grundierung heraus und hole am Waschbecken ein Glas Wasser. Matthew hält seine Haare mit einem Band aus der Stirn, während ich einen Schwamm anfeuchte und mich ans Werk mache. Als ich mich über ihn beuge, um die Grundierung aufzutragen, legt er mir eine Hand auf die Hüfte. Ich schwöre, ich spüre die Wärme seiner Handfläche durch den Stoff hindurch.

»Ich hab dich gestern bei Ashley vermisst«, sagt er rau.

Wow, so etwas hat er noch nie gesagt. Vielleicht ist meine Zukunft ja noch »vielversprechender« als ich dachte.

»Ja, es ist echt schade, dass ich nicht kommen konnte. Aber wir hatten ja sowieso heute Schule. Die Party morgen Abend wird bestimmt besser.«

»Und was ist mit heute Abend? Vielleicht auf einen Kaffee oder so?« Sachte drückt er meine Hüfte.

Kaffee? Mir schnürt es die Brust zusammen. Er hat doch nicht etwa das Video gesehen, oder?

»Ich würde total gern, aber es geht wirklich nicht. Wir sehen uns ja morgen, okay?« Mit zitternden Fingern hole ich den Konturpuder für die Nasenflügel und den Kiefer heraus.

Ich würde ihn gerne fragen, woher sein plötzliches Interesse an Kaffee stammt, aber in dem Moment kommen ein paar Jungs herein und ziehen sich hinter einem Vorhang um.

Die Garderobe füllt sich immer mehr, während ich an Matthews Gesicht arbeite, und es ergibt sich keine Gelegenheit mehr, ungestört zu reden. Als ich mit ihm fertig bin, setzen sich der Reihe nach die anderen Schauspieler an den Schminktisch, dann gehe ich zu den Mädchen, um dort letzte Hand anzulegen, denn die meisten von ihnen machen ihr Make-up selbst. Ich muss mich beeilen, damit ich den Vorhang zum ersten Akt aufziehen kann. Eigentlich sollte das jemand anderes machen, aber die Requisiteure und das Team, das für die Spezialeffekte sorgt, müssen irgendwelche komplizierten Vorbereitungen für die Szene in dem afghanischen Dorf treffen.

Als der Vorhang offen ist, bleibe ich noch einen Augenblick in den Kulissen stehen, um mich zu vergewissern, dass alle so aussehen, wie sie aussehen sollen, dann gehe ich zurück, um meine Sachen aufzuräumen. Im Umkleideraum der Mädchen flüstern Ashley und Ria miteinander und verstummen schlagartig, als ich hereinkomme. Wir sind zwar nicht beste Freundinnen, aber sie haben sich in meiner Gegenwart noch nie so komisch benommen.

Ich sammle die benutzten Schwämme ein, um sie auszuwaschen.

»Gestern Abend haben alle anscheinend ziemlich viel Spaß gehabt. Echt blöd, dass meine Eltern mir nicht erlaubt haben, mitzukommen.«

Ashley nickt. »Verstehe.« Sie sprüht noch mehr Haarspray auf ihre Frisur, obwohl ihre Haare jetzt schon völlig einbetoniert sind. »Ähm, ist alles in Ordnung mit dir, Vee?«

Meine Schultern krampfen sich zusammen. Die Frage verursacht mir eine leichte Übelkeit; es ist die gleiche Frage, mit der mich vor fünf Monaten nach meinem einwöchigen Krankenhausaufenthalt alle bombardiert haben. »Alles in Ordnung«, antworte ich automatisch. »Wieso fragst du?«

»Och, nur so. Du siehst so müde aus.«

Na toll, das sagen Mittvierzigerinnen zueinander, wenn sie eigentlich *Du siehst alt aus* meinen.

»Wahrscheinlich brauche ich selbst ein bisschen Theaterschminke.« Ich zwinge mich zu einem Lachen und gehe schnell in den Umkleideraum der Jungen.

Dort sitzen John und Max und zwinkern mir zu. Oder bilde ich mir das bloß ein? Bin ich jetzt paranoid? Die Jungs hören nicht auf zu grinsen. Ohne weiteren Blickkontakt räume ich meine Sachen weg und gehe dann zur Feuertreppe raus, wo dank des strengen Rauchverbots glücklicherweise niemand steht.

Ich ziehe mein Handy heraus und öffne die *Risk*-Seite. Mittlerweile hat mein Video hundertfünfzig Kommentare. Traue ich mich, sie zu lesen? Einerseits bin ich zutiefst beschämt, andererseits auch ein klein wenig geschmeichelt, so viel Aufmerksamkeit zu bekommen. Aber nicht geschmeichelt genug, um die Kommentare zu lesen, daher klicke ich zur Ablenkung auf meine Lieblings-Shoppingseite und ziehe ein paar teure Haarpflegeprodukte auf meine Wunschliste, obwohl ich eher einen guten Haarschnitt bräuchte.

Der Gedanke an das Video macht mich so nervös, dass ich am ganzen Körper zittere und mir wünsche, ich müsste nicht reingehen, um den Vorhang für die Pause zuzuziehen. Und wenn ich es einfach jemand anderem überlasse? Aber das tue ich natürlich nicht. Ich bin die verantwortungsbewusste Vee – egal, was meine Eltern derzeit glauben.

Ich hole tief Luft, gehe hinein und laufe in die Kulissen. Sobald der Akt vorbei und der Vorhang gefallen ist, verschwinde ich schnell wieder zur Feuertreppe, aber Sydney holt mich ein.

»Ich muss mit dir reden!«

Oh-oh. Ich laufe weiter, als hätte ich sie nicht gehört, aber sie folgt mir nach draußen und zupft mich am Ärmel.

»Matthew hat gerade erzählt, dass du bei *Risk* mitmachst. Was soll das?«

Die Luft, die ich angehalten habe, entweicht aus meinen Lungen. Ich lehne mich an die raue Ziegelmauer.

»Okay, sei nicht sauer. Ich war nur so genervt, weil ich gestern Abend nicht auf Ashleys Party durfte. Also habe ich eine winzig kleine Probe-Challenge gemacht.«

Sydney atmet scharf ein. »Du hast *was?*«

»Ich weiß. Total blöd. Und es ist schiefgegangen. Ich musste mir Wasser über den Kopf gießen, aber dabei ist meine Bluse ganz durchsichtig geworden und … Oh mein Gott, es ist so schrecklich!« Ich vergrabe mein Gesicht in den Händen.

Sydney gibt ein missbilligendes Geräusch von sich. »Reg dich nicht auf. Wahrscheinlich ist es keine totale Katastrophe. Wir kümmern uns darum. Wo ist dein Handy?«

Mit dem Ellbogen zeige ich auf meine Tasche, weil ich die Hände nicht vom Gesicht nehmen will. Sydney zieht es heraus, und ich höre, wie sie darauf herumtippt. Als Beinahe-*Risk*-Spielerin weiß sie natürlich genau, wo sie suchen muss. Einen Augenblick lang bin ich tatsächlich froh, endlich einmal etwas als Erste getan zu haben, was Syd gerne gemacht hätte, aber bisher noch nicht geschafft hat. Doch das Gefühl währt nur so lange, bis mir klar wird, dass sie nie so dämlich gewesen wäre, am Ende so bescheuert dazustehen wie ich jetzt.

»Welche Challenge hast du genommen?«, erkundigt sie sich.

»Die mit dem Wasser im Café«, sage ich durch die Finger.

Sie klickt weiter. Dann: »Aha … Okay, verstehe.«

Ich lasse die Hände sinken. »Sag ich doch.«

Sie sieht mich ernst an. »Also gut, lass uns mal nachdenken.« Syd ist nicht nur blond und schön, sie hat auch einen Einser-Durchschnitt.

»Kein weiteres Nachdenken erforderlich. Ich will nach Hause.«

»Oh nein. Weglaufen macht die Sache nur noch schlimmer. Außerdem zeigt das Video ja nicht wirklich viel. Du warst nicht nackt. Vielleicht können wir die Sache ja zu deinen Gunsten umdrehen. Viele Promis haben ihren Durchbruch dadurch geschafft, dass irgendjemand ihre privaten Sexvideos veröffentlicht hat.«

»Äh, eine Karriere im Reality-TV ist aber nicht gerade das, was ich mir für meine berufliche Zukunft vorstelle.«

»Schon klar, aber was diese Mädchen so weit gebracht hat, war, dass sie immer den Kopf oben behalten haben. Also, Regel Nummer eins: Entschuldige dich nicht dafür. Wenn dich jemand darauf anspricht, dann zucke lächelnd mit den Schultern, als wolltest du sagen: *Das hätte doch jedem passieren können.«*

Ich nehme ihr das Handy weg und scrolle durch die Kommentare. Da ist tatsächlich einer von Matthew: *Kleine Vee, ich hätte nie geglaubt, dass du so was bringst!*

Na toll. Ich schließe die Seite und sehe nach meinen E-Mails, unter denen sich ein paar mit Betreffzeilen wie *Was ist das denn??!!* befinden, mit jeder Menge Ausrufe- und Fragezeichen. Eine stammt von einem Mädchen, von dem ich noch nie etwas gehört habe; im Betreff steht *Schlampe.* Wie ist sie an meine Adresse gekommen? Ich lösche die Nachricht ungelesen und schalte das Telefon aus.

Syd steht an der Tür. »Bist du so weit?«

»Ich glaube schon.«

Ich versuche, hoch erhobenen Kopfes in die Garderobe der Mädchen zu gehen. Aus den Augenwinkeln sehe ich, wie man sich nach mir umdreht.

Als wir reinkommen, verkündet Sydney: »Hey, Leute! Meine beste Freundin hat sich getraut, eine *Risk*-Challenge zu machen!«

Zuerst gucken die anderen Mädchen verwundert, aber als sie mich ansehen, lächle ich und zucke mit den Achseln, worauf sie kichern und mich anerkennend abklatschen. Sie wollen wissen, wie nervös ich gewesen sei, ob das mit der durchsichtigen Bluse Absicht gewesen wäre, und bestürmen mich mit weiteren Fragen. Ich antworte wahrheitsgemäß, weiche den Blicken nicht aus und rechtfertige mich nicht. Je länger ich darüber rede, desto besser fühle ich mich.

Matthew kommt mit breitem Grinsen herein und ruft: »Hey, Café-Girl! Für mich bitte einen Doppelten mit Schlagsahne!« Ich lasse es zu, dass er mich umarmt, und kämpfe gegen meine Verlegenheit an. »Ich hab dir doch gesagt, du gehörst auf die Bühne«, flüstert er mir ins Ohr.

Nachdem er mich losgelassen hat, holt er sein Handy heraus und spielt das Video ab, während sich alle um ihn scharen. Ich lache mit den anderen, obwohl ich mir wünsche, er würde es ausmachen. Kopf hoch, Kopf hoch, hämmere ich mir ein und hoffe, dass aus meiner gespielten Zuversicht angesichts dieser Schande irgendwann tatsächliche Gelassenheit wird. Nachdem Matthew das Video ein zweites Mal abgespielt hat, kommt Tommy herein und schaut verwundert.

Matthew hält ihm das Handy hin. »Alter, hast du Vees Challenge schon gesehen?«

»Sogar live. Das ist Tommys Stimme im Video«, erkläre ich.

Alle ziehen die Augenbrauen hoch und Matthew schlägt Tommy auf den Rücken.

»Gute Arbeit, Alter! Die Backstage-Crew zeigt den Schauspielern, wie es richtig geht!«

Wieder lachen alle und Matthew spielt das Video noch einmal ab. Tommy sieht mich fragend an, aber ich zucke nur mit den Schultern. Glücklicherweise blinken die Lichter über uns, um anzuzeigen, dass die Pause in einer Minute vorbei ist.

Als Matthew rausgeht, ziehe ich ihn beiseite.

»Wie bist du auf mein Video gestoßen?«

Er zuckt mit den Achseln. »Die von *Risk* haben es mir geschickt.« Damit ist er verschwunden.

Ich bleibe allein in der Garderobe zurück, und mein Herz schlägt so heftig, als wäre ich gerade ein Rennen gelaufen. Warum hat *Risk* mein Video ausgerechnet Matthew geschickt? Doch dann fällt es mir ein: Er war einer meiner Notfall-Kontakte. Nur komisch, dass sie es nicht auch an Sydney oder Tommy geschickt haben.

Am liebsten würde ich wieder auf die Feuertreppe flüchten, aber ich reiße mich zusammen und nehme meine Position in den Kulissen ein. Die Aufführung muss weitergehen. Und das tut sie auch, genauso glatt wie am Abend zuvor. Als sich Matthew und Syd küssen, stelle ich mir vor, dass ich es bin, die er in die Arme nimmt. Und kurz bevor sich ihre Lippen treffen, sieht er mich direkt an. Ich bin mir sicher, dass ich mir das nicht einbilde. Drei Sekunden – einundzwanzig, zweiundzwanzig, dreiundzwanzig –, dann trennen sie sich. Morgen auf der Party bin ich vielleicht an der Reihe.

Nach dem Stück kommen Liv und Eulie in die Garderobe, um allen zu gratulieren, vor allem aber vermutlich, um nach mir zu sehen. In der letzten Stunde hat mir jede von ihnen mindestens fünf SMS geschickt und nach dem Video gefragt, das sie von *Risk* bekommen haben. Ich versichere ihnen, dass das Ganze nur ein Spaß war und dass alles in Ordnung ist. Die beiden sind kritischer als meine anderen Freundinnen, fragen aber nicht weiter nach. Vorerst zumindest nicht.

»Möchtest du noch ein bisschen mit zu uns, bevor du nach Hause gehst?«, fragt Liv.

»Ich würde echt gern, aber bis wir bei euch sind, bleiben mir vielleicht noch zehn Minuten, und dann muss ich schon wieder gehen. Aber ihr kommt doch morgen Abend auf die Party, oder?«

Die beiden haben die Plakate für die Show entworfen und eine begeisterte Ankündigung für die Schulzeitschrift geschrieben, deshalb stehen sie auch auf der Gästeliste für die Abschlussparty.

Eulie lacht. »Liv muss mich zwar hinschleifen, aber ja. Wir kommen.« Sie verschränkt die Arme vor ihrem langen, schlanken Körper, der wie immer in unauffälligen Jeans und einem Sweatshirt steckt. Wenn es irgendjemanden gibt, den ich unbedingt umstylen möchte, dann ist sie das. Mit den richtigen Klamotten und dem entsprechenden Make-up könnte sie als

Syds Schwester durchgehen – abgesehen davon, dass sie genauso schüchtern ist wie Syd extrovertiert. Sie und Liv gehen, um den anderen zu gratulieren, während ich mich wieder um die Kostüme kümmere.

Matthew kommt zu mir, lässt sich in den Stuhl vor dem Schminktisch fallen und sieht mich prüfend an.

»Hast du Lust, heute mal ein bisschen später nach Hause zu gehen? Ich könnte noch ein paar Videos von dir machen.«

»Ha! Wenn ich später als zehn nach Hause komme, wird mein Hausarrest bis in alle Ewigkeit verlängert. Aber bis dahin sind es noch fünfunddreißig Minuten. Zwanzig davon können wir zusammen hier verbringen.«

Er sieht auf sein Handy. »Verdammt. Das reicht ja kaum, um uns ein Bier zu holen.«

»Brauchen wir das denn überhaupt?«

Er wischt sich über die Stirn. »Du vielleicht nicht, kleine Vee, aber ich habe Durst. Und zwanzig Minuten ... das haut zeitlich nicht hin, oder?«

»Wahrscheinlich nicht.«

Seine Freunde stehen ungeduldig an der Tür und rufen: »Komm endlich, Alter!«

Er steht auf und küsst mich auf die Stirn. »Ich kann die Party morgen kaum erwarten. Vielleicht sollten wir ein ›Bitte-nicht-stören‹-Schild an die Garderobentür hängen?«

Wow. Ich frage mich, ob in seiner Vorstellung von morgen Abend womöglich deutlich mehr Action vorgesehen ist als in meiner, aber ich sage nur: »Bis dann!«

Sydney, die sich aus ihrem Korsett befreit und in ein Minikleid gezwängt hat, das nicht viel mehr bedeckt als zuvor ihr Kostüm, kommt mit Liv und Eulie im Schlepptau in die Garderobe. »Ich glaube, du hast die Sache durchgestanden.«

»Dank deiner Hilfe. Und jetzt viel Spaß!« Für heute ist zwar keine offizielle Party geplant, aber es ist schließlich Freitagabend.

Syd macht einen Schmollmund. »Ich bin so froh, wenn dein Hausarrest endlich vorbei ist!«

»Nur noch ein Tag.«

»Dann vermassel es nicht.« Sie droht mir mit dem Finger. »Keine weiteren Challenges, klar?«

»Bist du verrückt? Ich muss sowieso gleich nach Hause.«

Sie, Liv und Eulie umarmen mich zum Abschied, und wie am Abend zuvor bleibe ich allein zurück, um aufzuräumen. Als ich fertig bin, setze ich mich mit meinem Handy hin, um ein paar Dutzend Nachrichten zu lesen. Überraschenderweise sind die meisten davon ziemlich schmeichelhaft. Eine der letzten Mails kommt von *Risk*. Am liebsten würde ich sie ungelesen löschen, aber dann öffne ich sie doch. Vielleicht wollen sie mir ja gratulieren, dass ich für eine so einfache Challenge so viele Klicks bekommen habe.

Als ich die Nachricht lese, macht mein Herz einen Sprung.

Hi Vee!
Du hast massenhaft neue Bewunderer!
Deshalb möchten wir dich zu einer weiteren vorentscheidenden Challenge einladen. Verpass sie nicht – es lohnt sich für dich!

Ich klicke auf einen Link, der ein Foto aus dem Video von meiner Challenge im Café zeigt, doch auf diesem Bild trage ich ein Paar unfassbar coole Schuhe, die ich vor ein paar Wochen auf meiner ThisIsMe-Seite gepostet hatte. Für die Dinger gibt es eine drei Monate lange Warteliste, wenn man sie in Braun haben will, und auf dem Bild ist die noch limitiertere Auflage in Apricot zu sehen. *Risk* muss ziemlich gute Beziehungen haben. Woher wissen die Spielemacher, dass ich mir diese Schuhe wünsche? Hat ihnen irgendjemand mein Passwort verraten?

Ich lese den Rest der Nachricht.

Um dir diese Schuhe zu sichern, musst du heute Abend noch einmal in das Café gehen. Ein Junge namens Ian (Bild folgt) wird den Laden um 21:40 Uhr betreten. Du verlangst von ihm, dir einen Café Latte zu kaufen. Während er ihn bestellt, stellst du dich in die Mitte des Cafés und singst mit geschlossenen Augen »One hundred bottles of beer on the wall«, bis er dir den Kaffee gibt.

Was? *Risk* will tatsächlich, dass ich noch mal in diesen Laden gehe, wo ich mich so zum Idioten gemacht habe? Na ja, vermutlich gibt es kaum einen besseren Ort, an dem ich mich noch weiter erniedrigen könnte. Aber es ist sowieso egal, ich werde es nicht tun. Keine weiteren Challenges. Das habe ich Sydney versprochen.

Aber diese Schuhe …

Und schließlich ist bis jetzt alles gut gegangen, oder? Außerdem spielt bei der neuen Challenge Wasser keine Rolle. Ich muss nur einen Jungen treffen und singen. Ich bin so in Gedanken vertieft, dass ich Tommy erst bemerke, als er neben mir steht.

»Schau mal.« Ich halte ihm mein Handy hin.

»Auf keinen Fall«, erklärt er.

Ich sehe auf die Uhr. »Wenn ich losfahre, kann ich es noch schaffen.«

Tommy wippt auf den Füßen vor und zurück, als hätte er Krämpfe. »Wenn du wirklich bei *Risk* mitmachen willst, dann trag dich morgen erst mal als Beobachter ein.«

»Warum sollte ich fürs Zuschauen zahlen, wenn die mich dafür bezahlen, selbst mitzuspielen? Ich habe in meinem Leben oft genug nur zugesehen.« Außerdem wünsche ich mir diese Schuhe so sehr, dass ich schon das Leder riechen kann.

Wir starren uns an wie zwei Cowboys in einem Western. Zwei ziemlich lächerliche Cowboys, die keine Ahnung haben, wie man einen Revolver abfeuert oder ein Pferd reitet, selbst wenn ihr Leben davon abhinge. Aber je länger ich über die Challenge nachdenke, desto mehr sage ich mir: *Warum eigentlich nicht?*

Tommy scheint meine Gedanken lesen zu können, denn er sagt: »Wenn ich es dir schon nicht ausreden kann, komme ich wenigstens als Kameramann und Bodyguard mit.«

Ich muss ein Lachen unterdrücken. Aber ein Nerd als Bodyguard ist besser als gar keiner. Wahrscheinlich. Außerdem brauche ich tatsächlich jemanden, der das Ganze filmt. Wir sind ein gutes Team.

»Aber diesmal nehmen wir beide Autos, damit ich schneller nach Hause komme.«

Während ich neben Tommy zu meinem Subaru laufe, klicke ich auf einen Link und fülle ein zusätzliches Formular aus, in dem ich einer Reihe von Bedingungen und Regeln zustimmen muss. Ich überfliege den Text nur und setze den Haken, dann stecke ich das Handy weg. Mein Nacken ist feucht vor Aufregung.

Bevor ich ins Auto steige, kommt mir plötzlich ein Gedanke. »Glaubst du, die Leute im Café holen die Polizei, wenn ich da noch mal aufkreuze?«, frage ich Tommy.

Er runzelt die Stirn. »Wahrscheinlich nicht sofort.«

Aus irgendeinem Grund muss ich über seine Antwort lachen. *Wahrscheinlich nicht sofort* wird reichen müssen.

DREI

Ich parke den Wagen um neun Uhr sechsunddreißig und schaue mir auf dem Weg ins Café auf dem Handy das Bild meines Challenge-Partners Ian an, das mir inzwischen zugeschickt wurde. Kinnlange dunkle Haare, ebenso dunkle, intensive Augen, scharf hervortretende Wangenknochen. Mit einem Wort: sexy.

Dieser süße Typ soll mir also einen Kaffee kaufen, während ich singend auf ihn warte? Mit dem ersten Teil komme ich klar, aber in der Öffentlichkeit singen? Vielleicht sollte ich doch lieber nach Hause gehen. Dann hätte ich zwar keine zum Sterben schönen Schuhe, aber das wäre besser, als vor Verlegenheit zu sterben. Ich rufe mir ins Bewusstsein, dass ich die Challenge gestern überstanden habe. Und dass ich Bewunderer habe. Na ja, wahrscheinlich sind das irgendwelche besoffenen Irren, die nichts Besseres zu tun haben, als sich Tausende von Videos anzusehen, um Zufallsaufnahmen von offenherzigen Dekolletees zu finden, aber immerhin.

Im Laden ist nichts von diesem Ian zu sehen, also stehe ich ein wenig unbehaglich herum, während sich Tommy einen Platz sucht.

Kurz darauf stürmen ein paar Kerle herein und sehen sich hektisch um, bis sie mich entdecken. Danach setzen sie sich an Tische in der Nähe und starren mich an. Auf den ersten Blick sehen sie aus, wie Jungs in Seattle eben so aussehen, bewaffnet mit Smartphones, aber geschmacklos angezogen. Als sie ihre Handys auf mich richten, wird mir klar, dass das die Beobachter sein müssen, die *Risk* geschickt hat, um meine Challenge aufzunehmen. Oh Gott. Aber es scheint nur logisch, dass *Risk* sehen will, wie ich unter dem Druck eines richtigen Publikums reagiere.

Meine Reaktion besteht darin, dass sich mein Magen verkrampft.

Ich knete die Hände, wippe auf den Zehenspitzen und sehe abwechselnd auf die Uhr und zur Tür. Wo bleibt Ian? Es ist zwanzig vor neun. Weiß *Risk* von meiner Ausgangssperre, so wie sie das mit den Schuhen gewusst haben? Ich bin mir sicher, dass ich mich auf ThisIsMe über meinen Hausarrest beschwert habe; wenn sie also auf meiner Seite waren, dann wissen sie das und noch eine ganze Menge mehr. Na ja, aber das ist ja auch kein wirklich großes Geheimnis.

Mir kommt es vor, als würde ich eine ganze Stunde warten, doch es sind nur zwei Minuten vergangen, als Ian kommt. Ich bemerke, dass er mich gleich erkennt, aber er sagt nichts. Ihm folgt ein superschlankes Mädchen mit einem Handy, die sich ein paar Schritte hinter ihm postiert. Ich schätze, er hat auch einen Bodyguard dabei.

Als er vor mir stehen bleibt, halte ich einen Augenblick die Luft an. Das Bild auf dem Handy hat seine glatte dunkle Haut und den geschmeidigen Gang in den perfekt abgetragenen Jeans nicht einfangen können. Aber würde es ihn umbringen, mal zu lächeln?

»Hey«, sage ich. »Holst du mir bitte einen Latte? Ich mag am liebsten Haselnuss.«

Er verzieht den Mund. »Tatsächlich?«

Wie bitte? Das ist doch auch seine Challenge, oder etwa nicht? Vielleicht war das Zauberwort *verlangen*.

Ich stelle mich auf die Spitzen meiner Ballerinas und schleudere die Haare zurück. »Was soll das heißen? Ich will einen Latte. Und zwar sofort.«

Er macht einen Schritt auf mich zu, sodass ich zu ihm aufsehen muss. »Wofür hältst du mich?«

Verdutzt antworte ich: »Du bist doch Ian, oder?« Meine Stimme klingt wie die einer Comicfigur.

»Ja.«

»Und ich bin Vee.«

»Für was ist das denn die Abkürzung?«, fragt er spöttisch.

Okay, das ist wirklich geheim. »Was spielt das für eine Rolle?«, gebe ich kühl zurück.

Er zuckt die Achseln. »Wahrscheinlich gar keine.« Trotzdem macht er keine Anstalten, mir einen Kaffee zu holen.

Ich atme laut aus. »Na gut, dann haben wir wohl beide verloren. Es sei denn, deine Challenge bestand darin, ein Arschloch zu sein.« Ich drehe mich zur Tür.

Er hält mich am Arm fest. »So schnell gibst du auf?«

Ich mustere ihn von unten herauf. Was ist das für ein Spiel, das er spielt?

»Holst du mir jetzt den Kaffee oder nicht?«

»Was ist dir das wert?«

Ein Paar extrem coole Schuhe, Blödmann. »Worauf willst du hinaus?«

Er neigt sich zu mir. »Meine Challenge hängt zum Teil von dir ab.«

Hmm. »Was heißt das?«

»Du musst sagen, dass ich ein fantastischer Liebhaber bin.« Seine Stimme ist so leise, dass ich ihn kaum verstehen kann.

»Wie bitte?«

»Du musst mir sagen, dass ich ein fantastischer Liebhaber bin. Und zwar laut.«

Gehört das wirklich zu seiner Challenge? Oder nimmt er mich auf den Arm? Vielleicht ist das seine Challenge? Was, wenn ich ihm sage, dass er ein großartiger Liebhaber ist, und er mir trotzdem keinen Kaffee bringt? Dann hat er seine Challenge gewonnen, aber ich meine nicht. Vielleicht ist es ja sogar seine Challenge, mich von meiner abzuhalten? Oh Gott, das ist erst meine zweite Challenge, und schon wittere ich eine Verschwörung. Will *Risk* das so?

Ich stemme eine Hand in die Hüfte und zeige mit der anderen auf ihn – eine Pose, die ich oft bei Sydney beobachtet habe, wenn sie etwas klarstellen will. »Geh zur Theke. Und sobald du den Kaffee bestellt hast, sage ich dem ganzen Laden, was für ein toller Hecht du bist.«

Er sieht mich einen Augenblick lang abschätzend an, vielleicht ist er ähnlich misstrauisch wie ich.

»Abgemacht«, sagt er schließlich und geht zum Tresen.

Ich fühle mich gut, bis mir siedend heiß einfällt, dass der schlimmste Teil meiner Challenge gerade erst anfängt. Ich hole tief Luft und mache die Augen zu, um die Gaffer um mich herum auszublenden. Wieder wird mir schwindelig und mein Herz schlägt unregelmäßig. Fühlt sich so eine Panikattacke an? Es ist alles noch viel schlimmer, wenn man nichts sieht. Ich hasse das. In meiner Vorstellung spielen sich die schrecklichsten

Dinge ab. Was, wenn irgendjemand hier die Challenge hat, mir eine runterzuhauen? Oder mir den Rock hochzuziehen? Ich fühle mich so verletzlich, dass mir die Tränen in die Augen treten. Oh verdammt, jetzt fange ich auch noch vor allen Leuten an zu heulen. Was für ein Fressen für *Risk!* Ich spüre Wut auf das Spiel in mir aufsteigen, Wut, die sogar die Panik überlagert. Gut. Halt dich an der Wut fest und sing.

Ich mache den Mund auf und überraschenderweise kommen sogar Töne heraus. Zitternd, schief, aber ich singe.

Nach der ersten Strophe fällt mir auf, dass ich ein weiteres Problem habe. Mit geschlossenen Augen kann ich nicht erkennen, ob Ian bestellt. Woher soll ich wissen, wann ich verkünden soll, was für ein umwerfender Liebhaber er ist? Womöglich macht er einen Rückzieher, wenn ich es zu früh tue? Ich singe weiter und bohre mir die Fingernägel in die Handfläche, bis es wehtut.

Aus allen Richtungen ertönt Gelächter. Vielleicht besteht Ians Challenge in Wirklichkeit darin, mir einen Espresso über den Kopf zu schütten. Ich zucke zusammen, als ich nur ein paar Zentimeter entfernt jemanden spüre.

»Er hat gerade deinen Kaffee bestellt«, flüstert Tommy und drückt mir ein Taschentuch in die Hand.

Ich könnte ihn umarmen.

»Danke«, sage ich zwischen den Strophen und wische mir die Tränen von den Wangen. Erst in diesem Moment frage ich mich, warum ich nicht einfach kurz die Augen geöffnet und zur Theke geschaut habe und warum Tommy gewusst hat, dass ich es nicht tun würde.

In mir regt sich Hoffnung. Ich habe meine Challenge fast überstanden. Obwohl da noch die kleine Hürde bleibt, Ian bei seiner zu helfen. Es sei denn, ich bin diejenige, die kneift und ihm damit seine vermasselt. Aber das tue ich natürlich nicht. Ich bin schließlich ein zuverlässiger Steinbock.

Ich kneife die Augen noch fester zusammen und rufe: »Du bist der beste Lover, den ich je hatte, Ian!« Von allen Seiten ertönt grölendes Gelächter. Mit brennenden Wangen fange ich wieder an zu singen.

Ein paar Minuten später spüre ich erneut jemanden neben mir.

»Hier ist ein Latte für die fantastischste Freundin aller Zeiten«, sagt Ian und beginnt dann, »Beautiful Girl« zu singen, und zwar mit einer so umwerfenden Stimme, dass er damit die Hauptrolle in jedem Schulmusical bekommen würde.

Ich öffne die Augen und nehme den Kaffee entgegen, während er weitersingt. In aller Öffentlichkeit ein Liebeslied gesungen zu bekommen ist fast genauso peinlich, wie selbst zu singen. Einer der Kerle, die uns filmen, hält den Daumen in die Höhe. Das Mädchen, das hinter Ian ins Café gekommen ist, lacht, während sie uns filmt. Zwei andere Mädchen tippen auf ihren Handys herum. Geben sie ihre Bewertungen ab? Ich ziehe meine innere Sydney zurate und winke so lässig wie möglich in die Handykameras, auch wenn ich mich nicht ernsthaft für die Live-Runden bewerben möchte. Ich will nur diese Schuhe. Und die habe ich mir verdient.

Gnädigerweise endet das Lied irgendwann. Okay, Challenge vorbei. Gott sei Dank.

Ich halte die Kaffeetasse hoch und sage zu Ian: »Bravo!«

Er verneigt sich und posiert für die Beobachter, besonders für seine Model-Kamerafrau, die wahrscheinlich seine echte

Freundin ist. Dann lächelt er. Wie sehr das sein Gesicht verändert! Seine Zähne sind regelmäßig und schneeweiß und in seinen Wangen bilden sich umwerfende Grübchen.

Tommy kommt ein wenig angespannt auf uns zu und mustert Ian kurz, bevor er sagt: »Es ist elf vor zehn.«

»Ich muss los«, sage ich zu Ian. »Vielen Dank für den Latte und den Song!«

Er winkt den Mädchen zu, die immer noch auf ihre Handys eintippen.

»Tut mir leid, dass ich so arschig war«, entschuldigt er sich. »Aber dich zu ärgern, bevor ich dich darum bitte, das mit dem Liebhaber zu rufen, gehörte zu meiner Challenge.«

»Schön zu wissen, dass das kein wahrer Charakterzug von dir ist.«

Er starrt mich an, als wollte er mich ergründen und käme dabei nicht besonders weit.

»Du hast die Challenge echt toll hingekriegt. Ich bin beeindruckt.«

Meine Brust schwillt an vor Stolz. »Du aber auch.«

Der Angestellte, der gestern hinter mir her geputzt hat, sieht uns finster an. Das ist mein Zeichen für den Abgang.

»Viel Glück, Ian!«, rufe ich und ziehe Tommy mit nach draußen.

Kalte Luft schlägt mir entgegen. Aber anders als am Abend zuvor ist sie heute erfrischend. Ich habe es geschafft. Ich habe es tatsächlich geschafft! Während wir lachend zu unseren Autos laufen, verliere ich fast einen Schuh, was ziemlich gut passt, denn ich komme mir vor wie Cinderella, die vom Ball flüchtet.

VIER

Tommy schüttelt den Kopf, als könnte er nicht fassen, dass ich die Challenge wirklich durchgezogen habe.

»Gratuliere!«

Ich hüpfe den Gehweg entlang. Wann habe ich so etwas zum letzten Mal getan?

»Danke, dass du mir beigestanden hast, Tommy. Ohne dich hätte ich das niemals geschafft. Wenn du ein Mädchen wärst, würde ich dir meine frisch gewonnenen Schuhe leihen.«

Sein Lächeln verblasst ein wenig. »Äh, danke.«

»Du weißt, wie ich es meine. Du warst toll!« Ich steige in mein Auto. »Ich wünschte, wir könnten jetzt ein bisschen feiern, aber du kennst ja meine Eltern.«

»Ja. Bis morgen!« Einen Moment lang bleibt er stehen, als würde er darauf warten, dass ich noch irgendetwas sage, dann macht er mit einem verlegenen Achselzucken die Autotür zu.

Auf dem Heimweg stelle ich das Radio laut und schmettere einen Country-Hit mit, der davon handelt, wie sich ein Mädchen an einem Kerl rächen will, der sie zutiefst verletzt hat. Warum sind solche Songs so lustig? Eine Minute zu früh fahre ich in die Garage. Perfekt. Ich tänzele durch den Gang und würde am liebsten »Everything's Coming up Roses« von Gypsy singen, aber das würde zu viele Fragen von Mom nach sich ziehen, die im Wohnzimmer sitzt und so tut, als würde sie lesen.

Ich umarme sie und hoffe, dass ich nicht nach Kaffee rieche.

»Die Vorstellung lief großartig!«

»Wie schön, Liebling. Dein Vater und ich freuen uns schon darauf, sie morgen selbst zu sehen.«

»Der dritte Abend ist immer der beste. Ihr werdet froh sein, dass ihr gewartet habt.«

Ich tanze die Treppe hinauf und summe vor mich hin, während ich mich fürs Bett fertig mache. Mit einem Lied aus der *West Side Story* im Kopf schlafe ich lächelnd ein.

In meiner Glückseligkeit habe ich vergessen, mein Handy auszuschalten, dessen Summen mich um acht Uhr weckt. Ich ignoriere es, drehe mich um und träume weiter von Matthew und von sexy Jungs in Cafés.

Wieder summt das Telefon und dann noch mal. Wer will denn schon so früh etwas von mir? Dann fällt es mir plötzlich ein. Die Challenge! Schnell lasse ich den gestrigen Abend Revue passieren. Das Video kann eigentlich nichts Peinliches enthalten.

Trotzdem springe ich auf und werfe einen Blick auf das Display.

Die erste Nachricht ist von Sydney.

Wie konntest du nur?

Oh. Ich habe vergessen, dass ich ihr versprochen hatte, keine Challenge mehr zu machen. Aber wenn sie erst die Schuhe sieht … Schade, dass ihre Füße zwei Nummern größer sind als meine, denn wenn ich sie ihr leihen könnte, würde sie das ganz schnell wieder beruhigen.

Auch die nächsten Nachrichten sind von ihr. Sie klingen ziemlich sauer. Warum regt sie sich so auf? Doch dann fällt es mir ein. Sie hatte selbst vorgehabt, sich für *Risk* zu bewerben. Im Gegensatz zu mir wollte sie es wirklich. Meine Challenges erinnern sie wahrscheinlich schmerzhaft daran, dass sie nicht mitmachen kann, zumindest nicht in diesem Monat. Aber deswegen muss sie doch nicht gleich so neidisch sein. Ich habe ja schließlich nicht vor, an den Live-Runden teilzunehmen. Meine Challenges waren nur so zum Spaß. Na ja, es ging nicht wirklich um Spaß, sondern um Schuhe.

Erst nach dem Frühstück schreibe ich ihr zurück und schicke ihr das Bild von den Schuhen, das ich von *Risk* bekommen habe. Im nächsten Moment klingelt das Handy. Oh-oh.

Als ich drangehe, sagt sie ohne Begrüßung: »Die Schuhe sind mir total egal! Du hast gesagt, du würdest es nicht noch mal machen! Was, wenn wieder etwas schiefgegangen wäre? Wenn irgendetwas passiert wäre, was ich nicht so schnell wieder hätte hinbiegen können wie deine erste Challenge?«

Ich streiche mir die Haare hinters Ohr. »Jetzt übertreib mal nicht. Es war einfach nur noch mal eine kleine Challenge. Du hast das Video doch gesehen, es gab diesmal keine durchsichtige Bluse oder so was, und der Typ war ganz okay. Außerdem war Tommy dabei und hätte mich jederzeit beschützen können.«

»Du kapierst es einfach nicht. Was, wenn sie andere Spieler geschickt hätten, um dich zu belästigen oder irgendetwas wirklich Schreckliches zu tun? Weißt du noch, was sie mit dem Mädchen gemacht haben, das diese Zwangsstörungen hatte?«

Ich schaudere. »Aber das war in einer Live-Runde. Bei mir ist nichts passiert, außer dass ich ein paar unfassbar tolle Schuhe gewonnen habe. Das war's.«

Ich kann förmlich sehen, wie sie am anderen Ende den Kopf schüttelt.

»Ich versteh dich nicht, Vee. Manchmal hast du so was Selbstzerstörerisches an dir.«

Mein ganzer Körper verkrampft sich. »Willst du damit andeuten, dass ich mir schon mal selbst etwas angetan habe? Du solltest doch am besten wissen, wie müde ich an dem Abend war, weil ich dir geholfen habe, den Text für die Weihnachtsshow zu lernen. Dass ausgerechnet du mir jetzt unterstellst, ich hätte den Motor mit Absicht laufen lassen, ist echt total fies.«

»Das habe ich gar nicht gesagt.«

»Klar.«

Einen Moment lang herrscht Schweigen.

»Ich muss jetzt was für die Schule tun«, sage ich schließlich, und wir legen ohne ein weiteres Wort auf.

Na toll, ausgerechnet am Tag der letzten Vorstellung, an dem wir später eigentlich meine erste Nacht in Freiheit feiern wollten, ist meine beste Freundin sauer auf mich. Woher hat sie überhaupt so schnell von der Challenge erfahren? War sie morgens als Erstes auf der *Risk*-Seite, oder wurde ihr das Video geschickt, so wie bei den anderen nach der ersten Challenge?

Ich gehe online und öffne die Seite mit den Videos für die nächste Qualifikationsrunde, die immer noch kostenlos sind, um das Interesse für die kostenpflichtigen Live-Runden zu wecken. Ich brauche nicht lange, bis ich mein Video finde. Es hat über hundert Kommentare. Echt jetzt? So aufregend fand ich die Challenge gar nicht.

Ich spiele das Video ab, das damit beginnt, dass Tommy sagt, wie glücklich Ian sich schätzen kann, jemanden wie mich zu bekommen. Wie süß. Aber das Video ist von *Risk* offensichtlich bearbeitet worden, denn als Nächstes folgt ein Schnitt zu Ian, und eine weibliche Stimme sagt aus dem Off, was sie gerne mit ihm anstellen würde – in sehr bildhaften Beschreibungen. Stammt dieser Kommentar von dem Mädchen, das hinter Ian ins Café gekommen ist? Waren sie zusammen oder hat *Risk* sie als seine Beobachterin eingesetzt?

Es folgt wieder ein Schnitt zu mir, wie ich singe. Ich sehe aus, als würde ich Todesängste ausstehen. Aber da ist auch noch etwas anderes zu sehen. Etwas, was mich – so ungern ich es zugebe – unschuldig aussehen lässt. Vielleicht liegt es daran, dass ich neben Ian so zierlich wirke. Aber nicht nur ich habe eine gewisse Kameratauglichkeit: Ian sieht aus wie ein Filmstar. Sein Gesicht ist einfach unglaublich.

Ich überfliege die Kommentare unter dem Clip. Dutzende von Mädchen flehen darum, als persönliche Beobachterinnen ausgewählt zu werden, falls Ian es in die Live-Runden schafft, auch wenn das dreimal so viel kostet wie einfach nur online zuzusehen. Man kann als persönlicher Beobachter zwar auch Preise gewinnen, wenn man ein gutes Video macht, aber die Chancen darauf sind ziemlich klein.

Die restlichen Kommentare stammen je zur Hälfte von Jungen und Mädchen, wobei die Jungs schreiben, wie hübsch und süß ich aussehe, während die Mädchen behaupten, dass sie tausendmal bessere Partnerinnen für Ian gewesen wären. Er hat schon ein paar echte Groupies.

Na, ich wünsche ihm viel Glück, dass er heute Abend ausgewählt wird. Während ich ihm mental meine Unterstützung übermittle, ploppt eine *Risk*-Seite auf: *Guck mal, wer da spielt!*

zeigt die Videoclips der ersten Spieler, die es in Washington und Tampa in die Live-Runden geschafft haben: Ein paar Minuten später taucht ein Fenster mit *Guck mal, wer da zuschaut!* auf, mit Fotos von Leuten, die bereits als Beobachter eingetragen sind, entweder online oder persönlich. Auch das Publikum will seine fünf Minuten Ruhm.

Jetzt, wo ich selbst an zwei Challenges teilgenommen habe, würde ich heute Abend auch gern zusehen, und wenn ich nicht schon etwas anderes vorhätte, würde ich es vielleicht sogar tun. Aber *Risk* gibt es auch noch nächsten und übernächsten Monat. Den Abend heute will ich mit Matthew verbringen. Es ist Zeit, den Computer runterzufahren und den Tag zu beginnen.

Ich mache meine Mathehausaufgaben, zeichne ein paar Entwürfe für den Mode-Kurs und backe nebenher drei verschiedene Kuchen, die ich heute Abend mitbringen will. Trotzdem ziehen sich die Stunden endlos dahin.

Pünktlich um fünf Uhr sitze ich im Auto. Kaum am Theater angekommen, bin ich auch schon mittendrin in der Arbeit. Am Abschlussabend wollen alle perfekt aussehen.

Als ich zu Syd komme, ist die Stimmung merkwürdig. Sie ist fröhlich und scherzt mit allen, aber ich bin sicher, ich merke als Einzige, dass sie mich kaum ansieht. Und als jemand sagt, wie cool es ist, dass ich noch eine Challenge geschafft habe, wechselt sie schnell das Thema.

Sie hat schon wieder einen riesigen Blumenstrauß bekommen, und der ganze Raum duftet nach Pfingstrosen, aber sie will nicht verraten, von wem er ist, obwohl die anderen Mädchen sie deswegen löchern. Sobald ich ihr die falschen Wimpern angeklebt habe, verlässt sie schnell die Garderobe.

Zum Glück lenkt Matthew mich von ihr ab, indem er mir wieder die Hand auf die Hüfte legt. Er will unbedingt meine *Risk*-Videos abspielen, während ich ihn schminke, aber ich befehle ihm, still zu halten.

Trotzdem zeigt er mir sein Handy mit einer neuen *Risk*-Werbung auf dem Display.

»In Austin haben die Live-Runden angefangen. Ich wette, du würdest in einem Cowgirl-Outfit großartig aussehen. Fühlst du dich heute Abend mutig, kleine Vee?«

»Ich habe nicht vor, mir noch mehr Wasser über den Kopf zu gießen, falls du das meinst.«

Ich hoffe, er spekuliert nicht darauf, denn ich liebe die Vintage-Brokatjacke und den seidenen Minirock, den ich heute anhabe. Dumm, dass ich für die Arbeit hinter der Bühne flache Schuhe mit weichen Sohlen tragen muss, Stiefel hätten wesentlich besser dazu ausgesehen. Aber ich habe mein Outfit mit einem *True-Blood*-T-Shirt und einem Wahlkampf-Button für Jimmy Carter, den ich auf einem Trödelmarkt gefunden habe, komplettiert. Nicht dass Jungs ausgeklügelte Accessoires zu würdigen wüssten. Oder eine Ahnung hätten, wer Jimmy C. ist.

Sobald Matthew und die übrigen Schauspieler fertig geschminkt und angezogen sind, dränge ich mich an den in den Kulissen wartenden Darstellern und Bühnenarbeitern vorbei zum Vorhang durch. Die meisten tätscheln mir den Arm oder klatschen mich anerkennend ab, weil ich jetzt schon die zweite *Risk*-Challenge geschafft habe. Ihre Glückwünsche erinnern mich daran, jeden Augenblick dieses letzten Vorstellungsabends bewusst zu genießen, an dem alle ein bisschen sentimental und gleichzeitig aufgekratzt sind, es geschafft zu haben. Vielleicht kann ich mich mit Sydney vor der Party noch versöhnen. Wenn ich mich entschuldige.

Den dritten Abend in Folge geht die Vorstellung glatt über die Bühne. Die monatelangen Proben haben sich gelohnt, auch wenn die ganze Schufterei bald nur noch eine Erinnerung auf irgendwelchen Video-Aufnahmen ist.

Am Ende des dritten Aktes stehe ich neben der Bühne, rieche das alte Holz und achte darauf, nicht aus Versehen zu früh an der Kordel des staubigen Samtvorhangs zu ziehen. Wenn ich um die Ecke schiele, kann ich vertraute Gesichter im Publikum sehen. Liv und Eulie sind gekommen, um sich das Stück noch einmal anzusehen. Ganz rechts glaube ich das Profil meiner Mutter zu erkennen. Ja, neben ihr sitzt mein Vater, der sich unruhig umsieht, als befürchte er, ich könnte mich von einem der Ränge stürzen.

Ich spreche den Text der Schauspieler mit – zum letzten Mal, außer vielleicht bei irgendwelchen Partys, wo ich vor anderen Theater-Freaks damit Eindruck schinden kann. Eine Stunde und zweiunddreißig Minuten nach Beginn der Vorstellung gehen Matthew und Sydney endlich aufeinander zu, und es passiert das, worauf die Zuschauer seit drei Akten gewartet haben: Er nimmt ihr Gesicht in die Hände, während sie sich graziös zurückneigt. Ihre Lippen nähern sich bebend und dann verschmelzen die beiden Liebenden. Eine Frau in einer der vorderen Reihen seufzt. Das tun wir alle angesichts dieses Kusses.

Einundzwanzig, zweiundzwanzig, dreiundzwanzig, vierundzwanzig, fünfundzwanzig … Was ist das denn? Endlos ziehen die Sekunden dahin, und Syd und Matthew umarmen sich immer noch, und zwar deutlich fester und intensiver, als es in der

Regieanweisung steht. Sie küssen sich Ewigkeiten länger als bei den letzten Vorstellungen. In meiner Brust lodert eine kleine Flamme der Eifersucht auf. Sydney lässt es zu, dass Matthew sie so fest hält, dass sie sicher blaue Flecken bekommt.

Meine Finger gleiten an der ausgefransten Vorhangkordel entlang, es reizt mich, daran zu ziehen und die Vorstellung damit vorzeitig zu beenden. Das Theater ist so uralt, dass mir wahrscheinlich jeder glauben würde, wenn ich behaupte, dass es nur aus Zufall passiert wäre. Aber natürlich würde ein Steinbock-Mädchen wie ich so etwas nie tun.

Endlich lassen Sydney und Matthew widerstrebend voneinander ab und beginnen ihr Duett, in das gleich alle anderen einfallen werden. Die übrigen Schauspieler eilen auf dem Weg zu ihren Markierungen auf der Bühne an mir vorbei. Sydneys Brust hebt sich bei den hohen Tönen des Liedes, bis nur noch das Echo der Melodie in der Luft hängt, gefolgt von frenetischem Applaus. Benommen ziehe ich den Vorhang zu.

Während sich die Schauspieler verbeugen, flüchte ich nach draußen auf die Feuertreppe. Wenigstens regnet es nicht, was in Seattle im Frühling schon an ein kleines Wunder grenzt.

So hatte ich mir den Abschlussabend nicht vorgestellt. Und das nach der ganzen Mühe, die ich mir mit den Kostümen gegeben habe, nach den stundenlangen Schminkarbeiten, nach all den Nachmittagen, an denen ich Sydney geholfen habe, sich perfekt auf ihre Rolle vorzubereiten, und den drei Kuchen, die ich für die Party gebacken habe. Die Einzige, die heute einen langen Kuss von Matthew verdient hat, bin ich.

Ich lasse mich auf eine Stufe fallen, die sich durch meinen dünnen Seidenrock eiskalt anfühlt, und wechsle meinen

ThisIsMe-Status von *Vielversprechend* auf *Offen für Vorschläge.* Außerdem poste ich: *Ich glaube nicht an Karma.*

Das Beste wird sein, wenn ich jetzt gehe und die blöde Party und meinen ersten freien Abend nach meinem Hausarrest einfach vergesse. Meine sogenannte beste Freundin erträgt es nicht, wenn sie mal ausnahmsweise nicht im Rampenlicht steht, das ist es. Dabei haben meine Challenges doch an ihrem strahlenden Glanz überhaupt nicht gekratzt. Kein anderes Mädchen hat zwei Blumensträuße bekommen. Waren sie von Matthew? Ist sie auch in ihn verliebt? Die Umarmung sah unglaublich echt aus … Aber sie könnte natürlich auch bloß gut gespielt gewesen sein. Mir schwirrt der Kopf. Könnten die beiden insgeheim ein Paar sein? Ist es wirklich möglich, dass mich meine Freundin, die sich in der fünften Klasse das Handgelenk verstaucht hat, um mich vor einem Idioten zu retten, der mich wegen meines Namens schikaniert hat, so hintergehen könnte? Aber dieser Kuss …

Die Tür schwingt auf. Kommt Sydney, um sich zu entschuldigen?

Es ist Tommy, der heftig blinzelt.

»Was machst du denn hier draußen?«, fragt er und setzt sich auf die Stufe über mir. Er riecht nach Kiefernnadeln.

Ich sehe zu ihm auf. »Ich brauch ein bisschen frische Luft.«

Er grinst. »Ja, Luft ist gut.«

»Musst du nicht die Bühnentruppe beaufsichtigen?«

»Nein, wir bauen erst morgen ab.«

»Ich sollte noch mal eine Erinnerung rausschicken, dass alle ihre Kostüme reinigen lassen. Nicht dass noch jemand stinkende Klamotten abgibt.«

»Was wäre dann?«

Ich stütze das Kinn auf meine Hand. »Vielleicht hänge ich ihnen die dreckigen Sachen dann zusammen mit einer Gasmaske an ihr Schließfach.«

Ja, in unserem Theaterstück kommen auch Gasmasken vor.

Tommy grinst. »Von einem netten Mädchen wie dir würde man solche fiesen Einfälle gar nicht erwarten.«

»Nettsein wird massiv überbewertet«, erkläre ich. Und verantwortungsbewusst, loyal und die anderen Adjektive, die man in meinem Eintrag im Jahrbuch findet, ebenfalls.

Er sieht mich fragend an.

Durch die halb offene Tür dringt das Lachen der Schauspieler, die auf dem Weg in ihre Garderoben sind, zu uns heraus. Ich habe ihnen Cremetiegel und Kosmetiktücher hingestellt, damit sie sich abschminken können, aber ich würde meinen Wochenlohn bei *Vintage Love* darauf wetten, dass die meisten mit meinem Make-up auf die Party gehen, weil sie ihre betonten Augen und Wangenknochen so toll finden.

Die Aprilkälte lässt mich zittern, und ich spüre, dass ich Kopfschmerzen bekomme. Mitanzusehen, wie meine beste Freundin sich in aller Öffentlichkeit an den Jungen ranschmeißt, für den ich mich interessiere, hat bei mir sämtliche emotionalen Sicherungen durchbrennen lassen. Ich fühle mich leer.

Vielleicht bin ich aber auch einfach nur dämlich, denn auf einmal höre ich mich sagen: »Was findet ihr eigentlich alle an Sydney?«

Die Frage ist ehrlich gesagt sogar mehr als dämlich, nicht nur weil ich mich dadurch als unsichere Versagerin oute, sondern weil die Antwort so offensichtlich ist: Sydney bringt einfach jeden Jungen in ihrer Gegenwart dazu, sich wichtig zu fühlen; sie hat sexbombenblonde Haare und einen Körper, den sie mit engen Strickpullovern und tief sitzenden Jeans hervorragend zur Geltung bringt. Ganz zu schweigen von der Korsage, die sie im letzten Akt des Stückes trägt und die sie garantiert anbehalten wird, bis sie ihr jemand Öse für Öse vom Körper löst.

Tommy blinzelt mich an. »Äh, nicht alle Jungs stehen auf sie. Manche von uns mögen Mädchen, die ein bisschen … ähm … unauffälliger sind.« Er wird rot.

Meint er damit, dass zierliche Mädchen mit einer Vorliebe für Retro-Klamotten unauffällig sind oder schlimmer noch … unsichtbar? Es ist ja nicht so, als würde ich mit meinem Outfit kein Statement setzen wollen.

Die Tür hinter uns knallt so heftig auf, dass die Treppe erzittert. Mein Herz macht einen Satz.

Matthews Gesicht ist gerötet und er hat sich die Hälfte seines Make-ups bereits abgewischt. Vielleicht hat es auch jemand anders für ihn getan.

»Hey, kleine Vee, ich hab dich schon überall gesucht.«

»Ehrlich?«, bringe ich mit quiekender Stimme hervor.

Er lacht. »Eeeehrlich!«

Tommy verdreht die Augen.

Ich stehe auf und streiche mir den Rock glatt. »Was gibt es denn?«

Er wirft Tommy einen Blick zu. »Vielleicht könnten wir irgendwo ein ungestörteres Plätzchen finden.«

Mein Herz setzt einen Moment lang aus. »Äh, sicher.« Ich muss den Drang unterdrücken, triumphierend die Faust zu ballen.

Matthew nimmt mich an der Hand und zieht mich nach drinnen.

»Bis später, Tommy«, sage ich noch, bevor die Tür hinter mir zufällt.

Wir schieben uns durch die Schauspieler, die in Grüppchen mit ihren Eltern und Freunden zusammenstehen und sich mit Glückwünschen überschütten lassen. Eine Wolke von Parfüm und After Shave hängt in der Luft. Einen Augenblick lang bilde ich mir ein, Dad zu sehen, aber ich verliere den grauen Stoppelhaarschnitt schnell wieder aus den Augen. Wahrscheinlich war es der Vater von jemand anderem. Warum sollte Dad auch hinter die Bühne kommen? Nur um zu sagen: »Tolle Kostümauswahl, Liebling!« Schließlich ist heute mein erster Abend in Freiheit. Da lassen sie sicher mal etwas lockerer.

Matthew führt mich zu der kleinen Hausmeisterkammer am Ende des Ganges, die auch als Mini-Umkleideraum dient. Sie ist leer. Bevor ich reagieren kann, fasst er mich um die Taille und wirbelt mich herum wie eine Zuckerfee.

Ich lache und fühle mich plötzlich ganz leicht.

Dann setzt er mich ab und tippt mir auf die Nasenspitze. Wir schweben wieder in dieser himmlischen Sphäre, in der wir die letzten Wochen verbracht haben. Damit hatte ich nicht gerechnet. Vielleicht habe ich den Bühnenkuss zwischen ihm und Sydney doch falsch gedeutet und sie haben ihn tatsächlich nur gespielt.

Mein Herz hämmert wie wild. »Du warst heute Abend echt toll.«

»Dank dir und dem Rest der Crew«, erwidert er, legt mir den Arm um die Schultern und dreht mich zum Spiegel. »Du warst unser kleiner Engel, der vom einen zum anderen geflattert ist und uns in unsere Kostüme geholfen hat. Und die Kuchen, die du mitgebracht hast, sehen köstlich aus.«

Ich setze mich auf den kleinen Tisch und er lässt sich auf den Stuhl fallen. Ob er mich gleich auf seinen Schoß zieht? Der Gedanke daran lässt mich erbeben.

Matthew nimmt meine Hand. »Darf ich dich um noch einen kleinen Gefallen bitten?«

»Natürlich.« Ich wünschte, ich hätte eben noch frisches Lipgloss aufgetragen.

Er deutet auf seine Wange. »Ich hab mir aus Versehen das Make-up ruiniert. Könntest du das wieder hinkriegen? Syd sagt, dass ich damit verwegen aussehe, und ich fände es cool für die Party.«

Ich sinke in mich zusammen. Matthew will, dass ich sein Make-up auffrische, um für Sydney draufgängerisch auszusehen? Ohne mich zu rühren, starre ich ihn an.

Er deutet auf meine Schminktasche, die er hergebracht haben muss, bevor er losgegangen ist, um mich zu suchen. Seit wann ist er so gut vorbereitet?

Er klopft auf meinen Knien herum wie auf Bongotrommeln. »Nur ein bisschen, es muss nicht perfekt sein.«

Ich hole tief Luft und rutsche vom Tisch, wobei ich versuche, die in mir aufsteigende Enttäuschung zu unterdrücken.

»Na klar.«

Ich öffne die Tasche und greife nach einem Make-up-Stift und dem Konturpuder. Sobald ich mich ans Werk mache, nimmt er die Hände von meinen Beinen. Ich lasse seinen Kiefer und seine Nase schärfer hervortreten und akzentuiere seine Augen anschließend mit Eyeliner. Erst als ich damit halbwegs fertig bin, stelle ich mich den offensichtlichen Fragen, die ich bis dahin verdrängt habe. Hat sich Matthew überhaupt je für mich interessiert? So wie ich mich für ihn? Oder war ich die ganze Zeit über nur Mittel zum Zweck, um an Sydney heranzukommen?

Ich stoße ihm den Stift in die Augenbrauen, woraufhin er zurückzuckt.

»Tut mir leid«, sage ich, aber der falsch gesetzte Strich bringt mich auf eine Idee. Es reizt mich, sein Make-up subtil zu verändern. Es gibt einen feinen Unterschied zwischen verwegenem Aussehen und dem Aussehen eines Psychopathen. Ich könnte ihn so schminken, dass die Mädchen auf der Party Angst vor ihm bekommen.

Meine Hand beginnt, seine Augenbrauen mit feinen Strichen ein klein wenig dichter zusammenrücken zu lassen. Doch etwas in mir hält mich zurück. Es ist dasselbe, was mich davon abhält, anderen eine Szene zu machen oder auf Konfrontation zu gehen. Ich kämpfe mit den Tränen, aber dann verpasse ich Matthew die leuchtenden sexy Augen, die er haben will.

Zuletzt werfe ich den Wattebausch in den Abfalleimer und sage: »Fertig.« Besteht vielleicht doch noch die Möglichkeit, dass wir mit unserem magischen Flirt weitermachen? Als ich mein Werk mit einem letzten prüfenden Blick betrachte, bemerke ich einen Fleck auf seinem Kragen, der von Rouge oder Lippenstift stammen könnte.

Matthew sieht an mir vorbei, damit er sich im Spiegel betrachten kann. »Super gemacht, Vee! Du bist die Beste!«

Ich fühle mich ganz und gar nicht wie »die Beste«, während ich zusehe, wie er sich selbst bewundert. Als er aufsteht, gibt er mir einen spielerischen Klaps auf die Schulter. Kein Kuss zum Dank, kein zärtliches Herumwirbeln.

Als er hinausgeht, rufe ich ihm nach: »Hast du Syd die Blumen geschickt?«

Mit zufriedenem Gesicht dreht er sich um. »Auf ihrer ThisIsMe-Seite steht, dass sie Rosen und Pfingstrosen am liebsten mag. Das stimmt doch noch, oder?«

»Wenn es auf ihrer Seite steht, dann muss es ja wohl stimmen.« Ich knalle meine Schminktasche zu.

»Super. Wir sehen uns auf der Party.« Damit ist er weg.

Das Letzte, worauf ich jetzt Lust habe, ist Party zu machen. Dieser Abend wird offiziell als katastrophal kategorisiert. Je eher ich hier weg bin, desto besser.

Ich gehe in den Requisitenraum, wo ich meine Sachen gelassen habe. Zwischen mir und der Tür zum Zuschauersaal herrscht dichtes Gedränge, daher entscheide ich mich, über die Feuertreppe zu verschwinden. Als ich an der Mädchengarderobe vorbeikomme, höre ich Sydney lachen: der strahlende Star im Kreis ihrer vielen Bewunderer und ihrer stinkenden Pfingstrosen. Ich habe nicht die Kraft, mich zu ihr durchzudrängeln und die Vorwürfe über mich ergehen zu lassen, die sie mir mit Sicherheit machen wird, wenn ich ihr sage, dass ich nicht mit zur Party komme. Früher oder später findet sie schon selbst heraus, dass ich nach Hause gegangen bin. Wahrscheinlich eher später.

Ich laufe mit den Tränen, die meine Augen zu überschwemmen drohen, um die Wette. Auf der Feuertreppe tue ich einen tiefen, schluchzenden Atemzug. Wie konnte ich nur zulassen, dass mich Matthew dermaßen an der Nase herumführt?

Die Tür geht quietschend auf. Mein Gott, hat er sich etwa schon wieder das Make-up ruiniert?

»Ich bin kein Stalker, ich schwöre«, beteuert Tommy. »Aber du hast gerade ausgesehen, als ginge es dir nicht so gut.«

Ich wische mir mit dem Finger unter dem Auge entlang. »Es geht schon.«

Er kommt zu mir heraus. »Möchtest du ein Glas Wasser oder so was?«

Vielleicht glaubt er ja, unauffällige Mädchen seien labil.

Ich zwinge mich, an etwas Witziges zu denken, um nicht in Tränen auszubrechen. »Mir geht es gut.« Ich will ihm nicht in die Augen sehen, deshalb starre ich auf mein Handy.

Als ich meine neueste Mail lese, werden mir die Knie weich. *Risk* veranstaltet eine Live-Runde in Seattle.

Und sie wollen mich.

Mit bebenden Schultern lese ich den Rest der Nachricht.

»Oh mein Gott!«

»Was ist?«

»*Risk* hat mich ausgewählt! Sie machen hier eine Live-Runde!«

»Das ist ja krass!«

»Ich weiß. Ich habe zehn Minuten Zeit, um zu antworten.«

Tommy schüttelt den Kopf. »Du hast doch gesehen, wie sie die Teilnehmer im letzten Spiel terrorisiert haben. Kein Preis ist so etwas wert.«

Ich nestle an meiner Brokatjacke. »Stimmt. Aber du weißt auch, dass vieles davon wahrscheinlich nur ein Fake war, so wie die Spezialeffekte in unserem Stück. Oder glaubst du etwa, dass dieser eine Junge wirklich mit einer Horde ausgehungerter Ratten in diesem dunklen Aufzug festsaß? Ich wette, wenn er gewollt hätte, hätten sie ihn rausgelassen. Und die Ratten waren garantiert zahme Haustiere.« Ich knabbere an meinem Daumennagel. Warum verteidige ich *Risk* eigentlich?

»Mir kam seine Angst echt vor.«

»Sollte sie ja auch. Aber sie können einen nicht zwingen, irgendetwas wirklich Gefährliches oder Illegales zu tun. Dann würde man sie verklagen.«

Tommy stöhnt, als sei ich vollkommen verblödet. »Wenn die Spieler tatsächlich nie etwas Riskantes oder Halblegales tun müssten, warum bleiben die Betreiber des Spiels dann total anonym?«

»Wahrscheinlich sitzen sie aus Steuergründen auf den Cayman-Inseln oder so.«

»Ich glaube, du weißt nicht, worauf du dich einlässt.« Tommy sieht mich eindringlich an. »Man muss nicht unbedingt eine Lisbeth Salander sein, um an persönliche Daten von anderen ranzukommen. Und die werden sie dann womöglich gegen dich einsetzen.«

»Ich habe nichts zu verbergen.« Abgesehen von meinem kleinen Krankenhausaufenthalt natürlich. Aber selbst *Risk* kann keine vertraulichen Krankenakten einsehen. Außerdem bin ich es leid, mich für etwas zu schämen, für das ich mich eigentlich gar nicht schämen muss.

Tommy nickt in Richtung Tür. »Komm, lass uns zur Party gehen. Da kannst du deine Version der Schulhymne singen.«

Ich tue so, als würde ich das Handy nach ihm werfen, und er duckt sich weg. Durch die halb offene Tür hören wir, wie die Schauspieler lachend und Highlights aus dem Stück zitierend den Bereich hinter der Bühne verlassen. Sydneys und Matthews Stimmen sind natürlich lauter als alle anderen. Ich stehe auf und gehe an Tommy vorbei, um die Tür zuzutreten.

»Ich weiß, dass dich heute Abend jemand verletzt hat«, sagt er leise, »aber das ist kein Grund, völlig durchzudrehen.«

Wenn ich das wenigstens täte!

»Es wäre nur schön, zur Abwechslung mal etwas zu tun, was keiner von mir erwartet.«

»Das hast du doch schon. Zwei Mal. Und denk dran, wie schlecht es dir nach dem ersten Mal ging.«

»Aber gestern war es anders. Ich habe sogar etwas gewonnen.«

»Das waren die Challenges zur Vorentscheidung. Bei den Live-Runden zahlen Tausende Leute verdammt viel Geld, um zuzusehen. Glaubst du ernsthaft, denen reicht eine nasse Bluse?«

»Lass mich wenigstens sehen, was sie mir anbieten.« Ich werfe einen Blick auf mein Handy. Und tatsächlich winkt *Risk* mit einem fantastischen Preis. Ein Beauty-Tag im exklusiven *Salon Dev*, einschließlich Massage, Waxing, Make-up-Beratung, Komplett-Styling und allem, was dazugehört. Und was das Beste ist, meine Haare würden von Dev höchstpersönlich geschnitten werden, der normalerweise niemals Hand an jemanden legt, der nicht zur Lokalprominenz gehört. Und als wäre das nicht genug, schickt *Risk* auch noch ein Bild von mir in dem umwerfenden Sommerkleid, das ich mir vor zwei Tagen angesehen habe. Auf dem Bild habe ich genau die richtige Figur dafür, selbst die Fast-B-Körbchen sehen toll aus.

Ich bekomme Gänsehaut am ganzen Körper, zum Teil wegen des unglaublichen Preises und zum Teil auch wegen dem, was

Tommy gesagt hat. Er hat natürlich recht. So eine fette Beute wird beim Publikum andere Erwartungen wecken.

Ich stelle mich an das wackelige Geländer der Feuertreppe und überlege, was ich tun soll. In der Gasse unter mir hüpfen zwei Krähen auf einen Müllcontainer. Warum gibt es in Seattle nur so viele Krähen? Mögen Vögel es nicht lieber warm? Der Wind frischt auf, verscheucht die Vögel, und um uns herum wird es still.

Heute ist der erste Abend, an dem ich keinen Hausarrest habe, seit ich im November in unsere Garage gefahren, auf der Anlage noch meine Lieblings-Playlist zu Ende gehört habe und darüber eingeschlafen bin. Seither betrachten mich meine Eltern als labiles Wesen, das versucht hat, etwas Undenkbares zu tun, egal wie oft ich ihnen versichere, dass es nicht so war.

Wenigstens Syd hat mir geglaubt. Das dachte ich jedenfalls bis heute. Allen anderen haben wir erzählt, dass ich eine schwere Grippe gehabt hätte, wegen der ich ins Krankenhaus musste. Eine Zeit lang machten Gerüchte die Runde, aber als ich wieder an die Schule kam, redeten alle über die heiße Affäre unseres Football-Stars, und ich war vergessen.

Die Leute interessieren sich immer nur für das allerneueste Drama. Heute Abend habe ich die Gelegenheit, mein altes Drama gegen etwas Neues einzutauschen. Wenn ich nur wüsste, ob das besser oder schlechter sein wird.

Ich starre auf mein Handy. »Du bist echt klug, Tommy. Wahrscheinlich bist du sogar der klügste Junge, den ich kenne. Ich weiß deinen Rat zu schätzen.«

»Dann sagst du also ab?«

»Auf keinen Fall! Das Spiel beginnt!«

FÜNF

Zwei Minuten nachdem ich mein Einverständnis gegeben habe, schickt mir *Risk* eine Beschreibung der ersten Live-Challenge. Als ich sie lese, stockt mir fast der Atem. Instinktiv drehe ich das Handy so, dass Tommy nicht aufs Display sehen kann.

Willkommen bei den Live-Runden, Vee! Jetzt hast du die Gelegenheit, jede Menge großartiger Preise zu gewinnen. Und wir stellen dir einen Partner zur Seite, den du bereits kennengelernt hast: Ian!

Der süße Typ aus dem Café soll mein Partner sein? Nicht schlecht.

Und hier die Einzelheiten deiner neuen Challenge:
Als Erstes: Schick deinen Freund in die Wüste.

Auf dem Bildschirm taucht ein Bild von Tommy auf. Hm, vielleicht haben sie mich doch nicht so gründlich durchleuchtet, wie ich befürchtet habe. Aber Freund oder nicht, die Vorstellung, ohne meinen inoffiziellen Partner weitermachen zu müssen, beunruhigt mich.

Lade die angehängte App herunter und installiere sie. Sie verschafft dir einen schnellen Zugang zum Spiel.
Triff dich in fünfundzwanzig Minuten mit Ian in der Pacifica Bowlingbahn.
Geh rein und frage zehn Männer nach einem Kondom. Geh dann gemeinsam mit Ian wieder raus und sing dabei die erste Strophe des unten stehenden Songs.

Für den unwahrscheinlichen Fall, dass ich eine Amish bin, die ohne Kontakt zur Zivilisation aufgewachsen ist, oder im letzten Funkloch hause, haben sie den Text eines Songs hinzugefügt, der im Moment ungefähr zwanzigmal am Tag im Radio läuft. In dem Lied geht es darum, wie zwei Leute Sex miteinander haben. Okay, in den meisten Songs geht es um Sex, aber in diesem wird es sehr viel deutlicher beschrieben als in allen anderen.

Tommy lehnt sich an die Wand. »Und? Worum geht es?«

»Äh, ich mache die Challenge mit Ian.«

»Er ist dein Partner?«, fragt er ungläubig.

»Tut mir leid. Mir wäre es auch viel lieber, wenn ich das mit dir machen könnte. Zu dumm, dass du dich nicht beworben hast.«

Er sieht weg und schluckt. »Und was musst du bei deiner Challenge tun?«

»Ich weiß nicht, ob ich das sagen darf.«

»Na ja, ich gehöre weder zum Team noch zu den Beobachtern. Außerdem erfährt es ja niemand.«

Ich erzähle es ihm.

Tommys Gesicht bleibt ausdruckslos, aber in seine Augen tritt eine gewisse Härte.

»Dann lass mich zumindest mit dir gehen. Es wäre total verrückt, sich allein mit ihm zu treffen.«

»Ich muss es gewissermaßen«, sage ich und zeige ihm mein Handy.

Er spannt den Kiefer an, wie er es getan hat, als Ms Santana versucht hatte, ihm das Budget für das Bühnenbild zu kürzen. »Du bist viel zu klug, um dich auf so was einzulassen.«

»Ich will ja nicht mit ihm durchbrennen. Und die Bowlingbahn ist ein öffentlicher Ort.«

Er zieht sein Handy aus der Hosentasche und verkündet: »Ich trage mich als Beobachter ein.«

»Du musst kein Geld ausgeben, um mich zu beobachten.«

Er zuckt mit den Achseln. »Hätte ich sowieso gemacht. Auf die Party bin ich nicht sonderlich scharf.«

»Bist du sicher? Matthew will den Punsch ein bisschen anreichern.«

Ms Santana ist nicht gerade als strenge Aufpasserin bekannt, und wenn Tommy mal ein bisschen locker lassen würde, könnte er vielleicht richtig Spaß haben.

»Dann sei einfach vorsichtig, versprichst du mir das?«, seufzt er.

»Aber nur solange du mir versprichst, dich bloß als Online-Beobachter und nicht als persönlicher Beobachter anzumelden, denn dann würde ich disqualifiziert werden.«

»Abgemacht«, nickt er. »Und denk dran, du kannst jederzeit aussteigen.«

»Klar. Sobald es irgendwie merkwürdig wird, bin ich weg.«

Ist es ein Hoffnungsschimmer oder ein Anflug von Zweifel, der über Tommys Gesicht huscht? Bevor ich länger darüber nachdenken kann, bin ich schon auf dem Weg zu meinem

Auto und präge mir die Wegbeschreibung ein, die *Risk* zusammen mit der Challenge geschickt hat. Anschließend beginne ich mit dem Download der App. Zu schade, dass Tommy nicht dabei sein kann, um eine Strategie mit mir auszuklügeln. Aber die Challenge scheint recht unkompliziert zu sein. Allerdings hatte ich das bei der Sache mit dem Wasser auch gedacht. Beim Gedanken an den kalten nassen Stoff auf meiner Brust läuft mir ein Schauer über den Rücken.

Ich schalte einen Hip-Hop-Sender ein, um mich von der bevorstehenden Aufgabe abzulenken, aber das ändert nichts daran, dass mein Herz wie verrückt klopft. Zwanzig Minuten später fahre ich auf einen Parkplatz voller Geländewagen und Minivans. Ian wartet schon ungeduldig an der Tür. Hey, es ist nur fair, dass er dieses Mal auf mich warten muss.

Ich sehe mich nach Beobachtern um. Sollten nicht ein paar von ihnen da sein, um uns zu filmen? Vielleicht sind sie noch unterwegs. Aber das ist kein Grund, nicht aus meinem Auto zu steigen und meinen Partner zu begrüßen.

Als ich bei ihm bin, sehe ich das Schild, das jemand über der Tür der Bowlingbahn angebracht hat: »Heute Abend: Wahre Liebe wartet – Keuschheitsanhänger-Treffen!«

»Der Schwierigkeitsgrad der Challenge hat sich gerade um einiges erhöht«, seufze ich.

Ian zuckt mit den Schultern, als hätte er so etwas erwartet. »Denk dran, es geht nur darum, dass wir fragen, nicht darum, eine Antwort zu bekommen.«

So habe ich das noch gar nicht gesehen. Wenn ich heute Abend irgendetwas gewinnen will, muss ich mein Gehirn wohl einen Gang höher schalten.

»Guter Gedanke.«

Er tippt auf meinen Jimmy-Carter-Button und sagt: »Ich hab Carter mal bei einem Event für ein Obdachlosenprojekt getroffen.«

Wow, ein Junge, der auf Accessoires achtet und auch noch Obdachlosen hilft. Tommy muss sich wirklich keine Sorgen machen, dass Ian mir etwas antun könnte.

»Was meinst du, wie lange sollen wir auf die Beobachter warten?«

»Wieso warten? Wir können uns doch selbst filmen. Bei der *Risk*-App gibt es einen Video-Link, den wir nutzen können.«

Ich sehe auf mein Handy, auf dem ganz oben in meiner Favoritenleiste jetzt eine kleine *Risk*-App sitzt. Als ich sie anklicke, erscheint auf dem Display noch mal meine Challenge und außerdem ein Video-Chat-Button mit einem kleinen Statusbalken, der anzeigt: *Aufgabe noch nicht begonnen.*

»Meine Handy-Kamera taugt allerdings nichts«, gebe ich zu bedenken.

»Egal. Öffne einfach den Link, um ein paar Hintergrundgeräusche aufzunehmen. Für das Video nehmen wir dann mein Handy. Hey, wie wäre es, wenn wir uns schnell noch filmen, bevor wir die da drin zu sehr geärgert haben?«

Ich danke ihm für seine Voraussicht und will lieber gar nicht darüber nachdenken, was wohl passieren könnte, wenn wir die Leute da drin »zu sehr« ärgern.

Ein Mädchen mit aufgeregt roten Wangen und ihr Freund betreten den Laden. Sie kichern und halten Händchen, und ihre schüchternen Blicke verraten uns, dass sie sich bisher noch nicht einmal geküsst haben. Dagegen fühle ich mich richtig erfahren, obwohl ich über das Küssen auch noch nicht besonders weit hinausgekommen bin.

Ich ziehe die Schultern hoch. »Irgendwie komme ich mir fies vor. Die werden glauben, dass wir sie auf den Arm nehmen wollen. Das haben sie nicht verdient.«

Ian holt tief Luft und starrt nach drinnen. Dann googelt er etwas auf seinem Handy und verkündet ein paar Sekunden später: »Ich habe hier eine Studie gefunden, die besagt, dass es kontraproduktiv ist, Jugendlichen von Safer Sex abzuraten, selbst wenn sie vorhaben, abstinent zu bleiben. Man sollte also trotzdem immer an Kondome denken. Und wenn nicht, dann tun wir denen da drinnen nur einen Gefallen, indem wir sie daran erinnern.«

»Großartige Logik«, sage ich kopfschüttelnd.

»Hey, das ist nur eine dämliche Challenge. Vielleicht finden sie es ja lustig. Wir fragen ganz nett, okay?«

Er hat recht. In unserem Alter sollte man mit ein paar Idioten, die nach einem Kondom fragen, fertigwerden können. Schließlich wollen wir ja niemandem wehtun. Und vielleicht haben ein paar von ihnen auch schon von *Risk* gehört und lachen mit uns zusammen darüber.

»Bereit?«, fragt er.

Ich nicke schnell, bevor ich mich selbst womöglich noch vom Gegenteil überzeuge.

Als wir die neonbeleuchtete Halle betreten, schlagen uns Gelächter und laute Stimmen entgegen; der Geruch von Fritten und der Holzpolitur für die Bahnen hängt in der Luft. Dutzende von Teenagern und ein paar Erwachsene als Aufpasser laufen herum. An der Wand verlangen Banner: »Hebt euch das Beste für die Ehe auf!« und »Mr Right Now ist nicht Mr Right!«

Mein Herz wummert wie eine Bassgitarre, nein, eher wie ein Banjo. Ian nimmt meine Hand, was mich nicht unbedingt ruhiger macht, auch wenn sich seine Haut glatt und warm anfühlt. In der hintersten Ecke blinken und surren einige Videospielautomaten. Fünf stämmige Kerle stehen davor und halten Plastikgewehre in den Händen, mit denen sie auf die knallbunten Displays zielen. Wenn ich die alle frage, habe ich die Hälfte bereits geschafft, und niemand sonst wird merken, was vor sich geht. Hoffentlich. Ich nicke mit dem Kopf in ihre Richtung und Ian geht voran.

Sobald wir bei den Automaten sind, startet Ian die Video-Chat-Verbindung zu *Risk*. Der Typ, der mir am nächsten steht – ein großer Blonder mit Stoppelhaarschnitt –, hebt fragend die Augenbrauen.

Ich räuspere mich. »Entschuldigung, hast du vielleicht ein Kondom übrig?«

Er stemmt die Hände in die Hüften und wölbt die Brust vor. »Was?«

Lauter frage ich: »Ich brauche ein Kondom. Hast du eins?«

Er starrt mich ausdruckslos an. »Das ist nicht witzig.«

Einer weniger. Ich wende mich an den Lockenkopf neben ihm. »Kannst du mir vielleicht ein Kondom leihen?«

Als ob man so etwas ausleihen und nach Gebrauch zurückgeben könnte. Igitt und noch mal igitt!

Der Lockenkopf runzelt die Stirn. »Verschwinde!«

»Gleich, ich muss nur noch schnell deinen Freund hier fragen«, sage ich und drehe mich zu einem kleinen Kerl, der sich auf die Lippe beißt. »Hast du vielleicht ein Kondom?«

Ich warte gar nicht erst auf seine Antwort, sondern gehe gleich zu den zwei anderen Typen mit den Gewehren. Sie richten sie beide auf mich, und genau in dem Moment trifft eine Bowlingkugel in die Vollen, was sich anhört wie ein Schuss. Ich zucke zusammen. Ian legt mir beruhigend die Hand auf den Rücken, was mir trotz meiner Nervosität einen Stromstoß durch den Körper jagt.

»Trotzdem vielen Dank.«

Ich muss ein paarmal tief durchatmen, bevor wir zur nächsten Gruppe von Jugendlichen gehen.

Um einen Tisch sitzen drei Jungs und zwei Mädchen und trinken Mineralwasser. Ohne nachzudenken, tippe ich dem Erstbesten auf die Schulter, doch als er sich umdreht, muss ich nach Luft schnappen. Es ist Jack, in den meine Freundin Eulie seit Monaten verliebt ist. Ich schätze, seine Anwesenheit hier erklärt, warum sie bei ihm nicht landen kann. Soweit ich weiß, ist er auch mit Tommy zusammen im Videokurs. Bitte, lieber Gott, mach, dass er kapiert, dass ich *Risk* spiele! Aber irgendetwas sagt mir, dass Gott bei diesem kleinen Abenteuer nicht auf meiner Seite steht.

Ich streiche mir den Rock glatt und stammle: »Äh, hi, Jack! Ich wollte dich fragen, ob du vielleicht zufällig ein Kondom für mich hast?«

Er läuft dunkelrot an. »Warum fragst du mich so was?«

Ich muss mich beherrschen, um nicht loszuheulen. »Tut mir leid.« Entschuldigen ist ja nicht gegen die Regeln, oder?

Kopfschüttelnd kneift er die Augen zusammen und mustert mich.

Ian nimmt mich am Arm und zieht mich zum nächsten Tisch.

»Nicht darüber nachdenken. Du hast es fast geschafft.«

Er hat recht. Schnell hintereinander frage ich zwei weitere Jungs, ohne ihre Antwort abzuwarten. Einer von ihnen steht auf und stellt sich drohend vor mich.

»Das ist nicht lustig. Du verschwindest jetzt besser ganz schnell.«

Ich komme mir richtig schlecht vor, als wir auf die Mädchen neben ihnen zugehen. Sie haben nichts getan, um so verarscht zu werden. Mit zitternden Händen nehme ich Ian das Handy ab.

»Sei nett zu ihnen.«

Ian geht auf ein Mädchen mit tonnenweise blauem Lidschatten auf den Augenlidern zu. »Ich nehme nicht an, dass du ein Kondom dabeihast? Nicht dass du es irgendwie brauchen würdest.«

»Hau ab, Arschloch!«, knurrt sie. Ob *Arschloch* tatsächlich auf der Liste der Wörter steht, die sie verwenden darf?

»Und wie ist es mit dir?«, fragt Ian ihre Freundin. Als sie »Nein!« schreit, flüchten wir schnell.

Acht für mich, zwei für Ian.

Wir steuern auf eine weitere gemischte Gruppe zu, und ich bemerke, dass Jack mich mit gerunzelter Stirn von seinem Tisch aus beobachtet. Ich weiche seinem Blick aus und stelle meine Frage schnell zwei weiteren Jungs. Einer davon ist der, den ich vorhin mit seiner Freundin habe hineingehen sehen. Sie packt seine Hand und sieht ihn entsetzt an. Habe ich den beiden jetzt das Date ruiniert? Hastig rufe ich eine Entschuldigung und nehme Ian die Kamera wieder ab. Damit sind es zehn, ich habe den ersten Teil meiner Challenge geschafft.

Trotzdem will in mir keine Hochstimmung aufkommen. Im

Gegenteil, am liebsten würde ich allen zurufen, wie leid es mir tut, und zur Tür rennen. Aber das kann ich nicht – nicht bevor auch Ian seine Aufgabe geschafft hat. Ich richte die Handykamera auf ihn, während er ein winziges dunkelhaariges Mädchen fragt. Sie quiekt wie ein getretener Welpe, was die Kerle von den Videospielen auf den Plan ruft.

Der große Blonde sieht uns finster an. »Wir haben genug von euch. Verschwindet jetzt endlich!«

»Wir sind gleich weg«, verspreche ich. »Nur noch ein paar Minuten.«

Während Ian Mädchen Nummer vier und fünf fragt, beginnen die Videospieler und noch ein paar andere Jungs einen Kreis um uns zu bilden. Der Blonde sieht aus, als würde er gleich keine Luft mehr kriegen.

Keuschheitsgelübde scheinen der Aggressionsbewältigung nicht gerade dienlich zu sein.

Einer der Erwachsenen, der uns von einer Ecke des Raums aus beobachtet hat, kommt dazu. Sein Haar ist zurückgegelt und seine Jacke war definitiv teurer als der halbe Inhalt meines Kleiderschranks. Ist das etwa ihr Anführer?

Der Mann legt einen Arm um Ian und fragt lässig: »Was ist hier los, Leute?«

Ian macht sich so ruckartig los, als hätte er sich verbrannt.

»Wir … äh … wir führen hier eine Befragung durch, und ich freue mich, Ihnen sagen zu können, dass sich Ihre Gruppe bislang grandios hält.«

Der Mann runzelt die Stirn. »Eine Befragung?«

Ian schiebt sich durch die Menge zu einem weiteren Tisch mit drei Mädchen durch. Seine dunklen Wangen zeigen einen

Anflug von Röte. Ich folge ihm mit der Kamera so schnell wie möglich, ich bin mir aber nicht sicher, ob ich seine letzte Frage richtig eingefangen habe. Allerdings sollte der entsetzte Aufschrei der großen Rothaarigen, die er gerade angesprochen hat, für *Risk* eigentlich Beweis genug sein. Schnell entlockt er den anderen beiden Mädchen ähnlich spitze Schreie. Nur noch zwei.

Der Blonde sagt etwas zu dem Mann mit dem teuren Jackett, der daraufhin lächelnd nickt. Was haben sie vor?

Ian sieht mich an. Sein Gesicht glänzt und er atmet heftig. Hastig geht er auf einen Tisch an der Tür zu, während ihm die Leute um die Videospieler folgen und ihn ziemlich unkeusch beschimpfen. Als ich kurz das Handy auf sie richte, greift der Blonde danach, erwischt es aber nicht, weil ich es mir geistesgegenwärtig in den BH stecke. Herausfordernd schiebe ich die Brust vor und bin gespannt, ob er es wagt, hinter die Vampirzähne auf meinem T-Shirt zu greifen. Hoffentlich merkt er nicht, wie sehr mich dieser Gedanke in Panik versetzt.

Er streckt die Hand aus, hält aber ein paar Zentimeter vor meinem Ausschnitt inne. Auf seinem Hals sind rote Flecken, die dort vorher sicher noch nicht waren.

»Raus hier, du Nutte!«

So hat mich noch nie jemand genannt, aber ich habe nicht vor, mit diesem Kerl über mein Liebesleben zu diskutieren, sondern beeile mich, zu Ian zu kommen. Er hat ein weiteres Mädchen gefragt, aber das habe ich jetzt nicht auf Video aufgezeichnet. Ob es reicht, wenn ich es bezeuge? Ich zerre mein eigenes Handy hervor und nehme seine nächste Frage auf.

»Frag noch eine«, rufe ich.

»Aber das waren zehn!«

»Eine hab ich nicht aufgenommen!«

Er stöhnt.

Eine weibliche Aufpasserin kommt hinzu und wedelt mit dem Finger vor Ians Gesicht herum.

»Du solltest dich schämen!«

»Das tue ich, aber hätten Sie vorher vielleicht ein Präservativ für mich?«, erwidert Ian mit zuckersüßem Lächeln.

»Etwas mehr Respekt, du Arschloch!«, brüllt ihn der Blonde an, der jetzt aussieht, als würde er gleich platzen.

Ich stecke mein Handy weg und drohe ihm mit der Faust. »Hey, denk dran: Du sollst nicht töten!«

Zur Antwort spuckt er mich an. Ich kreische auf, als sein Speichel auf meiner Schuhspitze landet. Der Mann mit den gegelten Haaren lacht und klopft ihm auf die Schulter.

»Ihr Schweine!«, schreie ich.

Der Blonde packt meine Arme und drückt sie mir hinter dem Rücken zusammen. Sein Atem stinkt nach Alkohol, was in angenehmem Gegensatz zu seinem Keuschheitsgetue steht.

Ian fasst ihn an der Schulter. »Hey, wir gehen ja schon. Lass sie los.«

Der Kerl stößt mich vor sich her Richtung Ausgang. »Ihr hattet die Chance, auf eure Art zu verschwinden. Jetzt tut ihr es auf unsere.« Er zerrt mich zur Tür, während der Mann mit dem gegelten Haar und ein paar andere Typen Ian packen.

Plötzlich taucht Jack neben uns auf und hält den Blonden am Ärmel zurück. »Lasst sie los. Ich glaube, hier geht es bloß um ein Spiel.«

Endlich hat es jemand kapiert, doch der Blonde stößt Jack zur Seite und hält mich weiter fest. Meine Arme fühlen sich an, als würden sie in einem Schraubstock stecken.

Ich hole tief Luft – obwohl ich mich bei dem Gedanken an das, was ich vorhabe, am liebsten ganz klein zusammenkauern möchte – und beginne, das Sex-Lied zu singen. Jack starrt mich entgeistert an. Vielleicht können ihn Tommy oder Eulie irgendwann davon überzeugen, dass ich eigentlich gar nicht so schlimm bin. Falls ich das hier überlebe.

Ian stimmt mit ein, und wir singen aus Leibeskräften, während wir von den Typen zur Tür geschoben werden. Auch draußen hat sich eine Meute versammelt. Ob wir es zu unseren Autos schaffen, ohne verprügelt zu werden?

Plötzlich stößt mich jemand heftig in den Rücken. Mit einem Schrei stürze ich durch die Tür nach draußen und lande hart mit der Hüfte auf dem Asphalt. Ian macht neben mir ein paar stolpernde Schritte und stürzt dann ebenfalls zu Boden. Wir drehen uns um und singen mit bebenden Stimmen gemeinsam weiter, während die Tür krachend zuschlägt.

Ich weiß nicht, ob ich lachen oder weinen soll, deshalb singe ich einfach immer weiter, als wäre der Song ein Mantra, das die Aggression um uns herum in Schach hält.

Ian steht auf. »Die Challenge ist vorbei. Wir haben es geschafft.«

Mit sanftem, aber festem Griff nimmt er mich an den Händen und zieht mich hoch. Sobald ich mein Gleichgewicht wiedergefunden habe, streiche ich mir über den Rock. Er ist zum Glück nicht zerrissen, aber an der Hüfte werde ich morgen garantiert einen blauen Fleck haben. Ian reibt sich den Ellbogen und starrt mich an, wahrscheinlich weil ich immer noch nicht aufgehört habe zu singen.

Er legt mir die Hand auf die Schulter. »Hey, die Challenge ist vorbei. Atme mal richtig durch.«

Ich versuche es, doch es endet in einem Hicksen.

»Tut mir leid, dass ich uns nicht beim Singen gefilmt habe«, sage ich, als ich sein Handy aus meinem BH ziehe und es an meinem T-Shirt abwische, bevor ich es ihm gebe.

Er zeigt lachend auf den Parkplatz. »Das war gar nicht nötig.«

In der ganzen Aufregung habe ich gar nicht bemerkt, dass die Leute hier draußen wesentlich friedlicher sind als die drinnen. Als wir zu ihnen hinübersehen, applaudieren sie sogar, und die meisten richten ihr Handy auf uns. Es sind unsere persönlichen Beobachter, die alle direkt mit *Risk* verbunden sind.

Ian nimmt meine Hand und wir verbeugen uns. Mit dem Applaus steigt auch meine Stimmung. Selbst der Schmerz in meiner Hüfte ist kaum mehr zu spüren. Plötzlich erscheint mir die Challenge längst nicht mehr so übel wie noch vor einer Minute und ein rauschhaftes Gefühl steigt in mir auf. Ich habe es geschafft! Am liebsten würde ich tanzen, rennen und schreien auf einmal.

Mehrere der Beobachter kommen auf uns zu und klatschen uns anerkennend ab. Es sind Jugendliche in unserem Alter, aber auch erwachsene Frauen und Männer. Mir ist gar nicht klar gewesen, dass *Risk* von so unterschiedlichen Zuschauern verfolgt wird.

»Wir haben euch durch die Fenster beobachtet. *Risk* hat gesagt, dass wir bei dieser Challenge nicht mit reindürfen«, erklärt eine kleine Frau mit Hornbrille. »Sah fast so aus, als wollten die da drinnen euch grillen.«

»Muss an der ganzen aufgestauten Energie liegen«, sage ich, und alle brechen in lautes Gelächter aus. Obwohl ich meine Bemerkung selbst gar nicht so wahnsinnig lustig fand, tut mir ihr Lachen gut.

Ich wedle mit meinem Handy. »Hoffentlich habt ihr gute Aufnahmen davon, wie sie uns rausgeworfen haben.«

Je mehr Beweise, desto besser.

Ian atmet immer noch schwer, lächelt aber in die Kamera und wirft sich in Pose, als stünde er auf dem roten Teppich. Am liebsten würde ich ihn dafür umarmen, dass er mich da drinnen beschützt hat. Mein Herz schlägt wie das eines Zehnkämpfers, und je lauter die Leute jubeln, desto besser geht es mir. So müssen sich Stars fühlen, die auf ihre Fans treffen.

Auf Ians Vorschlag hin führen wir einen kleinen Siegestanz für unsere Bewunderer auf und singen ein paar Zeilen aus »unserem« Song. Irgendwann stimmen die Leute neben uns mit ein, dann die dahinter, und schließlich johlen und tanzen alle auf dem Parkplatz. Was für ein Rausch! Unfassbar, dass ich mit hundert Fremden so viel Spaß haben kann, vor allem weil im Gebäude hinter mir weitere hundert Fremde sind, die mich nur zu gerne verprügeln würden.

Mitten im Trubel höre ich auf einmal ein Geräusch wie von einem schreienden Kind, obwohl gar keine Kinder da sind. Komisch. Außerdem merke ich, wie mein Telefon vibriert. Ich sehe aufs Display. *Risk* schickt seine Glückwünsche. Ian und ich halten triumphierend unsere Handys hoch.

»Noch eine Challenge! Noch eine Challenge!«, rufen die Leute.

Ob ich das schaffe? Die letzte war schon unglaublich hart. Als Spieler kann man zwar jederzeit aufhören, aber soweit ich weiß, ist letzten Monat niemand freiwillig ausgestiegen.

In der eben noch so aufgekratzten Menge macht sich erwartungsvolle Stille breit. Die auf mich gerichteten Blicke lassen tausend Ameisen über meine Haut krabbeln, doch irgendwie scheinen wir alle miteinander verbunden, wie ein Tier mit hundert Lungen, die alle gleichzeitig ein- und ausatmen. Ich habe Gänsehaut, aber ich lache mit der Menge.

Was sagen meine Freunde dazu? Irgendjemand hat uns bestimmt zugesehen. Ich checke noch mal mein Handy, aber das Display zeigt nichts an. Keine einzige SMS? Von niemandem? Ich versuche, Tommy und ein paar anderen Freunden zu schreiben, bekomme aber immer nur eine Fehlermeldung. Also versuche ich, jemanden anzurufen. Nichts geht. Selbst der Zugang zu meiner ThisIsMe-Seite ist blockiert. Plötzlich fühle ich mich inmitten der vielen Leute einsam.

Wieder höre ich das Kinderrufen, diesmal klingt es spöttisch, und ich erkenne endlich, dass das Geräusch aus meinem Handy kommt. Die Leute von *Risk* müssen meinen Klingelton geändert haben. Und ihre Nachrichten kommen problemlos durch. Na wunderbar, ihre tolle App stellt zwar einen »schnellen Zugang« zur Verfügung, blockiert dafür aber alles andere. Hätte ich mir ja denken können.

Ich lese die Nachricht, die im Grunde genommen eine Statusmeldung ist. Wir haben mehr Zuschauer gehabt als die meisten anderen Challenges, die gleichzeitig stattfanden, daher gibt es für die nächste Challenge eine Sonderprämie. So viele Leute schauen uns zu? Ich sehe an mir herunter, um zu prüfen, ob mein T-Shirt zerrissen oder wieder nass geworden ist. Nein, alles ganz züchtig.

Auch Ian sieht auf sein Telefon. »Anscheinend sind wir ziemlich beliebt.«

Beliebt? Ja? Und wer sieht uns zu? Matthew vielleicht? Was hält er jetzt von der kleinen Vee?

»Ich bin gespannt, was die von *Risk* uns als Nächstes anzubieten haben«, meint Ian.

Es muss mindestens genauso verlockend sein wie die Schuhe, das Kleid und der Tag im Spa. Vielleicht eine Reise nach New York? Das wäre ein Traum.

Die Menge fängt wieder an zu jubeln und mir wird ganz warm dabei. Die Leuchtreklame über uns taucht alles in buntes Licht.

»Sollen wir uns in mein Auto setzen, während wir auf die nächste Challenge warten?«, fragt Ian lächelnd. »Es steht gleich da drüben.«

Er zeigt auf einen grauen Volvo ein paar Meter entfernt. Ein vernünftiges Auto für einen Jungen, der hilft, Obdachlosenheime zu bauen.

Ich nicke. Es wird mir guttun, ein bisschen Ruhe zu haben, um das alles zu verdauen. Wir winken den Beobachtern zu, gehen zum Wagen und steigen ein. Mit dem Schließen der Tür empfängt uns angenehme Stille.

»Tja, Partner. Wie es aussieht, haben wir eine Live-Runden-Challenge bestanden«, sagt Ian.

Kaum zu glauben, dass wir immer noch fast Fremde sind. Verstohlen betrachte ich sein markantes Profil.

»Erzähl mir, was *Risk* über dich weiß, ich aber nicht«, sage ich neckend. Mein Gott, flirte ich etwa?

»Hmmm, ich bin sicher, die wissen eine ganze Menge. Mal sehen. Ich bin in der elften Klasse an der Jackson Academy, esse viel zu viele Salzbrezeln und liebe lange Strandspaziergänge. Und was ist mit dir, Vee?«

Wenn er meinen Namen sagt, drücken sich seine perfekten Schneidezähne gegen seine perfekte Unterlippe, sodass mir die Knie weich werden.

»Auch in der Elften, im Gegensatz zu dir aber nicht auf einer schicken Privatschule, sondern an der Kennedy, ich liebe das Theater und träume davon, die Welt zu verbessern.« Ich lächle ihm ebenso huldvoll zu wie vorhin den Leuten draußen.

»Warum hast du dich bei *Risk* beworben?«

»Kein besonderer Grund. Ich wollte nur mal etwas Außergewöhnliches tun. Und du?«

Er neigt sich zu mir. »Die Preise.«

Ja, die Preise. »Was hast du schon alles gewonnen?«

»Bargeld für die ersten Challenges und für die letzte hier ein Busticket.«

Will er mich aufziehen? Aber warum sollte er mich anlügen?

»Ein Busticket? Das klingt irgendwie, ich weiß auch nicht ...« Ich beende den Satz nicht, aber eigentlich meine ich »unspektakulär«.

»Es ist perfekt. Ich kann damit überall in den USA herumfahren. Jederzeit.«

»Warum fährst du nicht einfach mit dem Wagen?«

»Weil ich den dann erst meinen Eltern stehlen müsste.« Einen Moment lang wird sein Gesicht ernst, dann sagt er lächelnd:

»Wir können von Glück sagen, dass wir den verrückten Sex-Verweigerern entkommen sind.«

Wieder zwei Worte mit V. Ich könnte ihm stundenlang dabei zusehen, wie er sie ausspricht, auch wenn ich seinen Geschmack, was Preise angeht, ein bisschen fragwürdig finde.

Bevor ich mir überlegen kann, wie ich ihn dazu bringe, Worte wie »vollständig« oder »Vivisektion« zu sagen, beginnen unsere Handys gleichzeitig zu vibrieren, und die Kinderstimme singt ein fieses *Nah-na-na-ne-na-nah!,* das wie aus einem Splattermovie klingt. Es ist der Klingelton von *Risk*. Und unsere nächste Challenge.

SECHS

Wie wäre es, wenn du das hier gewinnst?

Ich klicke auf den Link, der mir den nächsten Preis zeigt: ein sündhaft teures Smartphone mit allen Apps, die ich mir nur wünschen kann, einer hochauflösenden Kamera, blitzschnellem Internetzugang und unbegrenzter Flat für zwei Jahre. Wow.

Deine nächste Challenge: Begib dich in die Gegend, die in der Karte angezeigt ist. Geh die markierten Straßen entlang, bis du jemanden davon überzeugen kannst, dir hundert Dollar für eine sexuelle Dienstleistung zu geben. Nein, du musst es nicht wirklich tun – du musst nur jemanden finden, der bereit ist, dafür zu bezahlen.

Mir dreht sich fast der Magen um. Ich soll so tun, als sei ich eine Prostituierte? In diesem Viertel? Würg! Dafür müsste *Risk* mich erst mal mit einer Waffe und einer kugelsicheren Weste ausstatten. Meine Mutter hat eine Zeit lang in einem Bürogebäude eine Straße weiter gearbeitet und bei meinem Dad immer über die ekligen Sachen gejammert, die sie in der Firmengarage mitansehen musste. Er hat sich darüber lustig gemacht und vorgeschlagen, dass ihre Firma das doch als kostenlose Peep-Show anpreisen könnte. Ich vermisse ihre Witzeleien. Früher herrschte bei uns zu Hause immer eine ziemlich fröhliche Stimmung, aber die hat sich dank meiner Wenigkeit verflüchtigt.

Ich versuche, einen Blick auf Ians Handy zu werfen, aber er hält es dicht an die Brust gedrückt und steckt es dann ein. Sein Gesicht leuchtet im Neonlicht der Bowlingbahn in verschiedenen Farben auf, mal in sanftem Lila, dann wieder in grellem Rot.

Auch die Leute draußen schauen auf ihre Handys, um zu erfahren, wohin sie der nächste Spaß führen wird.

Eine Frau mit wilden roten Locken, die mich an die Hauptdarstellerin aus *Phantom der Oper* erinnert, klopft an Ians Fenster und ruft: »Worum geht es bei eurer nächsten Challenge?« Sie deutet auf mich und fügt hinzu: »Muss ziemlich gut sein, die Kleine sieht aus, als würde sie sich gleich übergeben.«

Ian lässt das Fenster herunter und zuckt entschuldigend mit den Achseln. »Tut mir leid, ihr müsst warten, bis *Risk* euch informiert.«

Hat sie letzten Monat nicht zugesehen oder warum muss er ihr die Regeln erklären? Vielleicht bekommen die persönlichen Beobachter aber auch Bonusprämien, wenn sie die Spieler dazu bringen, die Regeln zu verletzen, so wie sie Bonusprämien für besonders gelungene Videos bekommen. Oh Mann, ich schon wieder mit meinen Verschwörungstheorien!

Wir winken unseren Beobachtern – Fans? – zu und Ian fährt die Fensterscheibe wieder hoch. Ein Mann versucht, ihn daran zu hindern, und fotografiert mit seinem Handy ins Wageninnere. Der Blitz lässt mich einen Moment lang nur farbige Punkte sehen, aber Ian schafft es, das Fenster zu schließen, und zeigt den Leuten draußen das Peace-Zeichen.

Ich fächle mir mit der Hand Luft zu. »Gott, die sind ja wie Paparazzi.«

»Und, worum geht es bei deiner Challenge?«

»Du zuerst!«

Er lehnt den Kopf an die Nackenstütze. »Ich muss in einem ziemlich uncharmanten Stadtteil meinen Charme spielen lassen. Und zwar so weit, dass mir eines der Mädels dort eine Freirunde anbietet«, erklärt er. »Und jetzt du.«

»Wenn ich, nur rein hypothetisch, noch eine Challenge machen würde, müsste ich jemanden dazu bringen, mir hundert Mäuse für meine Dienste zu bieten.«

Er mustert mich mit einem undeutbaren Blick von oben bis unten und sagt: »Da würde er aber einen guten Deal machen.«

»Danke.« Ich runzle die Stirn. »Oder auch nicht. Denn in der Gegend ist das wahrscheinlich alles andere als ein guter Deal. Ich meine, ich kann mir nicht vorstellen, dass sich irgendjemand für welche Summe auch immer verkauft, aber wenn ich mehr als das Übliche verlange, könnte das eine ziemlich harte Herausforderung werden.«

Lachend holt Ian sein Handy wieder heraus. »Je härter, desto besser, was die mögliche Kundschaft angeht.«

Ich stöhne gequält auf.

Nachdem er eine Weile sein Handy bearbeitet hat, erklärt er: »Okay. Der normale Preis für ein Callgirl liegt zwischen ein- und dreihundert Dollar. Für ein Mädchen von der Straße sind es nur zwanzig bis fünfzig. Du verlangst also mehr als den gängigen Preis, aber dafür siehst du auch nicht aus wie eine Drogenabhängige, das könnte helfen.«

»Na vielen Dank, Partner.« Wieder zieht sich mein Magen

schmerzhaft zusammen. Aber dann denke ich an den Gewinn. Ein nagelneues Smartphone mit Flatrate, sodass sich meine Eltern nicht ständig über die Rechnung beschweren würden, wäre der Hammer. Aber bin ich bereit, mich dafür an den Straßenrand zu stellen?

Ian erzählt, dass er eine Luxus-Campingausrüstung gewinnen kann. Der Kerl hat ganz offensichtlich einen Reisetick. Seine Augen leuchten heller als die Neonlichter draußen und beginnen zu glitzern, als *Risk* uns die Bonusprämie zeigt. Für je tausend zusätzliche Online-Beobachter bekommen wir zweihundert Dollar. Wow! Wie viele Leute uns wohl dabei zuschauen wollen, wie wir uns im Nuttenviertel schlagen?

»Es könnte allerdings schwierig werden, unsere Challenges zu filmen, ohne die echten Prostituierten und die Freier zu verscheuchen«, gebe ich zu bedenken.

»Wir müssen es eben unauffällig machen. Und unsere Beobachter auch.«

Ein paar Dutzend von ihnen, die meisten nur ein paar Jahre älter als wir, hängen wie Zombies um das Auto herum.

Wieder verspottet mich mein Telefon. Wahrscheinlich würde es sich schon lohnen, aus dem Spiel auszusteigen, nur um meinen alten Klingelton wiederzubekommen. Doch als ich sehe, wer anruft, kann ich kaum glauben, dass *Risk* den Anruf durchlässt. Ich gehe schnell ran, bevor sie es sich anders überlegen.

»Alles in Ordnung bei dir?«, erkundigt sich Tommy. »Sah ganz schön krass aus, was du machen musstest.«

Oh Mann, da hat *Risk* unser Video aber schnell gepostet, fast in Echtzeit. Sie können die Aufnahmen kaum bearbeitet haben. Aber warum erlauben sie mir, mit Tommy zu sprechen? Wird unser Anruf etwa auch live gesendet? Vielleicht wollen sie herausfinden, ob ich weitermache. Ja, wahrscheinlich geht es darum.

»Ich hab mir fast die Hüfte gebrochen, aber sonst geht es mir gut.«

»Ich kann dich abholen kommen, wenn du willst. Ich bin nicht weit weg.«

Das war ja klar. Ich hole tief Luft.

»Danke, Tommy, aber jetzt noch nicht. Wir haben gerade die Bedingungen für unsere nächste Challenge bekommen. Ich hab mich noch nicht entschieden.«

Aus den Augenwinkeln sehe ich Ian grinsen.

Tommy schnappt nach Luft. »Du überlegst doch nicht im Ernst, noch eine Challenge zu machen?«

»Ich kann ein wahnsinnig tolles Handy gewinnen und dazu noch Bargeld. Für jemanden mit einem Aktienfond und einem brandneuen Audi ist das vielleicht nicht viel, aber für mich ist es eine ganze Menge.«

»Du hast dich eben schon verletzt. Es lohnt sich nicht, sich dafür umbringen zu lassen.«

»Jetzt übertreib mal nicht. Sie lassen einen keine Challenges machen, bei denen man sein Leben riskiert. Es wird nur ziemlich unangenehm.«

»Worum geht es?«

»Du hast dich als Beobachter eingetragen, also darf ich es dir nicht sagen.«

Gibt es irgendeine Möglichkeit, ihn zur Sicherheit irgendwo in meiner Nähe zu postieren? Ich wünschte, wir hätten einen

Geheimcode vereinbart, mit dem ich ihm unser Ziel nennen könnte, ohne dass *Risk* es herausfindet.

Das erinnert mich an die siebte Klasse, als Syd und ich für *Wunder geschehen* geprobt haben, ein Stück, in dem eine Lehrerin einem behinderten Mädchen eine ganz spezielle Zeichensprache beibringt. Wir hatten diese Zeichensprache so perfekt geübt, dass wir uns damit später heimlich während des Unterrichts verständigen konnten. Wenn ich doch bloß Syd anrufen und ihr erzählen könnte, was ich vorhabe. Das wäre mir noch lieber, als es Tommy zu sagen. Warum muss sie auch unbedingt hinter Matthew her sein?

»Mach es nicht, Vee«, unterbricht Tommy meine Gedanken. »Ich hab Gerüchte gehört, dass eines der Mädchen, die beim letzten Mal gewonnen haben …« Der Rest geht in statischem Rauschen unter, dann bricht die Verbindung ganz ab. Als ich versuche, ihn zurückzurufen, komme ich nicht durch. Misthandy.

Ian klopft aufs Lenkrad. »Wenn du – rein hypothetisch gesehen – weiterspielst, willst du dann mit mir mitfahren?« Er legt den Sicherheitsgurt an, was mich beruhigt. Psychopathen schnallen sich doch bestimmt nicht an, oder? Außerdem kommt es mir hundertmal sicherer vor, mit ihm zu fahren, als allein mit meinem Auto in diesem berüchtigten Stadtteil herumzukurven. Und bei den ganzen Beobachtern um uns herum kann er sowieso nicht versuchen, mir irgendwas zu tun.

»Klar«, sage ich und beantworte damit nicht nur die Frage nach dem Transportmittel, sondern auch die nach meiner Teilnahme an der nächsten Runde. Ich kann kaum glauben, dass ich eine Qualifizierungs-Challenge für die Live-Runde überstanden habe und schon dabei bin, die nächste zu versuchen. Ich, Vee, das Mädchen hinter dem Vorhang.

Ian lässt den Motor an, und wir zeigen den Beobachtern den erhobenen Daumen, um sie wissen zu lassen, dass wir weiterspielen. Sie jubeln und laufen zu ihren Autos, während ich *Risk* über meine Entscheidung informiere. Was das Spiel wohl als Nächstes für uns bereithält? Hinter uns wird wild gehupt, und eine Stereoanlage dröhnt so laut, dass ich den Bass spüren kann.

Ian runzelt die Stirn. »Es wäre zwar cool, wenn außer uns noch jemand unsere Challenge filmen würde, aber diese Jungs da könnten mehr Schaden anrichten als uns nutzen.«

Draußen zeigt ein Kerl seinen Freunden gerade den nackten Hintern, worauf sie in Gegröle ausbrechen. Ich weiß, was Ian meint, aber die Beobachter abzuschütteln hieße, sie zu verärgern. Letzten Monat hat ein Spieler in L.A. seine Beobachter ständig abgehängt, und dafür haben sie seine nächste Challenge sabotiert, sodass er aus dem Spiel geflogen ist.

»Wir können ja mit ihnen sprechen, wenn es zu übel wird«, schlage ich vor. »Außerdem sagt ihnen *Risk* sowieso früher oder später, wo unsere nächste Challenge stattfindet.«

Ian muss einem Mädchen ausweichen, das neben uns Rad schlägt.

»Die sind echt gemeingefährlich.«

Er rast vom Parkplatz und biegt ein paarmal scharf ab, um wenigstens einen Teil der Verfolger abzuhängen. Einige Autos bleiben mit quietschenden Reifen hinter uns, aber an einer Ampel, die wir bei Fast-Rot nehmen, verlieren auch sie den Anschluss. Wer hätte gedacht, dass ein so vernünftiges Auto für eine so halsbrecherische Flucht geeignet ist?

Ich kann verstehen, warum Ian das tut, habe aber trotzdem das Gefühl, als würde ich gerade eine Hängebrücke überqueren, an der das Halteseil durchgeschnitten wurde. Hat *Risk* ihn dazu gebracht, so wie sie mich dazu gebracht haben, Tommy loszuwerden? Wenn ja, was verlangt das Spiel als Nächstes von ihm?

Ich taste nach dem Sicherheitsgurt. »Ich weiß nicht, ob das jetzt so gut war.«

»Keine Angst, das ist ja nur für kurze Zeit«, beruhigt er mich. Als er nach ein paar weiteren Ecken sicher ist, dass uns niemand mehr folgt, schaltet er das Radio ein und erklärt: »Wir liefern ihnen als Wiedergutmachung auch ein tolles Video, versprochen.«

»Wenn wir die nächste Challenge durchziehen, wird es eine ganze Menge Leute geben, bei denen wir etwas wiedergutmachen müssen«, erwidere ich.

»Das stimmt. Klingt, als wäre dein Freund jetzt schon ganz schön wütend.«

Sagt er das, um herauszufinden, ob ich überhaupt einen Freund habe?

»Ich bin sicher, deine Freundin war auch nicht unbedingt begeistert davon, dass du sie abserviert hast.«

Er zieht die Mundwinkel ein Stückchen hoch. »Ich habe keine Freundin.«

Gut zu wissen, dass er verfügbar ist, aber schlecht, dass er sich möglicherweise nicht mit einem einzigen Mädchen zufrieden gibt.

»Tommy ist auch nicht mein Freund. Und er kann nicht verstehen, warum jemand bereit ist, so etwas zu tun, ganz egal wie cool die Preise sind.«

»Leute, die mit einem Haufen Geld geboren wurden, können so was nie verstehen.«

»Das sagt ausgerechnet der Privatschüler mit dem sauteuren Handy?«

Er presst die Kiefer aufeinander. »Das Handy hab ich mir selbst verdient. Genau wie die Privatschule.«

»Echt jetzt? Wie denn? Den Job will ich auch!«

Es macht mir nichts aus, bei *Vintage Love* zu arbeiten. Aber die Bezahlung ist miserabel.

Er schüttelt den Kopf, lächelt angespannt und stellt das Radio lauter. Der Wagen beginnt zu vibrieren. Okay, er schuldet mir keine Erklärung. Ich enthülle ihm schließlich auch nicht meine Lebensgeschichte.

Stattdessen nicke ich Richtung Lautsprecher. »Wer ist das?«

Der Unterkiefer fällt ihm herunter. »Sag bloß, du kennst die Rolling Stones nicht? Mick Jagger? Das sind Klassiker!«

»Die Band kenne ich schon, aber den Song hab ich noch nie gehört.«

»Dann ist heute dein Glückstag.«

Stimmt das? Ist heute wirklich mein Glückstag? Vor kaum zwei Stunden ist meine beste Freundin mit dem Jungen abgezogen, für den ich seit Monaten schwärme. Aber immerhin habe ich tolle Schuhe gewonnen und eine Luxus-Beauty-Behandlung. Außerdem sitze ich gerade bei einem echt heißen Typen im Auto. Okay, wir fahren in die übelste Gegend der Stadt, wo ich so tun soll, als sei ich eine Prostituierte. Und vielleicht zusammengeschlagen werde. Oder schlimmer – schließlich weiß jeder, dass das Leben von Prostituierten nicht wie in *Pretty Woman* ist. Aber ich soll ja nur so tun. Vielleicht wendet sich mein Blatt ja tatsächlich.

Wir parken ein paar Blocks von dem Viertel entfernt, und während ich mein Lipgloss auffrische, denke ich über mein Outfit nach. Der Vintage-Look und meine flachen Ballerinas sind nicht gerade straßenstrichtauglich, aber ich könnte auf schlampiges Schulmädchen machen. Ich ziehe das T-Shirt so weit herunter, dass der BH zu sehen ist, kremple den Rock in der Taille ein Stück höher und mache mir mit Gummibändern, die ich unten in meiner Handtasche finde, Zöpfe. Wenn ich jetzt noch einen Lutscher hätte, wäre es perfekt.

Bevor wir aussteigen, kommen wir zu dem Schluss, dass meine Tasche besser im Handschuhfach aufgehoben ist, was mir noch mal vor Augen führt, was ich hier gleich vorhabe. Mein Magen zieht sich bei diesem Gedanken noch ein Stückchen mehr zusammen. Aber wenigstens habe ich mein Handy. Ohne würde ich das auf keinen Fall riskieren.

Ian zeigt auf meinen Wahlkampfbutton. »Mach den lieber ab. Leute in der … äh … Unterhaltungsbranche sollten keine politische Stellung beziehen.«

»Ich bezweifle, dass überhaupt jemand hier Jimmy Carter kennt, aber du hast recht.«

Ich nehme den Button ab und stecke ihn in die Jackentasche.

Es ist Zeit, in meine Rolle zu schlüpfen. Syd sagt immer, Schauspielerei fängt mit der richtigen Pose an. Also versuche ich, alle meine möglicherweise vorhandenen Diva-Gene zu aktivieren, und stelle mich in Positur.

»Hallo Seattle, hier kommt Frischfleisch auf den Markt!«

Ian mustert mich ausgiebig von oben bis unten.

»Ich wette, es dauert keine zehn Minuten, bis dich der Erste anspricht«, sagt er dann. »Es gibt bestimmt einen Haufen

Perverse, die auf umwerfende blauäugige Brünette stehen, die aussehen, als wären sie in der Mittelstufe.«

»Äh, danke.« Irgendwie heben sich *umwerfend* und *Mittelstufe* gegenseitig auf, aber ich denke, er hat es als Kompliment gemeint. Ich streiche meinen Rock glatt. »Mir wäre trotzdem lieber, ich hätte mich ein bisschen mehr schminken können.«

Er bedenkt mich mit einem Blick, der mir einen Schauer über den Rücken laufen lässt.

»Wusstest du, dass Prostituierte zu den ersten Frauen gehörten, die Lippenstift benutzt haben?«

»Klingt logisch. Sie wollten hübsch aussehen, um Kunden anzulocken.«

»Das auch, aber vor allem ging es darum, zu signalisieren, dass sie besondere Dienste anboten, die der oralen Art, du verstehst.«

»Oh.« Ich blinzle ihn an. »Erst deine Recherche über Keuschheit, dann die über die Preise für eine Nummer auf dem Straßenstrich und jetzt antike Huren. Ich lerne heute Abend eine Menge über Sex.«

»Wir können auch über etwas anderes als Sex reden.« Ian holt sein Handy heraus. »Wusstest du zum Beispiel, dass die Menschen in manchen Kulturen glauben, dass man ihnen die Seele raubt, wenn man sie fotografiert?«

»Echt? Und ich dachte immer, das sei einer von diesen modernen Mythen, erfunden von Leuten mit Frisurproblemen.«

Ian richtet die Handykamera auf mich. »Wie du meinst.«

Ich ziehe meinen schönsten Supermodel-Schmollmund und er fotografiert mich ein paarmal. Das wievielte Foto von mir ist das heute Abend?

Ian fährt sich durch die Haare. »Wir sollten jetzt besser anfangen. Es wird bestimmt nicht ganz leicht werden, eine der viel beschäftigten Damen dazu zu überreden, mir eine Nummer zu spendieren.«

Ich wette, mit seinen dunklen Augen und dem wissenden Lächeln bekommt er haufenweise Angebote. »Du schaffst das schon.«

Wir gehen schnell, was mir ganz recht ist, denn erstens ist es kühl und zweitens hoffe ich, so das nervöse Pochen in meiner Brust zu beruhigen. Trotzdem muss ich mich bemühen, mit Ians langen Schritten mitzuhalten.

Als wir an der Hauptstraße ankommen, wird er langsamer.

»Geh du ein Stück voraus und ich filme. Bleib so weit wie möglich im Licht der Laternen.«

Einen besseren Plan haben wir nicht. Ein Lächeln und ein Winken, dann bin ich allein. Ich schlendere hüftschwingend weiter und versuche, so viel Zuversicht wie möglich in mir zu mobilisieren, was allerdings nicht ganz einfach ist, vor allem als ein kalter Windstoß unter meinen Rock fährt und meinen Po ganz taub werden lässt. Auf den Gehwegen treiben sich die unterschiedlichsten Leute herum – eine Horde betrunkener Studenten mit Bierflaschen in der Hand, Pärchen, die Arm in Arm an mir vorbeiflanieren, und unrasierte Typen mit fünf Schichten Kleidung, die die Passanten um Geld für »was zu essen« bitten.

Die Studenten lachen und rülpsen. Reizend. Als sie an mir vorbeistolpern, verschränke ich die Arme vor der Brust und sehe weg. Mein Job im Einzelhandel hat mich gelehrt, zahlende Kunden von denen zu unterscheiden, die sich nur umsehen wollen.

»Hey, Baby, wie viel?«, ruft einer von ihnen.

»Mehr als du dir leisten kannst!«, gebe ich zurück und gehe, wie ich hoffe, mit verführerischem Hurenhüftschwung weiter. Ich habe Sydney zwar schon bei den Proben für einige Rollen geholfen, aber eine Prostituierte hat sie noch nie gespielt, daher habe ich auf dem Gebiet nicht viel Erfahrung.

Ich stolziere davon und höre noch, wie der Student von seinen Freunden aufgezogen wird. Zum Glück folgt er mir nicht, um mir seine Männlichkeit zu beweisen.

Ich habe mich so auf die Studenten konzentriert, dass ich gar nicht bemerke, dass ich zwei der professionellen Mädchen aufgefallen bin, einem hellhäutigen in Neonfarben und einem dunkelhäutigen im Metallic-Look. Sie scheinen beide etwa so alt zu sein wie ich, aber ihre Augen sind müder als die meiner Mutter. Ihre knappen Tops und Hotpants entblößen jede Menge nackte Haut, was mich in der kalten Nachtluft gleich mitfrieren lässt.

Die Neonfarbene lässt einen Goldzahn blitzen und knurrt mich an: »Was machst du hier?«

»Ich laufe nur ein bisschen rum«, antworte ich und ziehe meine Jacke vor der Brust zu, um das zu verdecken, was ich bis eben noch für ein Dekolletee gehalten habe.

Das Metallic-Mädchen deutet mit einem Finger auf mich. Ihre Nägel sind mindestens drei Zentimeter lang und dunkel lackiert.

»Und das ist besser auch alles, was du hier tust!«, droht sie und kommt mit ihrer Freundin näher.

Ich versuche, mir nicht auszumalen, was ihre Krallen mit meinem Gesicht anrichten könnten, trotzdem drängt sich mir das

Bild einer Wildkatze auf, die ihre Beute ausweidet. Diese Challenge ist furchtbar. Noch furchtbarer als die letzte. Aber ich bin nicht ganz allein, auch Ian muss eine schwere Aufgabe bewältigen. Plötzlich kommt mir eine Idee.

Ich zwinge mich, stehen zu bleiben und nicht zurückzuweichen, so wie es mir die Ranger im Yellowstone-Nationalpark beigebracht haben, falls mir ein Bär begegnen sollte. Als die Mädchen fast auf Armlänge an mich herangekommen sind, sage ich: »Hey, hier soll sich doch der süße Sänger dieser Band rumtreiben, die heute Abend gespielt hat. Habt ihr ihn vielleicht gesehen?« Ich versuche mich an einem »Wir Mädels müssen doch zusammenhalten«-Lächeln.

Die Hellhäutige leckt sich über die Lippen. »Ein Sänger?«

Ich wippe hektisch auf den Füßen, ganz das aufgeregte Groupie. »Genau. Er heißt Ian … äh, Ian Jagger. Sein Dad ist bei den Rolling Stones. Ihr wisst schon, diese total berühmte alte Rockband? Ja, und Ian ist der Sohn. Cool, oder? Jedenfalls hatte Ians Band heute einen Auftritt in Seattle. Ich hab auf seiner Fanseite gesehen, dass er hinterher noch feiern will und eine Bar hier in der Nähe erwähnt hat. Kennt ihr *The Flash?*«

Das ist doch der Name des Clubs, in dem jede Woche irgendjemand verhaftet wird, oder? Nach diesem Lügenschwall muss ich erst mal tief Luft holen, um nicht zu hyperventilieren.

Die Mädchen runzeln die Stirn. »Wieso sollte er in so einen lahmen Laden gehen?«

Ich sehe die Straße entlang und reiße theatralisch die Augen auf, als ich Ian etwa zwanzig Schritt entfernt entdecke.

»Oh mein Gott!«, kreische ich und renne auf ihn zu. Die Mädchen laufen schmuckklimpernd hinter mir her.

Das aufgeregte Keuchen, als ich Ian am Arm packe, muss ich nicht mal spielen: »Ian Jagger! Ich lieeeebe deine Songs!«

Ian verbirgt seine Überraschung hinter einem breiten Lächeln. »Danke, Süße!«

Die nach Zigarettenrauch und Parfum riechenden Mädchen schubsen mich beiseite. Wie wollen sie denn bei dem Gestank Kunden anlocken?

»Hey, Ian«, sagt das dunkelhäutige Mädchen, »ich bin Tiffany. Bist du echt berühmt?«

Ian zuckt mit den Achseln und lässt ein Rockstar-Grinsen sehen.

Das andere Mädchen verkündet, dass sie Ambrosia heißt, und fügt hinzu: »Klar ist er berühmt. Ich hab ihn schon mal im Fernsehen gesehen.«

Das läuft ja besser, als ich gehofft hatte. Kapiert Ian, was ich ihm für einen Gefallen tue? Und was er mir dafür schuldet?

Er lächelt jetzt gespielt schüchtern, was die unwiderstehlichen Grübchen in seine Wangen zaubert.

»Wir sind nur heute Abend hier. Habt ihr eine Idee, wo man noch ein bisschen Spaß haben kann?«

»Oh, mit mir könntest du definitiv ein bisschen Spaß haben, Baby«, haucht Tiffany.

»Hey, Prinzessin, kannst du mal ein Foto von mir und den beiden reizenden Damen machen«, bittet mich Ian und reicht mir sein Handy. »Meine Plattenfirma weiß gerne, was ich nach den Auftritten so treibe.«

Ich nehme das Handy und richte die Kameralinse auf ihn.

»Klar. Aber mit mir hast du garantiert mehr Spaß als mit den beiden da und dafür musst du nicht mal was bezahlen.«

Tiffany ballt die Fäuste und macht einen Schritt auf mich zu. »Wer sagt hier was von Bezahlen, du Schlampe?«

Bingo.

»Tut mir leid, ich dachte nur …«

Ambrosia stemmt die Hände in die Hüften und baut sich vor mir auf. »Dann hör auf zu denken, kapiert?«

Ian stellt sich zwischen die Mädchen und mich.

»Hey, vergesst die Kleine. Ihr beiden wollt mich also einladen? Ohne jeden Hintergedanken?«

»Klar«, schnurrt Tiffany. »Stellst du unsere Fotos auf deine Seite?«

»Auf meine Seite und ins ganze Netz«, grinst Ian und sieht mich an. »Versprochen. Dafür hab ich dem flachärschigen Mädchen ja meine Kamera gegeben.«

Die beiden bedenken meinen flachen Arsch mit einem hochnäsig-triumphierenden Blick und fragen Ian, in welchem Hotel er wohnt und wie der Roomservice dort sei.

In dem Augenblick kommt ein großer Mann auf uns zu; der Hut, den er trägt, würde einem Mafiagangster alle Ehre machen. Das meint er doch nicht ernst, oder? Die Hände hat er tief in den Taschen eines Trenchcoats vergraben, der, wenn er seinen Look perfekt machen wollte, eigentlich einen Leopardenfellkragen haben müsste.

»Tiff, Am, macht der Kerl euch irgendwie Schwierigkeiten?«

Tiffany und Ambrosia stolpern beinahe übereinander in ihrem Bemühen, sich an den Kerl zu schmiegen, und flüstern ihm irgendetwas ins Ohr.

Was sie ihm sagen, lässt ihn die Stirn runzeln.

»Ian Jagger? Noch nie gehört.«

Ich presse das Handy mit der laufenden Videoaufnahme an die Brust und hoffe, dass mich der Kerl einfach übersieht. Er stößt die Mädchen beiseite und wirft Ian einen finsteren Blick zu.

»Ich habe gerade gesagt, dass ich noch nie von dir gehört habe.«

Ian zuckt mit den Achseln. »Wir spielen hauptsächlich Emo.«

»Homo? Ihr spielt Homo-Musik?«

»Nein! Emo! Das ist eine Art Punk, nur melodiöser.«

Die Hände in den Taschen kommt der Kerl näher, bis er dicht vor Ian stehen bleibt. »Du spielst also Punk, ja? Wo hast du denn heute Abend gespielt?«

Ian schluckt. »In einem kleinen Club. Wahrscheinlich haben Sie noch nie davon gehört.«

»Ich habe dich gefragt, wo du gespielt hast, Ian Punk-Homo Jagger!«

Der Kerl schiebt sich noch näher an Ian heran, sodass sie nur noch Zentimeter trennen. Ian schluckt wieder. Ich lasse das Video weiterlaufen, obwohl wir wahrscheinlich längst haben, was wir brauchen. Aber es ist, als könnte ich nicht genug bekommen. Tiffany und Ambrosia drängen sich hinter ihren Zuhälter, sehen sich mit aufgerissenen Augen an und wirken plötzlich um einiges jünger.

»Mir scheint, du möchtest gern etwas Zeit mit meinen Mädchen verbringen«, sagt der Zuhälter leise.

»Wir haben uns nur unterhalten.« Ian lächelt beschwichtigend. »Sie sind sehr hübsch.«

Der Zuhälter nimmt eine Hand aus der Tasche, um sich über den Stoppelbart zu reiben. »Ja, das sind sie. Und weißt du was, mit mir kann man sich auch ganz gut unterhalten. Sollen wir ein Stück spazieren gehen und das tun?«

»Klingt cool, aber ich sollte los. Meine Band wundert sich bestimmt schon, wo ich bleibe.«

»Das war keine Bitte!«, zischt der Zuhälter.

Ian sieht mich hilflos an und mir rutscht fast das Handy aus den schweißfeuchten Händen. Am liebsten würde ich es in die Tasche stecken, bevor der Kerl es mir wegnimmt, aber noch dringender will ich das hier aufnehmen.

»Bleib du hier«, sagt Ian zu mir.

Zum ersten Mal sieht mich der Zuhälter an.

»Sie gehört zu dir? Hübsch. Sie kann mitkommen.« Er stößt Ian mit dem Ellbogen an.

Ich weiß nicht, ob ich mitgehen oder in die Gegenrichtung flüchten soll. Er kann uns nicht beide gleichzeitig verfolgen, allerdings könnte er mir Tiffany und Ambrosia auf die Fersen hetzen. Ich sehe mich um, ob ich irgendjemanden um Hilfe bitten kann.

In diesem Augenblick biegt eine Gruppe Zwanzigjähriger um die Ecke. Einer von ihnen deutet auf uns, worauf die anderen ihre Handys hervorholen.

Die Beobachter sind da!

Als sie näher kommen, runzelt der Zuhälter die Stirn. »Was zum Teufel …?«

Ian winkt den Beobachtern zu. »Sieht so aus, als wäre ich noch von ein paar anderen Fans entdeckt worden. Ich sollte mich ein bisschen zu ihnen gesellen, das verstehen Sie doch sicher?«, sagt er und taucht in der Beobachtermenge unter.

Auch ich ziehe mich in den Schutz der Gruppe zurück, in der

ich einige Gesichter vom Parkplatz vor der Bowlingbahn wiedererkenne. Überraschenderweise scheint keiner sauer zu sein, dass wir sie abgehängt haben. Und mir macht es dieses Mal nichts aus, dass sie mir ihre Kameras vor die Nase halten. Unter Applaus gehen wir die Straße entlang, während sie uns mit Fragen bombardieren.

»Ihr bekommt alles zu sehen, sobald *Risk* es sendet«, verspricht Ian der Menge, nimmt mir das Handy ab und filmt unsere Beobachter, während sie uns filmen.

Verdattert sehen uns der Zuhälter und die beiden Mädchen nach. Tiffany heult, als hätte sie etwas wahnsinnig Tolles verpasst. Und auch ich würde am liebsten heulen, allerdings vor Erleichterung. Der Jubel der Beobachter umgibt mich wie ein Schutzschild. Ein großer, lauter, wunderbarer Schutzschild. Für sie bin ich jemand. Ich bin in Sicherheit.

SIEBEN

Ich drängle mich zu Ian durch. »Du hast es geschafft! Jetzt kannst du mit dem Bus nach Kentucky oder Kansas oder sonst wohin fahren und zelten gehen.«

»Das war großartig, was du mit den Mädchen abgezogen hast, auch wenn der Typ mich beinahe gelyncht hätte«, lacht er. »Ein Glück, dass ich mein Handy noch habe.«

Die Beobachter umringen uns und klatschen Ian ab.

Er nimmt ihre Glückwünsche strahlend entgegen, aber dann sagt er: »Das Video wird der Hammer, versprochen! Aber es kam nur zustande, weil meine tolle Partnerin hier so mutig war. Also lasst uns jetzt bitte eine Weile in Ruhe, damit sie ihren Teil der Challenge erfüllen kann. Ansonsten ist die Show vorbei!«

Die Beobachter wirken enttäuscht, zeigen sich aber einsichtig und bleiben stehen, während wir die Straße überqueren und damit Tiffanys und Ambrosias Gebiet hoffentlich verlassen. Jetzt habe ich die angenehme Aufgabe vor mir, einen Freier zu finden.

Ian schlendert zu einem Laden, in dem »Frauen live« angeboten werden. Wahrscheinlich gibt es trotz Millionen von Pornoseiten im Internet immer noch Männer, die auf dieses unmittelbare Erlebnis in der ekligen Kabine einer Peep-Show abfahren. Das ist für uns insofern gut, als die Neonreklame des Ladens einen fast zehn Meter breiten Streifen des Gehwegs hell beleuchtet.

Die Männer, die davorstehen, sehen mich an, aber keiner kommt auf mich zu, nicht einmal als Ian ihnen auffordernd zuwinkt. Vielleicht wollen sie das Geschäft lieber von Mann zu Mann einfädeln, also schlendere ich am Straßenrand entlang und betrachte den Verkehr, eine Hand in die Hüfte gestützt, die andere locker herabhängend. Immer wenn ein Auto vorbeikommt, lasse ich im Licht der Scheinwerfer ein Lächeln aufblitzen, bei dem ich die Lippen schürze, als wollte ich gleich »Bonbon« sagen, und recke die Brust vor. Ich habe doppelt so viele Klamotten an wie Tiffany und Ambrosia zusammen und bin mir trotzdem noch nie so nackt vorgekommen. Von der anderen Straßenseite klingt Lachen herüber. Die Beobachter sollten sich zurückhalten, sonst schaffe ich diese Challenge nie.

Nachdem ich einen Block weit gelaufen bin, drehe ich um und gehe langsam wieder zu Ian zurück. Er redet mit ein paar Männern in der Schlange und deutet auf mich. Mein persönlicher Zuhälter. Die potenziellen Kunden starren mich an und schnalzen mit der Zunge, schütteln aber die Köpfe. Wo liegt das Problem? Vielleicht halten sie mich aus der Entfernung für eine abgewrackte Drogensüchtige, die mit den langen Ärmeln ihre Einstiche verbergen will. Oder mein Outfit und die Schuhe verraten ihnen, dass ich nicht wirklich aus dem Business bin. Wahrscheinlich muss ich sie selbst überzeugen. Igitt. Obwohl sich mein Magen mittlerweile zu einem unlösbaren Knoten verkrampft hat, gehe ich auf sie zu. Glücklicherweise sind die Beobachter so schlau, still zu sein.

Je weiter ich mich dem Schaufenster der Peep-Show nähere, desto stärker nehme ich einen säuerlichen Geruch wie nach Kohlsuppe wahr. Mit einem innerlichen Stöhnen erkenne ich, dass er von den Männern ausgeht. Musste Ian ausgerechnet die stinkigsten Perversen auf der Straße aussuchen?

Jetzt deutet er auf mich.

»Komm her, Roxie!«

Roxie? Soll das ein Name sein?

»Äh, ja sicher, Stone.«

Er packt mich am Handgelenk, als würde ich ihm gehören. »Diese Jungs hier wollen nicht glauben, dass du dein Geld wert bist.«

Ich beiße mir auf die Unterlippe. »Vielleicht haben sie ja recht. Das ist mein erster Abend und ich bin ziemlich nervös.«

Ein plattnasiger Typ stiert mich an. »Soll das heißen, du hast so was noch nie gemacht? Na, das erklärt die seltsamen Klamotten.«

Seltsam? Zuerst bin ich beleidigt, aber dann fühle ich mich eher geschmeichelt. Welches Mädchen würde schon gerne hierherpassen wollen?

»Was anderes kann ich mir nicht leisten«, schniefe ich. »Sexy Sachen sind echt teuer.« Ich starre auf meine armseligen nichtnuttigen Ballerinas. In der Ferne heult eine Sirene.

Der Kerl kratzt sich in der Achselhöhle. »Ich geb dir fünfzig, mehr hab ich nicht, außerdem ist das mehr, als die Mädels hier normalerweise kriegen.«

Ich hebe den Kopf und sehe Ian mit Dackelblick an. »Ich glaube, ich kann das nicht, auch wenn Mama die Operation so dringend braucht. Ich will lieber noch ein bisschen spazieren gehen, ja?«, bettle ich. Der Teil mit dem Spazierengehen ist sogar wahr, denn wenn ich nicht schnell von diesen stinkenden Kerlen wegkomme, falle ich noch in Ohnmacht.

»Klar, Schwesterchen.« Ian tätschelt mir den Kopf und verhandelt weiter mit den Männern, wie es ein guter Bruder tun sollte.

Ich drehe die nächste Runde auf dem Gehweg. Die Pärchen, die mir entgegenkommen, zeigen seltsamerweise alle die gleiche Reaktion: Der Junge lächelt leise und sieht schnell weg, das Mädchen betrachtet mich länger und schnaubt dann verächtlich. Erkennen sie denn nicht, dass ich eine von ihnen bin? Das letzte Mädchen, das mich so abschätzig angesehen hat, trug sogar das gleiche T-Shirt wie ich.

Ich darf das nicht persönlich nehmen. Es ist ein Rollenspiel, das nichts mit meinem echten Leben zu tun hat. Ich zwinge mich, dem nächsten Pärchen, das mir entgegenkommt, zuzulächeln, und bin schockiert, als beide zurücklächeln. Dann kommt der Junge plötzlich auf mich zu und legt den Arm um mich.

»Hey!«, protestiere ich und versuche, mich ihm zu entwinden.

Das Mädchen fotografiert uns, während der Junge an einem meiner Zöpfe zieht und flüstert: »Du machst das sensationell, Vee!«

Ich schlage nach ihm. »Nimm die Finger von mir, du Idiot!«

Eine Sekunde später ist Ian an meiner Seite und droht, den Kerl zu Brei zu schlagen, aber die beiden lachen nur und laufen schnell zurück in die Richtung, aus der sie gekommen sind. Ian will ihnen nach, aber ich halte ihn zurück.

»Vergiss sie. Wir müssen uns auf die Challenge konzentrieren.«

Er sieht mich zweifelnd an, dann nickt er zustimmend.

»Okay. Aber wenn dich noch mal solche Stalker-Beobachter belästigen, rufst du mich, ja?«

Ich nicke und mache mich wieder an die Arbeit. Ein paar Minuten später wird ein Auto langsamer und hält direkt neben mir am Straßenrand an. Am Steuer sitzt ein etwa fünfundvierzigjähriger Mann mit dichten Augenbrauen.

»Du scheinst mir noch ein bisschen zu jung zu sein, um hier allein herumzulaufen. Du zitterst ja richtig«, grinst er.

»Ich bin alt genug. Mir ist nur kalt.«

»Mein Wagen hat eine Sitzheizung. Du kannst mitfahren, wenn du willst.«

Ich bleibe stehen und warte darauf, dass er mir ein Angebot macht. Bitte … hoffentlich nimmt das irgendjemand auf. Ich würde es ja selbst mit meiner lausigen Kamera probieren, wenn ich nicht Angst hätte, den Kerl damit zu vergraulen.

Er klopft mit den Fingern den Rhythmus eines Disco-Songs auf dem Lenkrad mit und fragt: »Also, was ist? Willst du einsteigen?«

»Äh, Sie sind sehr nett, aber …«

Ian kommt zu mir geschlendert, die Arme vor der Brust verschränkt, sodass er mit dem Handy filmen kann, ohne dass es jemand merkt. Er stellt sich zwei Schritte neben mich ans Heck des Wagens, genau in den toten Winkel des Fahrers. Vermutlich halten ihn die Passanten für einen Zuhälter, der auf sein Mädchen aufpasst.

Der Typ im Auto scheint Ian allerdings nicht zu bemerken. Er reibt sich über die Wange und sagt: »Brauchst du Geld, um dir was zu essen zu kaufen? Vielleicht kann ich dir ja helfen?«

»Ja, Hunger hätte ich schon«, antworte ich und ziehe das Wort »Hunger« betont in die Länge.

»Wie viel isst du denn so?«, fragt er grinsend.

Am liebsten würde ich ihm eine scheuern, stattdessen schaffe ich es, »Eine ganze Menge« zu hauchen.

»Kleines Mädchen, großer Appetit«, lacht er. »So etwa für zwanzig Mäuse?«

Ich reiße die Augen auf. »Eher für fünfmal so viel.«

Sein Lächeln verschwindet. »Du bist ein richtig gieriges Ding, stimmt's?«

Ich streiche mir mit der Hand über die Hüfte. »Aber ich bin auch bereit, hart dafür zu arbeiten.«

Er zieht eine seiner raupenartigen Augenbrauen hoch. Ich will lieber nicht wissen, was ihm gerade durch den Kopf geht.

»Du siehst zwar zum Anbeißen aus, aber das ist zu viel. Das ist gegen meine Prinzipien.«

Als ob Typen, die nach minderjährigen Nutten Ausschau halten, irgendwelche Prinzipien hätten.

»Tja, schade«, sage ich und gehe weiter. »Schönen Abend noch.«

Er legt so abrupt den Rückwärtsgang ein, dass Ian zurückspringen muss, und faucht: »Du hältst dich wohl für besonders heiß, was?«

Das hier wird nicht gut ausgehen, ich spüre es. »Nein«, antworte ich.

»Schlampe!«, schreit er, tritt aufs Gas und zieht in einer Abgaswolke ab, bis er ein Stück weiter bei einem Mädchen in Zehn-Zentimeter-Heels stehen bleibt.

Meine Knie fühlen sich an wie Gummi. Erst Tiffany und jetzt

dieser Typ. Ich kann mich nicht daran erinnern, zweimal an einem Abend als »Schlampe« bezeichnet worden zu sein, noch nicht mal in einem ganzen Monat. Meine Unterlippe zittert.

Ian kommt zu mir und drückt mir die Schulter. »Nimm es dir nicht so zu Herzen. Das ist nur ein Trottel, der nicht gekriegt hat, was er wollte. Wir schaffen das schon, okay?«

Damit geht er wieder und postiert sich in meiner Nähe.

Ich schlucke frustriert und beobachte, wie sich das High-Heel-Mädchen mit dem Augenbrauenkerl unterhält – sie lächelt viel und nickt. Wenn so viele Frauen bereit sind, für weniger als hundert Dollar zu arbeiten, wie soll ich dann je einen Kunden finden? Diese Challenge ist wirklich richtig hart. Aber was habe ich auch anderes erwartet, immerhin geht es um ein sagenhaftes Handy mit allem, was man sich wünschen kann.

Kurz darauf richtet sich das Mädchen auf, um die Beifahrertür zu öffnen. In der Sekunde, in der der Mann ihr Gesicht nicht mehr sehen kann, lässt sie die lächelnde Maske fallen. Was sie wohl gerade denkt? Dass das nicht ihr echtes Leben ist, so wie ich mir das gerade gesagt habe?

Plötzlich bin ich müde und wünsche mir nichts sehnlicher, als nach Hause zu gehen, ein heißes Bad zu nehmen und mich ins Bett zu legen. Im Weitergehen werfe ich einen Blick auf mein Handy. Keine neuen Nachrichten. *Risk* blockiert meine Leitung wahrscheinlich immer noch. Sehen sie denn nicht, dass ich dringend moralische Unterstützung brauche?

Ich bin kurz davor, Ian um Kleingeld zu bitten, damit ich von einem Münztelefon aus irgendjemanden anrufen kann (vorausgesetzt, ich finde ein funktionierendes Telefon, das nicht mit irgendetwas Ekligem verschmiert ist), als wieder ein Auto langsam neben mir herfährt und schließlich anhält. Dieses Mal eines mit Mercedesstern. Als das Fenster herunterfährt, blickt mir ein etwa dreißigjähriger Mann mit Koteletten und jungenhaften Zügen entgegen, eigentlich ein Typ, der die Dienste einer Prostituierten nicht nötig hat. Na, jedem das Seine, denke ich. Er beugt sich über den Beifahrersitz, wobei er eine Armbanduhr enthüllt, die wahrscheinlich mehr wert ist als mein Auto.

»Hi«, sagt er lächelnd und zeigt dabei strahlend weiße Zähne.

Ich gehe gerade so dicht an das Seitenfenster, dass er mich nicht berühren kann, und schiebe meine Hüfte vor.

»Selber hi.«

»Du musst nicht hier draußen rumlaufen, ist dir das klar?«

Ich warte darauf, dass er mir wie der Augenbrauen-Typ anbietet, einzusteigen und mir auf seinen Sitzen den Hintern wärmen zu lassen, aber stattdessen sagt er: »Egal, welche Probleme du hast und warum du denkst, das hier sei die einzige Möglichkeit für dich, es sind Probleme, die sich auch anders lösen lassen. Besonders wenn du dir von jemandem helfen lässt.«

»Von jemandem wie Ihnen?«

Er lächelt. »Ich dachte da eigentlich an jemand anderen.«

Jemand anderen? »Meinen Sie so was wie einen Dreier?« Ob *Risk* es akzeptiert, wenn er mir hundert für eine Orgie anbietet?

Für einen kurzen Moment verzieht er angewidert das Gesicht, dann strahlt sein Lächeln wieder.

»Nein, keinen Dreier. Sondern jemand mit mehr Macht, einer höheren Macht. Meine Frau und ich betreiben ein Haus, um Mädchen wie dir zu helfen.«

Ich muss mich zusammenreißen, um nicht aus meiner Rolle zu fallen.

»Mädchen wie mich? Sie kennen mich doch gar nicht.«

»Ich weiß, dass du einen Ort brauchst, an dem du dich sicher fühlen kannst. Wenn du Lust auf gutes Essen hast und dich mit anderen jungen Frauen austauschen willst, die sich in derselben Lage befunden haben wie du, könntest du jetzt gleich von der Straße wegkommen.«

Ich werfe einen Blick auf Ian, der mit der Kamera im Anschlag vorbeigeht.

»Das ist wirklich nett von Ihnen, aber ich komme schon zurecht.«

Der Mann im Auto verfolgt Ian mit den Augen und lehnt sich dann sogar aus dem Fenster, um ihn weiter anzustarren, als Ian seine Filmposition bezieht. Wenn der Typ echte Zuhälter auch so anglotzt, braucht er wirklich den Beistand einer höheren Macht.

»Bist du derjenige, der für das Wohlergehen der jungen Dame zuständig ist?«

Ian zuckt mit den Achseln. »Wir sind Freunde.«

Der Mann nickt. »Schön zu hören. Denn ich will sie an einen sicheren Ort bringen, wo man ihr helfen kann. Ich bin sicher, du hast nichts dagegen, *Freund*?«

»Hallo?« Ich hebe die Hand und mache darauf aufmerksam, dass es mich auch noch gibt. *»Ich* habe etwas dagegen! Vielen Dank für die Anteilnahme, aber mir geht es gut. Das hier ist nicht so, wie es aussieht. Wir gehen hier einfach ein bisschen spazieren.«

Der Mann schüttelt den Kopf, ohne dass ein Haar seiner Frisur in Unordnung gerät.

»Es ist traurig, aber viele junge Frauen hier werden von den

Männern am schwersten verletzt, die sie doch angeblich beschützen sollen – von ihren sogenannten Freunden.«

Ich deute auf die andere Straßenseite. »Wenn Sie wirklich jemandem helfen wollen – die beiden Mädchen da drüben, Ambrosia und Tiffany, könnten Hilfe brauchen. Ihr Freund wirkt tatsächlich ziemlich gefährlich, also passen Sie auf sich auf, ja?«

Damit marschiere ich davon und ziehe Ian mit mir bis zur nächsten Querstraße. Der Mann starrt uns nach, fährt schließlich aber weiter.

»Hier treiben sich echt alle möglichen Irren herum«, meint Ian kopfschüttelnd.

»Der schien mir gar nicht verrückt zu sein, und ich hoffe wirklich, dass ich ihn jetzt nicht irgendwie in eine gefährliche Situation gebracht habe«, antworte ich und massiere mir die Schläfen. Ich weiß nicht, ob das, was ich getan habe, edel oder idiotisch war.

Ian fasst mich an der Schulter. »Du bist hier draußen für niemanden außer für dich selbst verantwortlich und meinetwegen noch ein bisschen für mich.«

Zu schade, dass das Mädchen in den High Heels mit dem Augenbrauenkerl weggefahren ist. Sie hatte ausgesehen, als könnte sie ein bisschen Hoffnung vertragen. Wieder einmal bin ich wahnsinnig froh, dass das hier nur ein Spiel ist. Was mich daran erinnert …

»Ich sollte mich mal wieder an meine Challenge machen«, sage ich.

»Ja.« Ian zwinkert mir zu. »Die Welt können wir auch noch retten, wenn wir unsere Preise gewonnen haben.«

Er schlendert davon und lässt mich wieder allein. Ich sehe zu den Beobachtern auf der anderen Straßenseite hinüber und wünsche mir, ich würde Tommy unter ihnen entdecken, obwohl er gesagt hat, er würde sich nur als Online-Beobachter eintragen. Passt er noch auf mich auf oder hat er angewidert weggeklickt?

Ich gehe den Gehweg auf und ab, während Ian versucht, irgendwelche Männer für mich zu interessieren. Immer mal wieder hält ein Auto neben mir, aber es ist jedes Mal das Gleiche: Ich verlange zu viel. Als das vierte Auto innerhalb von zehn Minuten davondröhnt, fühle ich mich unzulänglich und unattraktiv, obwohl das alles Loser sind, die dafür bezahlen müssen, eine Frau ins Bett zu kriegen.

Irgendwann hält ein Ford Taurus neben mir. Seufzend warte ich darauf, dass die frustrierende Feilscherei von vorne losgeht.

Ein sympathisch aussehender Mann lässt das Fenster herunter. »Bist du allein?«

Ich beiße mir auf die Lippe. »Im Augenblick schon.«

»Ich auch. Einsam sein ist scheiße, was?«

Ich nicke. Sind diese Anbandelgespräche eigentlich immer so geistlos?

Er klopft auf den Türrahmen. »Was würde es mich kosten, den Status unserer Einsamkeit zu ändern?«

»Hundert Dollar.«

Er zieht eine Augenbraue hoch. »Oh Mann! Was würde ich denn für so viel Geld bekommen?«

Bis jetzt hat er mich noch nicht gierige Schlampe genannt oder ist wortlos weggefahren. Ein gutes Zeichen.

Ich streiche mir mit dem Finger langsam vom Hals zum Dekolletee. »Was würden Sie dafür denn wollen?«

Er lacht leise und betrachtet mich eingehend. »Eine ganze Menge.«

Ich schaue mich um und sehe Ian kurz in die Augen, der mit dem vor der Brust verborgenen Handy an uns vorbeigeht. Dann beuge ich mich wieder lächelnd zum Seitenfenster herunter und warte, bis Ian seine Position eingenommen hat.

»Abgemacht? Sie zahlen mir hundert Dollar?«, frage ich und klimpere mit den Wimpern.

»Für alles, was ich will?« Seine vollen Lippen glänzen, als würde er häufig darüberlecken.

»Mh-mm.«

Er streckt eine behaarte Hand aus dem Fenster, um mir über die Hüfte zu streichen. Ich muss gegen den Brechreiz ankämpfen. Dann drückt er auf den Knopf, um die Beifahrertür zu entriegeln. »Abgemacht. Steig schon ein!« Er lehnt sich rüber, um eine Schachtel vom Sitz zu nehmen, dabei sehe ich an seiner Brusttasche etwas aufblitzen. Oh Gott, ist das etwa ein Polizeiabzeichen?

»Äh, nein, Sir, ich hab nur Spaß gemacht. Entschuldigen Sie das Missverständnis.« Dann renne ich auf Ian zu und rufe: »Lauf!«

Hinter uns knallt eine Autotür.

»Sofort zurückkommen! Stehen bleiben!«

Die Leute auf der anderen Straßenseite beginnen zu johlen. Wir schlängeln uns zwischen dem fließenden Verkehr hindurch und sprinten auf sie zu. Die Studenten biegen sich vor Lachen, und die anderen haben ihre Handykameras im Anschlag, aber diesmal beschützt uns keiner von ihnen. Ian und ich laufen in südlicher Richtung weiter. Ich bezweifle, dass die Beobachter so dumm sind, uns zu folgen. Nicht wenn ein Polizist mit gezückter Waffe hinter uns herjagt.

Ian und ich biegen um die nächste Ecke. Meine Füße brennen wie Feuer. Die Ballerinas haben ein lausiges Fußbett.

»Ich weiß nicht, ob ich das Tempo bis zum Auto durchhalte!«, keuche ich.

Fünfzig Meter weiter zieht mich Ian in einen Hauseingang, der so aussieht, als hätte er Obdachlosen schon häufiger als Schlafplatz gedient. Instinktiv halte ich den Atem an, um nicht den Gestank einzuatmen, der hier mit Sicherheit herrscht. Als ich schließlich doch atme, stelle ich verwundert fest, dass es zwar leicht muffig riecht, aber lange nicht so schlimm wie befürchtet. Wir drücken uns ins Dunkle, Ian an der Wand, ich in seinen Armen. Eine halbe Minute später nähern sich Schritte und der Polizist läuft fluchend vorbei. Ihm dicht auf den Fersen sind zwei Jungs in Baseballjacken, die ihn lachend filmen. Da war wohl doch jemand so blöd, ihm zu folgen.

Ich spüre Ians Herz an meiner Wange schlagen. Keiner von uns rührt sich.

Der Polizist scheint stehen zu bleiben. »Kommt her!«, befiehlt er den Jungen.

Den Schritten nach zu urteilen, tun die beiden, was er sagt; von ihrem Lachen ist jetzt nichts mehr zu hören. Der Cop verlangt ihre Handys, wahrscheinlich versucht er zu löschen, was sie gefilmt haben, bevor es online geht. Tja, das wird dir nicht viel nutzen, denke ich.

Die beiden Jungs trotten den Weg zurück. Als sie an dem Hauseingang vorbeikommen, entdeckt uns einer von ihnen. Er reißt die Augen auf, als er uns sieht, aber er verpfeift uns nicht, sondern lässt den Kopf hängen und tut so, als sei nichts gewesen. Auch der Polizist ist ein paar Schritte zurückgegangen und blickt blinzelnd in unsere Richtung, geht aber weiter. Ich wage kaum zu atmen, bis keine Schritte mehr zu hören sind. Als ich es doch wieder tue, fällt mir Ians Geruch auf – wie die Luft in den Bergen im Spätsommer. Ich nehme einen tiefen Atemzug.

»Ich glaube, wir haben es geschafft«, flüstert er.

»Unglaublich.« Ich sehe zu ihm auf, obwohl ich sein Gesicht kaum erkennen kann.

Er streicht mir mit dem Finger übers Kinn. »Ian Jagger, ja?«

»Wolltest du kein Star sein?«

»Da draußen warst du der Star.« Er zieht mich noch näher zu sich, obwohl das kaum möglich ist.

Will er mich etwa küssen? Ich kenne ihn doch fast gar nicht. Andererseits haben wir schon alle möglichen Gefahren zusammen durchgestanden. Das muss doch irgendetwas bedeuten. Und offenbar ist er mein Beschützer. Das bedeutet noch mehr. Okay, vielleicht gehört das Flirten nur zu seiner Challenge. Aber das Kribbeln in meinem Bauch ist echt.

Er lässt seinen Finger von meinem Kinn zu meinen Lippen gleiten und streicht sanft darüber. Wir stehen Körper an Körper, atmen dieselbe Luft und spüren den Puls des anderen.

Plötzlich geht im Gebäude das Licht an und lässt mich erschrocken aus unserer Umarmung zurückfahren. Durch die schwere Glastür sehen wir in einen winzigen Eingangsbereich mit einem schäbigen Sofa und einer Reihe Briefkästen. Schwer auf ein reich verziertes Geländer gestützt humpelt ein weißhaariger Mann die Treppe herunter.

»Pause zu Ende«, sage ich so enttäuscht wie eine Erstklässlerin, die wieder zurück ins Klassenzimmer muss.

Auf Zehenspitzen schleichen wir die Steintreppe herunter, spähen in alle Richtungen, um sicher zu sein, dass der Polizist wirklich weg ist, und laufen dann Hand in Hand zu Ians Auto. Erst als wir drinsitzen, wagen wir es, über meine Challenge zu sprechen.

»Meinst du, das zählt?«, frage ich.

»Klar. Ein Angebot ist ein Angebot, ob von einem Polizisten oder von sonst wem.«

Hoffentlich hat er recht. Während wir darauf warten, von *Risk* zu hören, grinsen wir uns an. Kaum zu glauben, dass ich am frühen Abend noch hinter einem zerschlissenen Vorhang gestanden und frustriert zugesehen habe, wie mir meine beste Freundin in den Rücken fällt. Und jetzt? Hatte ich jede Menge Spaß, mir sind tolle Preise sicher, und vielleicht gewinne ich sogar zusätzlich noch Bargeld. Aber noch wichtiger ist mir der wahnsinnig süße Typ neben mir, der mich anschaut, als würde er mich am liebsten aufessen.

Ich liebe dieses Spiel.

ACHT

Ian lässt den Motor an und dreht die Heizung auf. Es hat angefangen zu regnen. Haben die Mädchen auf der Straße eigentlich Regenschirme dabei oder müssen sie schlechtes Wetter einfach aushalten? Vielleicht wäscht der Regen ja wenigstens den Gestank der Freier weg. Ich lehne die linke Wange gegen das Sitzpolster und bin froh, nicht mehr rennen, zittern oder mit geilen älteren Männern verhandeln zu müssen.

Ian setzt sich genauso hin wie ich, sodass wir uns aus nächster Nähe in die Augen sehen.

»Und? Wie weit willst du gehen?«

Meint er das Spiel oder etwas anderes? Auch wenn der Abend bisher wirklich aufregend war, bin ich nicht scharf darauf, mich allem zu unterwerfen, was die Macher von *Risk* – die ich mir als einen Haufen schmieriger, cheeseburgervertilgender Freaks vorstelle – noch für mich bereithalten.

Was ich dann aber sage, ist: »Ich muss erst um Mitternacht zu Hause sein.«

Er schiebt mir eine Locke aus der Stirn. »Das heißt, wir könnten noch fünfzig Minuten lang Spaß miteinander haben.«

Mein Inneres verwandelt sich in Milchschaum. Fünfzig köstliche Minuten. Oder … redet er etwa vom Spiel?

»Spaß klingt gut«, erwidere ich und hoffe, dass er mir erklärt, was er meint.

Ohne mich aus den Augen zu lassen, zieht er seine Jacke aus und rutscht näher. Sein Körper strahlt eine Wärme aus, die mich magisch anzieht. Ich streiche ihm über die Schulter und wundere mich, wie muskulös sie sich anfühlt. Noch erstaunter bin ich allerdings über mich selbst – dass ich ihn einfach so berühre, ohne weiter darüber nachzudenken. Vielleicht verändert das Spiel mein Risikobereitschafts-Gen. Das Trommeln des Regens auf dem Wagendach schafft eine kribbelnd-wohlige Atmosphäre, so als lägen wir gemeinsam unter einer Bettdecke. In dieser gemütlichen Höhle zusammen mit Ian fühle ich mich wohl. Wirklich wohl.

Natürlich ist das genau der Moment, in dem *Risk* mit einem Fanfarenstoß die Stille zerreißt. Ich knalle beinahe mit dem Kopf an die Wagendecke, so sehr erschrecke ich. Ich hätte nie gedacht, dass ich den Klingelton mit dem irren Kind mal vermissen würde. Ich schaue aufs Display und öffne die SMS, nicht so sehr, weil ich wissen will, was darin steht, sondern um den Lärm abzustellen. Die Nachricht von *Risk* ist von Ausrufezeichen geradezu umzingelt.

»Heilige Scheiße!«, entfährt es Ian, während ich lese.

Genau das denke ich auch. Ich habe mir nicht nur mein neues Smartphone verdient, auch unser Publikum ist um siebentausend Beobachter angewachsen, was für uns eintausendvierhundert Dollar an Bonuszahlung bedeutet. Mir wird schwindelig.

Zusätzlich zu der SMS mit dem Gewinn hat *Risk* auch wieder andere Nachrichten durchgelassen. Ungefähr zehn davon sind von Liv und Eulie, zuerst mit Beileidsbezeugungen (*Matthew weiß gar nicht, was er verpasst*), dann voller Erstaunen (*Bist das wirklich du???*) und zum Schluss mit Glückwünschen (*OMG! OMG!! OMG!!!*).

Ich kann es gar nicht erwarten, jedes noch so kleine Detail dieses Abends mit ihnen durchzuhecheln, so wie ich es normalerweise mit Sydney getan hätte.

Trotzdem ist es seltsam, dass ich keine SMS von ihr oder von Tommy bekommen habe, noch nicht einmal ein *Was soll das denn?*.

Probeweise wähle ich Tommys Nummer.

Mit rauer Stimme meldet er sich: »Alles in Ordnung? Warum hast du mich nicht schon früher angerufen?«

Mist. Ich hätte ihm nur eine SMS schreiben sollen. »*Risk* hat während des Spiels mein Telefon blockiert. Du bist der Erste, den ich anrufe. Du errätst nie, wie viel Bonusgeld ich mir erspielt habe.«

Er stößt den Atem so heftig aus, dass es in meinen Ohren klingt wie statisches Rauschen.

»Ich hoffe, es ist genug, um zu rechtfertigen, was sie dich haben machen lassen. Im Ernst, Vee, weißt du eigentlich, wie viele Leute in diesem Viertel erschossen werden? Und wenn man dich verhaftet hätte, wärst du jetzt vorbestraft.«

Der Regen draußen wird lauter und in der Ferne grollt Donner. Mir tut die Seite der Hüfte, auf die ich vor der Bowlingbahn gestürzt bin, wieder ziemlich weh.

»Eigentlich hab ich gar nichts gemacht. Es war ja alles nur gespielt.«

»Du hast dich für Geld Männern angeboten und dich einer Festnahme entzogen. Viel Glück bei dem Versuch, das nur als Spiel hinzustellen.«

Ich muss lachen. »Hast du über Nacht Jura studiert, oder was?« Aber ein leises Bohren in meinem Magen sagt mir, dass er recht hat.

»Okay, du hast deinen tollen Preis gewonnen und anscheinend deinen Spaß gehabt, aber jetzt hörst du doch hoffentlich auf, oder?«

Für einen Augenblick taucht ein Blitz alles um mich herum in bläuliches Licht.

»Ja, es wird sowieso langsam spät.«

»Gut. Ich bin froh, dass du nach Hause gehst, bevor es noch gefährlicher wird. Ich traue diesem Ian nicht.«

Dieser Ian streichelt in diesem Augenblick meine Finger wie eine winzige Harfe. Jedes einzelne der Härchen auf meinem Arm stellt sich vor Genuss auf. Seine Liebkosung wirkt wie eine Art magische Akupressur, die den Schmerz in meiner Hüfte betäubt.

Aber Tommy ist immer noch in der Leitung. »Ian war toll und hat mich super unterstützt«, sage ich schnell. »Wir sehen uns morgen, wenn wir zusammen die Kulissen abbauen, ja? Danke, dass du mir bei den ersten Challenges geholfen hast. Du hast was gut bei mir. Bis dann, Tommy, du bist der Beste!«

Ich lege auf, bevor er mich noch weiter ärgern kann.

Ian runzelt die Stirn. »Und ich dachte, *ich* wäre der Beste. Betrügst du mich etwa?« Seine Mundwinkel kräuseln sich nach oben.

Hmm. Hat er etwa das Gefühl, wir hätten die Art von Beziehung, in der so etwas wie »betrügen« eine Bedeutung hat? Er beißt sich auf die Unterlippe, was in mir den Wunsch aufkommen lässt, ebenfalls zärtlich daran zu knabbern. Wenn er mir bloß was vormacht, dann ist er richtig gut. Aber warum sollte er das tun? Wir stehen doch auf der gleichen Seite.

Mein Handy klingelt mit einem Rocksong, den ich aus einer Krimiserie kenne. Offenbar komme ich heute Abend nicht von den Rolling Stones los. Seltsam, dass Ians Telefon schweigt.

Als ich die nächste SMS lese, verziehe ich unwillkürlich das Gesicht.

Ian sieht mich fragend an. »Was ist los?«

Ich versuche zu verstehen, was ich da lese.

»Diese Challenge ist … hm … anders.«

»Wie?«

Die wohlige Wärme im Auto wird schlagartig von einer unangenehmen Kühle verdrängt. Ian von dieser Challenge zu erzählen, würde bedeuten, ihm etwas über mich selbst zu verraten. Über das Mädchen hinter dem Vorhang, das Mädchen in Sydneys Schatten. Wenn ich ihm mein wahres Ich enthülle, wird dieses Märchen hier zu Ende sein.

Ich schlucke. »Es hat etwas mit meinem wirklichen Leben zu tun.«

Das Harfenspiel verlagert sich von meinen Fingern zu meinem Arm. Liebliche Musik.

»Und das steht im Gegensatz zu dem hier, deinem falschen Leben?«

»Nicht falsch, nur irgendwie … irreal.«

Er sieht mich eindringlich an. »Die Challenges sind bloß ein Spiel, aber alles, was dazwischen passiert, ist es nicht. Jedenfalls nicht für mich.«

»Für mich auch nicht. Aber was ich meine, ist, dass *Risk* dieses Mal will, dass ich Menschen in die Challenge reinziehe, die ich kenne. Und aus irgendeinem Grund scheinst du dabei nicht mein Partner zu sein.«

Er zuckt mit den Achseln. »Ich bin sicher, dass sie sich für mich auch irgendwas einfallen lassen. Was sollst du denn tun?«

Ich starre aus dem Fenster. »Ich soll in das Theater gehen, in dem wir heute unsere Schulaufführung hatten. Ich war dort für die Maske und die Kostüme zuständig. Jedenfalls soll ich auf die Abschlussparty gehen, eine meiner Freundinnen wegen einer ganz bestimmten Sache zur Rede stellen und ihr dann sagen, wie schlecht sie heute gespielt hätte.« Dieser letzte Teil der Aufgabe erscheint mir nur albern und grausam. Aber was mir wirklich nicht in den Kopf will, ist die Frage, woher *Risk* weiß, dass ich sauer auf Sydney bin. Wer hat ihnen das gesagt? Liv oder Eulie? Haben sie vielleicht geglaubt, sie würden mir damit helfen?

Ian lässt die Hand meinen Arm hinabgleiten. »Klingt doch gar nicht so schlimm, verglichen mit dem, was du heute Abend schon alles gemacht hast. Diese Nutten vorhin hätten dir am liebsten die Augen ausgekratzt. Das würde deine Freundin wahrscheinlich eher nicht tun, oder?«

Ich überlege einen Moment. »Nein. Gewalttätig ist sie nicht, aber sie würde eine Riesenszene machen.« Ich atme laut aus. »Trotzdem kommt mir diese Challenge viel schwerer vor als alle anderen. Es geht nicht darum, merkwürdige Sachen vor Fremden zu tun. Das sind meine Freunde.«

Eigentlich sollte das die Sache einfacher machen, aber an dieser Challenge ist überhaupt nichts einfach.

Ians Hand liegt jetzt glatt und warm auf meiner. »Ich verstehe.«

Tut er das wirklich? Ich kann mir gar nicht vorzustellen, dass er jemals nervös ist oder vor seinen Freunden kein Wort herausbringt. Obwohl … als dieser Zuhälter mit ihm abmarschieren wollte, war er ziemlich nervös. Aber wer wäre das nicht gewesen?

»Willst du mir erzählen, worum es bei der Sache geht, wegen der du deine Freundin zur Rede stellen sollst?«, fragt er sanft.

»Um einen Jungen«, seufze ich. »Aber das ist eine alte Geschichte.« Ich wundere mich, wie schnell meine Gefühle für Matthew verblasst sind.

Ian zieht eine Augenbraue hoch. »Hey, das klingt nach einem hübschen Zickenkrieg. Gib alles! Ich zahle auch dafür.«

Ich schlage ihm auf den Arm. »Vergiss es! Der Kerl ist es nicht wert. Ich hab doch gesagt, das ist eine alte Geschichte.« Es geht doch nichts darüber, sich mithilfe eines heißen Typen von einem anderen heißen Typen abzulenken.

»Wie alt?«

Ich sehe auf mein Handy. »Ungefähr drei Stunden.«

Wir lachen beide.

Dann summt sein eigenes Telefon. Überrascht liest er die Nachricht.

»Meine Challenge besteht aus zwei Teilen und im ersten bin ich im Grunde nur ein Statist für deine. Den zweiten Teil schicken sie mir wohl erst später.«

»Was musst du denn tun?«

»Ich muss mit dir auf die Party gehen und mit dem hübschesten Mädchen dort flirten.«

Mein Herz rutscht ein Stockwerk tiefer. Noch ein Punkt für Sydney. Woher wissen die Leute von *Risk,* wie sie mir am besten den Abend verderben können? Mit Syd zu streiten, während Ian sie anflirtet, genau so stelle ich mir meine persönliche Hölle vor. Ich verziehe das Gesicht. Und dann wird mir plötzlich klar, dass es nur eine Hölle ist, wenn ich mich entschließe, mitzumachen.

»Das ist sowieso alles egal«, erkläre ich. »Ich höre auf.«

Ian setzt sich kerzengerade auf. »Was? Warum denn? Diesmal ist es doch überhaupt nicht gefährlich. Du würdest einfach deine Freunde sehen und ich würde die ganze Zeit an deinem Rockzipfel hängen.«

»Nein, würdest du nicht, weil du damit beschäftigt wärst, mit dem hübschesten Mädchen dort zu flirten.«

Er nimmt mein Gesicht in seine Hände. »Das hübscheste Mädchen dort wirst definitiv du sein.«

Ich betrachte seine anbetungswürdigen Lippen.

»Du kennst meine überirdisch schöne beste Freundin Sydney noch nicht, Star des Stücks und überhaupt jedes Events unserer Schule.«

So, jetzt sieht er die Dinge vielleicht mal, wie sie sind. Mein Eingeständnis ist der erste Riss in dieser viel zu schönen Traumfassade, die wir errichtet haben und die noch kurzlebiger sein wird als die Kulissen, die Tommy für das Stück gebaut hat.

Ian sieht mich intensiv an. »Ich kenne dich. Und ich weiß genau, dass du tausendmal reizvoller bist als jede Drama-Queen. Es gibt keine leichtere Challenge für mich, als mit dir zu flirten.«

»Ha, so wie du das sagst, klingt das ja schon fast verlockend.«

»Mit Verlockungen solltest du dich doch auskennen«, flüstert er, zieht mir das Haargummi aus dem linken Zopf, dann das aus dem rechten und neigt sich ganz dicht zu mir. Meine Haut knistert förmlich, als sich unsere Lippen treffen. Sein Mund ist genauso köstlich, wie er aussieht. In Ian könnte ich mich verlieren und genau das tue ich auch. Während wir uns aneinanderschmiegen, verfliegt jegliches Zeitgefühl. Er schmeckt nach Kirschen, von denen ich nicht genug bekommen kann. Ich spüre, wie bestimmte Regionen meines Körpers zu prickeln beginnen. Als wir uns endlich voneinander lösen, kann ich kaum atmen.

»Komm schon, Vee«, bittet er heiser. »Bei dieser Challenge geht es nur um dich. Ich werde alles dafür tun, dass du vor deinen Freunden glänzen kannst. Wenn wir da fertig sind, wird die Drama-Queen vergessen sein.«

Als ob man Sydney so leicht vergessen könnte. Sie war immer überlebensgroß, schon in meinen ersten Kindergartentagen, als sie mit einem Krönchen und schillernden Pfauenfedern im Haar auftauchte. Alle Kinder wollten mit ihr spielen, aber mich hat sie zu ihrer Vertrauten gemacht, mich – das stille Mädchen, das ihre Kleider farblich auf ihre Stifte und Radiergummis abstimmte. Damals trug ich viel Gelb und Pink.

Und damals wie heute fühlte ich mich immer als etwas Besonderes, weil Syd sich mich ausgesucht hat und Wert auf meine Meinung legt. Nicht dass sie nicht noch mehr Wert auf ihre eigene Meinung legen würde. Sie behauptet immer, eine ausgezeichnete Menschenkenntnis zu haben, und dass sie sofort gewusst hat, dass wir Freundinnen fürs Leben sein würden. Ich habe ihre Freundschaft dankbar angenommen, und es war mir egal, dass mich die anderen für ihre Handlangerin gehalten haben. Klar, sie ist manchmal überkandidelt und dominant, aber mir gegenüber ist sie immer loyal gewesen. Bis heute Abend. Wie hat sie mir das nur antun können?

Ich betrachte Ians perfekte Wangenknochen. Er streicht mir gleichzeitig sanft über die Schläfe, was mich bis ins Mark erbeben lässt. Niemals hätte ich gedacht, dass sich eine so leichte Berührung so unfassbar gut anfühlen kann. Wäre es nicht toll, mit jemandem im Theater aufzutauchen, der so offensichtlich verrückt nach mir ist? Zum ersten Mal wäre ich das Mädchen mit dem Hauptgewinn. Die Vorstellung ist zu schön, um ihr nicht zu erliegen.

Ich beginne zu rechnen. Wir könnten in zwanzig Minuten im Theater und zehn Minuten später dort wieder weg sein. Mit etwas Glück würde ich es rechtzeitig nach Hause schaffen. Und wenn nicht, bleibt immer noch die Hoffnung, dass meine Eltern vielleicht schon vor den Spätnachrichten eingeschlafen sind.

»Wenn ich den ersten Teil meiner Challenge mache, bekomme ich eine Guthabenkarte für das *Gotta-Hava-Java.* Du willst doch nicht, dass mir das entgeht?«, sagt Ian grinsend.

»Ich bin sicher, der Barista dort empfängt dich mit offenen Armen.«

»Uns. Du als meine Freundin kommst natürlich mit.«

Seine Freundin. Das klingt so berauschend. Als er den Preis erwähnt, fällt mir auf, dass ich den Link zu meinem Preis übersprungen habe, als ich Syds Namen in meiner Nachricht von *Risk* entdeckt habe. Ich hole tief Luft und klicke ihn an.

Mir fällt der Unterkiefer herunter.

»Oh wow! Für diese Challenge bekomme ich einen Shopping-Gutschein für meinen Lieblingsklamottenladen im Wert von *dreitausend* Dollar!« Davon könnte ich mir eine komplett neue Garderobe kaufen. Natürlich immer noch alles Vintage, aber wesentlich weniger schlicht, sondern tausendmal auffälliger – nein, nicht auffällig, sondern ausgefallen. Warum auch nicht? Schließlich bin ich das Mädchen, das heute Abend zwei Live-Challenges gewonnen hat. Wenn ich am Montag in die Schule komme, werden mich alle mit anderen Augen sehen.

Ian rückt näher. »Siehst du. Eigentlich gibt es wirklich nichts, was dagegen spricht, Baby.«

Oh Gott, ich würde die Challenge schon allein dafür machen, dass er mich noch einmal »Baby« nennt.

»Aber ich hab Sydney noch nie wegen irgendwas zur Rede gestellt. Jedenfalls nicht so«, versuche ich ihm zu erklären. »Meistens streiten wir uns erst gar nicht, weil sie sowieso immer ihren Willen durchsetzt. Und wenn wir wirklich mal böse aufeinander sind, zieht sie eine Riesenshow ab, mit Heulen und Fußaufstampfen und so weiter, während ich immer stiller werde. Aber am Ende versöhnen wir uns dann wieder. Und wegen einem Jungen haben wir uns noch nie gestritten.«

Ich sage lieber nicht, dass das auch daran liegt, weil Sydney sowieso jeden Jungen bekommt, den sie haben will, egal was andere davon halten.

»Klingt, als wäre sie total verwöhnt. Und der Typ, um den ihr euch streitet, muss echt einen Hirnschaden haben.«

Ich muss lachen. Ob Matthew eifersüchtig ist, wenn ich mit Ian erscheine? Das würde ihm recht geschehen, dafür dass er mich die letzten Wochen so an der Nase herumgeführt hat. Sydney würde verstehen, dass ich ihm eine Lektion erteilen will. Und eigentlich sollte sie mich dafür respektieren, dass ich sie zur Rede stelle, auch wenn ich das vielleicht auf eine ziemlich melodramatische Weise tun werde. Schließlich hat sie sich an jemanden rangemacht, an dem ich interessiert war. Und außerdem, wer wüsste einen guten Auftritt besser zu schätzen als Sydney? Vielleicht ist heute Abend ein wichtiger Wendepunkt in unserer Freundschaft, der dafür sorgt, dass unser Verhältnis ein bisschen besser ausbalanciert ist.

Fast fühle ich mich wie eine Patriotin, die nach Gerechtigkeit verlangt, als ich verkünde: »Okay, machen wir es.«

Ian lässt den Motor an. »Vee, Vee, Vee«, singt er und kneift die Augen zusammen, »ist so vollkommen …«

»Vollkommen was?«

Er sieht mich an, und ich habe das Gefühl, er sieht bis auf den Grund meiner Seele. »Vollkommen vollkommen. Das bist du. Vollkommen, vollkommen, vooooollkommen.«

Diese Vs. Diese Lippen …

»Du bist selber ziemlich vollkommen.«

An der nächsten Ampel zieht er mich noch einmal an sich und erinnert mich daran, *wie* vollkommen er ist. Hinter uns wird wild gehupt, bis die Ampel auf Grün schaltet.

Wir sind schneller am Theater, als ich gedacht hätte. Tommys Wagen steht nicht auf dem Parkplatz. Er muss also von zu Hause aus zugesehen und sich Sorgen um mich gemacht haben. Hoffentlich versteht er meine Entscheidung, falls er überhaupt noch zuschaut. Woher hätte ich wissen sollen, dass *Risk* mich mit einer derartigen Challenge konfrontieren würde? Und wenn ich so darüber nachdenke: Wo ist dabei eigentlich der Reiz fürs Publikum? Die Beobachter können schließlich nicht einfach so auf die Party kommen. Ms Santana ist vielleicht keine strenge Aufpasserin, aber Fremde würde sie blitzschnell wieder rauswerfen. Möglicherweise haben sich die von *Risk* ja irgendeine hübsche Geschichte ausgedacht, wie sehr ich Matthew liebe und jetzt aber auch Ian total lieb habe und so weiter. Das Publikum glaubt dann womöglich, den Streit innerhalb einer Dreiecksbeziehung zu beobachten. Das wäre zwar ein bisschen peinlich, weil Ian derjenige sein wird, der die Sache filmt, aber wenn die *Risk*-Macher ihr Geld dafür ausgeben wollen, soll es mir recht sein.

Na ja, vielleicht nicht ganz. Jetzt wo ich hier bin, kommen mir wieder Bedenken. Ich habe Angst vor dem Moment, in dem Ian Sydney sieht. Wann hat ein Junge jemals mir mehr Beachtung geschenkt als ihr? Was ist, wenn er gar nicht anders kann, als sich in sie zu verlieben, sobald er sie sieht?

Ian stellt den Motor aus. »Es regnet nicht mehr so stark. Wir sollten schnell reinrennen, bevor es wieder anfängt zu schütten.«

Keine Zeit, weiter nachzudenken. Je länger ich überlege, desto wahrscheinlicher ist es, dass ich einen Rückzieher mache. Und das will ich nicht. Ich beiße mir auf die Unterlippe, bis sie geschwollen und rot ist, eine andere Form von Make-up steht mir im Moment nicht zur Verfügung. Wir ziehen uns die Jacken über die Köpfe, springen aus dem Auto und laufen durch den Nieselregen.

»Showtime, meine Hübsche!«, sagt Ian, als wir vor dem Haupteingang stehen, und nimmt meine Hand.

Ich ringe mir ein Lächeln ab und hole tief Luft. Und noch einmal.

Ja, genau. Showtime.

NEUN

Wir betreten das Theater und wischen uns mit den Ärmeln über die feuchten Gesichter, bevor wir das Foyer durchqueren. Tanzmusik und lautes Gelächter dringen zu uns herüber. Als wir den Zuschauerraum betreten, sehe ich Sydney, immer noch in ihrem engen Korsett, in dem jede Normalsterbliche ersticken würde, über die Bühne huschen, während ihr die männlichen Darsteller johlend folgen. Sie schlüpfen hinter einen Baumwollvorhang, den Tommy entworfen und ich mit bemalt habe. Je nachdem, wie der durchsichtige Stoff während der Vorstellung beleuchtet wurde, stellte er eine arktische Wiese oder eine nüchterne Verhörzelle dar. Im Augenblick ist es die Wiese und Sydney darauf der bunteste Schmetterling.

Ich ziehe meine Jacke um mich wie einen Kokon und betrachte Ian, der seinerseits die Schauspieler betrachtet. Verschlingt er Sydney mit Blicken?

Als sie mich entdeckt, springt sie von der Bühne.

»Vee! Wir haben alle so mit dir gezittert!«

Trotz ihrer zehn Zentimeter hohen Absätze rennt sie durch den Mittelgang auf mich zu und wirft mich fast um, als sie mich so fest umarmt, dass ich die Bambusstäbchen in ihrem Korsett fühlen kann.

Ich verstehe gar nichts mehr. Wenn sie gestern nach meiner Challenge so sauer auf mich war, dann müsste sie doch heute eigentlich toben. Aber vielleicht tut sie ja nur so, als würde sie ihre beste Freundin unterstützen, weil Publikum um sie herum ist. Wobei das nach der Sache mit Matthew auch schwer zu glauben wäre.

Sie lässt mich los, tritt einen Schritt zurück und sieht Ian an. Er legt einen Arm um mich, streckt ihr die Hand hin und stellt sich vor.

Lachend hält sie ihr Handy hoch. »Ich weiß, wer du bist! Dich kennen inzwischen alle. Habt ihr die letzten Qualifikationsrunden in Chicago gesehen? Der eine Typ musste in Fischgedärmen schwimmen.«

Sie deutet auf Jake, einen Jungen, der fast genauso klein ist wie ich und uns jetzt einen Tablet-PC hinhält. Auf dem Video planscht jemand in etwas Ekelhaftem herum und ich kann den Geruch nach altem Fisch förmlich riechen. Nach dem Clip kommt ein Werbespot, in dem ein Mädchen ebenfalls in etwas Glitschigem schwimmt, nur ist es diesmal grün und sie ringt nach Luft. Ein Pop-up ersetzt ihr Bild plötzlich durch das eines bezopften Mädchens in einem Vampir-T-Shirt, das vor zwei Mädchen in Neon- und Glitzerklamotten zurückweicht. Oh Gott.

Ich deute auf den Bildschirm. »Das kann doch nicht sein – werben sie etwa mit meinem Bild für die Live-Runden?«, frage ich ungläubig.

»Ja, ja, ja! Ist das nicht der Hammer?«, kreischt Sydney. »Aber was macht ihr jetzt hier? Seid ihr ausgestiegen? Hast du Angst, deine ganzen tollen Preise im Finale zu verlieren? In Colorado hat die erste große Preisrunde schon angefangen.«

Ian lässt seinen Arm an mir herabgleiten, sodass er jetzt um meine Taille liegt, eine Bewegung, die Syd nicht entgeht.

»Wir warten erst mal ab«, sagt er. »Du bist übrigens toll geschminkt.«

Syd streicht sich über die Wange. »Ja, Vee ist echt begabt.«

Ian drückt sein Gesicht kurz in meine Haare. »Ja, sehr.«

Syd legt den Kopf schief, als hätte sie ihn nicht ganz richtig verstanden.

Am liebsten würde ich diesen Moment endlos genießen, andererseits will ich, dass die Sache hier schnell vorbei ist. Okay, jetzt. Bereit oder nicht, ich mache den Mund auf.

»Äh, Syd, ich wollte mit dir über etwas sprechen.«

Ich wünschte, ich könnte ihr sagen, dass das zur Challenge gehört.

Sie runzelt die Stirn. »Darüber, dass du jetzt doch weiterspielst? Ich glaube, das kann ich sogar verstehen.« Sie zwinkert Ian zu. Was ist los mit ihr? Glaubt sie, wir würden ein gutes Wort für sie einlegen, wenn sie sich nächsten Monat bei *Risk* bewirbt?

Ian ignoriert sie und schaut auf sein Handy, als wollte er seine Nachrichten checken. Er wirft mir einen Blick und einen Kuss zu, ohne Syd auch nur anzusehen. Ich glaube, ich bin verliebt.

Sydney sieht ihn fassungslos an. Hat sie ein Junge jemals so ignoriert?

»Also, Syd«, beginne ich, als ich plötzlich Tommy durch den Haupteingang kommen sehe. Seine Blicke durchbohren mich wie Laserstrahlen.

Schuldgefühle drohen mich zu überwältigen. Ich winke ihm schwach zu. Was macht er denn hier?

Er bringt eine professionell aussehende Kamera in Anschlag,

an der ein Mikro angebracht ist, das aussieht wie das Horn eines Nashorns. Ist er etwa unser offizieller Beobachter?

Ich drehe mich zu Ian, aber der sieht ausdruckslos auf sein Handy. Dann schluckt er und flüstert: »Sag, was du zu sagen hast, schnell.«

Ich räuspere mich und sage: »Syd, ich hab *Risk* deshalb weitergespielt, weil ich wütend auf dich war.«

Sie legt eine Hand auf ihre Brust. »Auf mich?«

Auf einmal tut sie mir leid. So wie Ian und ich mich aufführen, muss sie ja an der Realität zweifeln.

Tommy bleibt neben uns stehen, sodass er Sydney und mich im Bild hat. Ein rotes Licht blinkt an der Kamera wie ein zorniger Herzschlag.

Sydney blinzelt. »Was machst du denn hier, Tommy?«

Er legt einen Finger an die Lippen.

Ich packe Syd am Arm. »Lass uns in die Garderobe gehen.«

Sie bleibt stehen und macht sich los. »Worum geht es hier eigentlich? Warum warst du sauer auf mich?« Ihre Stimme wird ein paar Dezibel lauter.

Weiß sie es wirklich nicht? »Das sage ich dir, wenn wir allein sind.«

»Wenn sie wirklich mit dir allein sein wollte, dann würde ihr Freund das Ganze hier ja wohl nicht aufnehmen«, knurrt Tommy.

Sydney runzelt die Stirn und fasst nach Ians Handy.

»Du filmst uns auch? Ist das etwa eine Challenge? Macht ihr das für eine weitere Challenge?«

Ian steckt sein Handy weg, doch anstatt Syd zu antworten, sieht er alle um uns herum drohend an. So als wollte er sie warnen, auf die Idee zu kommen, mich aufzuhalten.

Ich versuche, diese unselige Aufgabe hinter mich zu bringen. »Also, Syd, ich muss nur ganz schnell etwas sagen, dann sind wir weg.« Das hier ist kein Eingriff in ihre Privatsphäre, rede ich mir ein. Nicht dass sie je Wert auf Privatsphäre gelegt hätte. Ihre ThisIsMe-Seite ist voller Bikinifotos von ihr.

Leise sage ich: »Ich war wütend auf dich, weil du mit jemandem geflirtet hast, von dem du genau wusstest, dass ich ihn mag.«

»Lauter«, verlangt Tommy. »Dein Publikum kann dich nicht hören.«

Sydney verschränkt die Arme vor der Brust, was ihr Dekolletee noch eindrucksvoller zur Geltung bringt. Jetzt, wo sie weiß, dass sie im Rampenlicht steht, ist schwer zu sagen, wie das hier weitergehen wird; fest steht nur, dass sie dabei gut aussehen und ihr Publikum begeistern will. Aber hey, Moment, das ist *mein* Publikum.

Je schneller ich mit dieser Challenge fertig werde, desto wahrscheinlicher ist es, dass ich sie überlebe. Oder zumindest nicht in Ohnmacht falle. Ich sehe jetzt schon Sternchen.

»Du wusstest, dass ich für ihn geschwärmt habe.«

Ich sehe Ian an und hoffe, dass er die Verwendung der Vergangenheitsform bemerkt hat, doch er scheint mich gar nicht wahrzunehmen. Sein Gesicht zeigt einen schmerzlichen Ausdruck.

Unsicher fahre ich fort: »Und trotzdem hast du ihn heute Abend total angemacht. In der Regieanweisung stand küssen, nicht auffressen.«

Syd reißt die Augen auf. »Sprichst du von Matthew?« Ihre geübte Stimme ist im ganzen Theater zu hören.

»Was ist mit mir?«, fragt Matthew und springt von der Bühne herab. Als er bei uns ist, sehe ich drei verschiedene Lippenstift-Kussmünder auf seinen Wangen und rieche den Duft von mindestens ebenso vielen unterschiedlichen Parfums. Der Typ ist die reinste Petri-Schale.

Ich mache eine abwehrende Handbewegung. »Nichts ist mit dir, Matthew.«

Jemand hat die Musik ausgeschaltet. Ms Santana? Wo ist sie überhaupt? Und wo stecken Liv und Eulie? Sie würden mich bestimmt unterstützen. Alle starren uns an, einige filmen uns sogar mit ihren Handys. Selbst Jake, der mir ab und zu mit den Kostümen geholfen hat, filmt mit dem Tablet. Ich sollte diese Art von Aufmerksamkeit mittlerweile gewohnt sein, aber die Linsen der Kameras scheinen mir Löcher in die Haut zu brennen.

Ich wende mich an die anderen. »Okay, ihr macht jetzt einfach weiter Party. Das hier wird früh genug gesendet.«

Niemand rührt sich.

Nervös reibe ich die Handflächen aneinander. »Das war es auch schon, was ich dir sagen wollte, Sydney. Ich gehe jetzt. Ach, und eine Sache noch: Die Verhör-Szene hast du ein bisschen übertrieben gespielt.«

Das sollte für die Challenge reichen. Und jetzt, wo ich es gesagt habe, bin ich ihr gar nicht mehr so böse. Wen interessiert schon Matthew.

Aber Syd packt mich am Arm. »Übertrieben, ja? Wenn hier jemand übertreibt, dann ja wohl du! Du hast mir gerade vorgeworfen, ich hätte dich betrogen! Ich hatte keine Ahnung, dass du dich immer noch für Matthew interessierst, schließlich hatte ich dich oft genug vor ihm gewarnt.« Ihre Wangen haben sich gerötet, was bei jedem anderen Mädchen schrecklich aussehen würde, bei ihr aber nur ihre perfekten Wangenknochen betont. »Du hast mir schon früher solche Gemeinheiten vorgeworfen, dabei würde ich dir niemals in den Rücken fallen. Hast du nicht gesehen, wie fest mich Matthew auf der Bühne angepackt hat? Ich konnte überhaupt nichts tun. Siehst du diesen blauen Fleck?« Sie deutet auf ihren Arm.

Matthew hat sie nicht losgelassen? Es stimmt, er hatte sie wirklich fest an sich gepresst. Und dass er ihr Blumen geschickt hat, heißt noch lange nicht, dass sie seine Gefühle erwidert. Oh Mann, was habe ich gemacht? Ich weiche zwei Schritte zurück.

»Das tut mir leid, Syd. Lass uns morgen darüber reden, ja?«

Syd springt vor. »Nein! Wir reden jetzt. Dazu sind die Kameras schließlich hier.«

Sie stemmt die Hände in die Hüften und überragt mich dank der Stilettos, die ich für ihr Kostüm gewählt habe, um gute fünfzehn Zentimeter.

Im Theater ist es still geworden. Als ich mich kurz umschaue, sehe ich nur ernste Gesichter und Kameralinsen. Verdammt. Ich habe wirklich richtigen Mist gebaut. Und Sydney steht vor mir, groß, strahlend und zu Recht empört. Sie hat die Oberhand – wie immer.

»Ich erwarte eine Erklärung, Vee«, sagt sie und tippt mit der Fußspitze ungeduldig auf den Boden.

Alle anderen scheinen die gleiche Haltung eingenommen zu haben. Ich könnte schwören, dass auch sie mit den Fußspitzen trommeln. Das Theater scheint sich in einen Gerichtssaal verwandelt zu haben und ich bin die Angeklagte. Wieder einmal ziehe ich gegen Sydney den Kürzeren, nur dass mein Scheitern dieses Mal von Tausenden von Leuten beobachtet wird und es keinen Vorhang gibt, hinter dem ich mich verstecken kann.

Die Zeit scheint stehen zu bleiben. Wie kann ich sie zurückdrehen zu dem kostbaren Moment in Ians Auto, bevor er diese grauenhafte Erniedrigung miterleben musste? Zu dumm, dass auch Tommy wütend auf mich ist. Wenn jemand eine Zeitmaschine erfinden könnte, dann er.

Als letzten Ausweg hebe ich meine rechte Hand, um Sydneys Aufmerksamkeit zu erregen. Als sie hinsieht, sage ich ihr in Zeichensprache: *Es tut mir leid, ehrlich. Lass mich gehen, bitte!*

Sie beobachtet meine Hand und ihr Blick wird weicher. Erlöst sie mich? Sie muss doch verstehen, warum ich so etwas gedacht und warum ich das getan habe. Wer kennt mich besser als sie? Und wer will mich immer beschützen?

Ich halte den Atem an und signalisiere ihr noch einmal: *Bitte!*

Sie wirft den Kopf in den Nacken. »Ich verlange eine Entschuldigung. Jetzt und hier.«

Ich habe mich gerade in Zeichensprache entschuldigt. Will sie mich in aller Öffentlichkeit demütigen? Ja, genau das will sie. Aus Rache. Wie konnte es nur so weit kommen, dass alles so aus dem Ruder läuft? Ich spüre, wie mir heiß wird.

»Ich muss jetzt gehen.«

Sie starrt mich an. »Schon wieder? Nachdem du mich vor aller Welt als Verräterin hingestellt und mir ungefragt deine Expertenmeinung zu meiner Vorstellung mitgeteilt hast?« Sie schüttelt den Kopf. »Du hättest die Sache gleich nach dem Stück klären sollen. Ohne Kamera. Aber du bist ja nicht mal lange genug geblieben, um deine Eltern zu begrüßen.«

Mir stockt der Atem. »Meine Eltern?«

Sie lächelt geringschätzig. »Ganz genau. Sie waren so unglaublich stolz auf dich. Bis sie gemerkt haben, dass du verschwunden bist, ohne irgendjemandem zu sagen, wohin. Gut gemacht, Vee.«

Ich sehe die Gesichter meiner Eltern vor mir. Es hat sie eine Menge gekostet, mich heute Abend in die Freiheit zu entlassen und darauf zu vertrauen, dass nichts passieren wird. Und ich hatte ihnen doch so gerne beweisen wollen, dass sie sich keine Sorgen machen müssen. Wie habe ich sie nur so enttäuschen können? Und wie kann Syd so grausam sein, sie jetzt hier zu erwähnen? Das ist die schlimmste Challenge von allen. Hätte ich nicht bei *Risk* mitgemacht, dann wäre ich nach der Aufführung hiergeblieben und hätte meinen Eltern gezeigt, dass alles gut ist und sie sich keine Sorgen machen müssen. Aber ich habe alles für ein neues Handy und ein Paar Schuhe sausen lassen. Tränen der Enttäuschung und des Zorns laufen mir über die Wangen.

Plötzlich steht Ian neben mir.

»Seid ihr Arschlöcher jetzt zufrieden?«, ruft er, springt ohne Vorwarnung auf Jake zu und reißt ihm das Tablet weg. »Mach dieses Ding aus, bevor ich dich damit verprügle!«

Ich fasse nach Ians Arm. »Jake ist in Ordnung, Ian. Lass ihn.«

Ian schüttelt meine Hand ab und baut sich vor Jake auf. »Verschwinde hier, du Pisser!«

Jake weicht eilig zurück; er sieht aus, als sei er den Tränen nahe. Im Rückwärtsgehen stolpert er über mehrere Stühle.

Ian fasst nach meiner Hand. »Komm!«

Wenn er sich so aufführt, will ich nicht mit ihm gehen. Aber hierzubleiben, wo mich alle anstarren wie eine Verbrecherin, erscheint mir noch schlimmer.

Als wir an Tommy vorbeikommen, lässt er die Kamera sinken. Unter seinen Augen sind tiefe Ringe.

»Großartige Vorstellung, Vee, wirklich.«

Ich sehe ihn böse an. »Ich hoffe, sie bezahlen dich gut für deine kleine Filmproduktion, Tommy.«

Er schnaubt und spielt mit dem Objektiv. »Ich habe, was ich wollte.«

Etwas veranlasst mich, stehen zu bleiben und zu sagen: »Nur damit du es weißt: Als wir vorhin telefoniert haben, da war es mir ernst damit, dass ich das Spiel abbrechen wollte. Aber *Risk* hat mir etwas angeboten, was einfach zu verlockend war, um zu widerstehen.«

Er verzieht das Gesicht. »Wenn du das, was du hier abgezogen hast, verlockend nennst, dann bist du nicht das Mädchen, für das ich dich gehalten habe.«

Ich bin auch nicht das Mädchen, für das *ich* mich gehalten habe. Ich weiß nicht, wer ich bin, außer der Person, die mit hängendem Kopf hinter Ian aus dem Theater flüchtet.

Im Foyer holt uns Sydney ein. Hat sie ihre Meinung geändert?

»Auch wenn ich stinksauer auf dich bin, Vee: Bitte geh nicht mit ihm«, ruft sie atemlos. »Hör auf mit *Risk*. Diese Nutten-Challenge war schon verdammt gefährlich, und du siehst ja, was bei der hier jetzt rauskommt. Willst du echt mit diesem Scheißkerl abziehen, so wie er sich Jake gegenüber gerade aufgeführt hat?«

Sie sieht Ian böse an, der auf einmal ziemlich verlegen wirkt.

Der Zorn von eben scheint verflogen. Ist er so eine Art Dr. Jekyll und Mister Hyde?

»Ich will nur noch nach Hause«, sage ich leise.

»Könntest du uns mal einen Augenblick allein lassen?«, sagt Syd zu Ian. »Ohne dass du jemanden zusammenschlägst?«

Er stößt laut die Luft aus und geht dann durch den Haupteingang raus.

Syd schüttelt den Kopf. »Er ist echt heiß, das gebe ich zu – aber im Ernst, Vee, ich muss dir doch nicht erklären, warum du nicht mit ihm mitgehen solltest, oder?«

Auf einmal bin ich unendlich müde.

»Wofür hältst du mich eigentlich? Eine hirnlose Tusse, die nicht auf sich aufpassen kann?«

Syd wedelt mit ihrem perfekt manikürten Finger vor meinem Gesicht herum. »Ich sage dir das als deine Freundin, obwohl du dich in den letzten paar Minuten nicht wie meine Freundin verhalten hast. Dieser Kerl bedeutet Ärger.«

»Woher willst du das wissen?«, frage ich.

»Du hast doch gesehen, wie er Jake gerade behandelt hat«, erwidert sie und zieht die Nase kraus. »Und schon vorher, da war etwas … Er ist irgendwie einfach zu perfekt.«

Ich spüre, wie sich meine Schultern versteifen. »Zu perfekt für mich, meinst du?«

»Das meine ich überhaupt nicht.«

Aber ich sehe ihr an, dass es genau so ist.

»Gute Nacht, Syd.« Ohne ein weiteres Wort drehe ich mich um und laufe hinaus. Ich muss dringend nachdenken.

Ian steht mit hochgezogenen Schultern unter dem Baldachin über der Tür, der nicht viel Schutz vor Wind und Regen bietet.

Er sieht nicht sauer aus, sondern traurig, trotzdem will ich nicht in einem Auto mit ihm sitzen.

Also halte ich Abstand und frage: »Was zum Teufel war das gerade da drinnen?«

Er schlägt mit der Faust gegen die Mauer. »Das war meine Challenge. Diese Schweine von *Risk* wollten, dass ich etwas tue, was ich total verabscheue. Es tut mir leid.«

Verdammt, natürlich! Das Spiel treibt uns beide dazu, unsere Grenzen zu überschreiten. Ich gehe zu ihm und gemeinsam laufen wir zum Auto. Als wir es fast erreicht haben, reißt Sydney die Tür des Theaters auf und ruft uns noch etwas nach, was vom Wind verweht wird.

Im Wagen dreht Ian die Heizung auf. Er sieht immer noch angespannt aus. »Glaubst du, mit diesem Jake ist alles okay?«

»Ja, bestimmt, schließlich hast du ihn ja nicht wirklich geschlagen.«

»Aber ich habe ihn gedemütigt. Und ich habe ihm Angst gemacht. Glaub mir, manchmal ist es besser, eine reinzubekommen, als so etwas zu erleben.«

»Ja. Diese Challenge war total mies. Meine Freunde hassen mich jetzt alle.«

Er nimmt meine Hand. »Aber ein Gutes hat die Sache doch gehabt. Du hast dich gegen Sydney behauptet. Und du siehst total süß aus, wenn du die Fäuste ballst.«

»Ach ja? Ich wünschte, man könnte auf die *Risk*-Seite gehen und alles löschen.« Ich sehe auf mein Handy. Es ist zehn vor zwölf. Selbst wenn wir zur Bowlingbahn rasen, um mein Auto zu holen, werde ich niemals rechtzeitig nach Hause kommen. Tja, aber ein neuer Hausarrest kann mein Leben auch nicht noch mehr ruinieren. Das habe ich gerade gründlich selbst besorgt.

»Wir sollten los«, sage ich.

Ian nickt und wirkt ebenso niedergeschlagen wie ich. Doch bevor er vom Parkplatz fahren kann, klingeln unsere Handys mit leisen Harfen und Glöckchen. Ich bringe nicht die Energie auf, es aus der Tasche zu ziehen und aufs Display zu sehen. Dieses Spiel hat mein Leben zerstört und jetzt soll ich mit ein bisschen himmlischem Geklimper besänftigt werden? Sobald ich dazu in der Lage bin, werde ich *Risk* eine SMS schreiben, in der ganz groß »ICH HÖRE AUF!« steht. Aber im Moment kann ich nur den Kopf in den Händen vergraben. Gleich werden wahre Tränensturzbäche mein Gesicht überfluten wie ein Tsunami und riesige Mascara-Pfützen darauf hinterlassen.

Erst jetzt bemerke ich, dass Ian immer noch nicht losgefahren ist. Gleich darauf höre ich ihn leise pfeifen.

»Das wirst du nicht glauben!«

ZEHN

»Bring mich bitte nach Hause.«

In der Hoffnung, den Zusammenbruch wenigstens so lange zu vermeiden, bis ich sicher in meinem Zimmer sitze, versuche ich, an eine Zeit zu denken, in der ich noch nicht vollkommen verrückt gewesen bin. Zum Beispiel an den Tag vor einem Jahr, als mein Entwurf für ein Ballkleid, das man alltagstauglich umwandeln kann, ein silbernes Band beim Modewettbewerb gewonnen hat. Sydney hat damals gestrahlt, und ich musste ihr versprechen, dass ich später mal ihr Brautkleid entwerfe. Aber sogar das erinnert mich daran, dass ich selbst in dem, was ich wirklich gut kann, immer nur die Zweite bin und nie der Star. Und dass Syd diejenige ist, die loyal war und nicht ich. Jetzt hat Ian mit eigenen Augen gesehen, was ich wirklich bin: eine graue Maus, die sich in Sydneys Megawatt-Glanz sonnt. Nicht dass sie oder sonst irgendjemand nach diesem Abend noch mit mir befreundet sein will.

Ian neigt sich so dicht zu mir, dass ich seinen Atem an meinem Ohr spüre.

»Schau dir das an!«

Ich nehme die Hände von den Augen und sehe sein Handy vor meiner Nase, auf dessen Display ein Zusammenschnitt unserer bisherigen Challenges des heutigen Abends zu sehen ist sowie ein Banner mit der Aufschrift: *Guckt mal, wen wir für die große Preisrunde wollen!*

»Sie sind in Seattle«, sagt Ian mit glänzenden Augen. »Wenn ich die Runde auch noch schaffe, gewinne ich ein eigenes Auto und einen gigantischen Tankgutschein, der ausreicht, um überallhin zu fahren.«

»Wo willst du denn so dringend hin?«

Er schluckt. »Mir geht es darum, tun zu können, was ich will, und gehen zu können, wann ich will. Um Freiheit.«

»Aber was sollst du für das Auto tun? Bungee-Springen ohne Seil?«

Er lacht. »Das ist mein Mädchen!«

Sein Mädchen? Und was findet er an mir so amüsant? »Ich meine es ernst. Die Challenges sind ganz bestimmt so, dass man sie gar nicht schaffen kann.«

Er zuckt mit den Schultern. »Das finden wir schon früh genug heraus. Schau doch mal nach, was dein Hauptgewinn wäre.«

»Wen interessiert's?«

»Dich«, grinst er.

Ich schließe die Augen. Er hat recht. Trotz meines eben noch auflodernden Hasses auf das Spiel bin ich neugierig. Den ganzen Abend über hat mich *Risk* mit den Dingen gelockt, die ich mir am meisten gewünscht habe. Was glauben sie, was mich nach der katastrophalen Challenge mit Sydney wohl in Versuchung bringen könnte? Ein gefälschter Pass und ein Koffer voll Geld in ausländischer Währung?

»Okay, ich schaue nach, aber nur wenn du jetzt endlich zur Bowlingbahn fährst. Ich bin sowieso schon zu spät dran.«

Er fährt los, während ich mein Display checke. Als ich die Nachricht lese, wird mir einen Moment schwindelig.

Mit schwacher Stimme sage ich: »Oh mein Gott, das können sie nicht ernst meinen!«

»Du weißt, dass es so ist. Du hast doch das Video von dem Gewinner gesehen, der mit der Flugstaffel der Navy geflogen ist.«

Ich muss schlucken. Von dem Kloß, der vor ein paar Sekunden noch in meinem Hals saß, ist nichts mehr zu spüren, weil meine Verzweiflung vom Schock verdrängt worden ist.

»Ein Stipendium für die Modedesign-Hochschule.«

»Schick!«

Eine weitere Nachricht trifft ein. Mit zitternder Stimme lese ich laut vor:

Ihr habt bewiesen, dass ihr ein großartiges Team seid.
Seid ihr bereit, alles oder nichts zu wagen?
Das ist eure Challenge:
– Geht zum Poppy-Club und betretet um 00:30 Uhr die VIP-Lounge. (Wegbeschreibung folgt)
– Nehmt an einem fünfminütigen Interview teil.
– Haltet euch drei Stunden in der VIP-Lounge auf und stellt euch den Challenges für die Preisrunde, die euch dort mitgeteilt werden.

Ian und ich sehen uns an. Der Regen fällt jetzt in leichten Tropfen, die im Mondlicht auf der Fensterscheibe wie Juwelen glitzern. Vielleicht ist der schlimmste Teil des Unwetters vorbei.

»Ich glaube, das ist ein privater Club«, sage ich schließlich. »Wenigstens müssen wir nicht in einen verlassenen Schlachthof irgendwo im Industriegebiet.«

»Klingt, als würdest du darüber nachdenken«, grinst er. »Es ist die Preisrunde, kein Schlachthof.«

»Meine Eltern machen mir die Hölle heiß.«

»Du hast dich einer Meute wütender Jungfrauen gestellt und eine Prostituierte gespielt, du bist einem Polizisten entkommen und hast deine beste Freundin wütend gemacht«, lacht er. »Und da machst du dir Sorgen, zu spät nach Hause zu kommen?«

»Glaub mir, meine Mutter ist furchterregender als die alle zusammen.«

»Was ist das Schlimmste, was sie tun kann?«

Ich starre an die Wagendecke. »Das Schlimmste? Auf jeden Fall werde ich für den Rest des Schuljahres Hausarrest kriegen. Das ist keine Übertreibung. Ich hab schon seit November Hausarrest.«

Er reibt sich über das Kinn. »Und das Stipendium, meinst du nicht, das besänftigt sie? Vielleicht könnt ihr euch ja alle zusammen ausmalen, was ihr mit dem Geld machen könntet, das sie sparen, weil sie keine Studiengebühren für dich bezahlen müssen. Zum Beispiel ein Urlaub auf den Fiji-Inseln oder so was?«

Fast beiläufig, als wären wir ein altes Ehepaar, nimmt er meine Hand. Aber das elektrische Kribbeln auf meiner Haut ist neu.

»Es ist komplizierter. Das Verhältnis zu meinen Eltern war in letzter Zeit ziemlich angespannt.« Oh Mann, warum erzähle ich ihm nicht gleich, welche Tamponmarke ich benutze, wenn ich schon mal dabei bin?

Er holt tief Luft. »Vielleicht brauchst du diese Challenge, um die Lage zu ändern.«

Meine Haut brennt, sie fühlt sich durchlässig an, so als könnte man durch sie hindurch viel zu viel von mir sehen.

»Wenn ich nicht bald nach Hause komme, machen sie sich Sorgen.«

»Ruf sie an und erzähl ihnen irgendeine Geschichte. Dein Auto ist alt. Es ist nicht angesprungen, und ich helfe dir, es zu reparieren.«

»Das glauben sie nie. Und selbst wenn, würden sie mich abholen kommen. Vielleicht taugt die Kamera an meinem Handy nichts, aber das GPS funktioniert bestens.«

»Okay, du musst dich also entscheiden, was besser ist. Jetzt nach Hause zu gehen – zu spät, mit Geld für neue Klamotten und einem schicken Handy, oder noch ein paar Stunden später, dafür aber mit dem Geld für dein komplettes Studium. Wenn du Hausarrest bekommst, kannst du die Zeit ja dazu nutzen, an deiner Skizzenmappe zu arbeiten. Und wenn deine Freunde sehen, wie toll du dich in der Endrunde schlägst, vergessen sie den kleinen Zusammenstoß mit Sydney bestimmt wieder oder finden ihn im Nachhinein sogar unglaublich komisch.«

Komisch. Na klar. Das sagt er doch nur, weil er glaubt, dass er mich als Partnerin braucht, um das Auto zu kriegen. Ich fühle mich ein bisschen unter Druck gesetzt, kann andererseits aber auch verstehen, dass er es versucht. Aber auch ohne sein Drängen blitzt der Gedanke an die Modedesign-Hochschule wie eine Leuchtrakete immer wieder in meinem Kopf auf. Vor allem weil die Ersparnisse, die für mein Studium gedacht waren, ziemlich geplündert werden mussten, um die Krankenhausrechnung zu bezahlen. Okay, in der Endrunde riskiere ich es zwar, die Preise zu verlieren, die ich bereits gewonnen habe, aber die würden mir auch nicht helfen, die Spannungen zwischen mir und meinen Eltern abzubauen oder irgendetwas ganz Neues anzufangen.

Ich schlinge die Arme um den Oberkörper. »Was glaubst du, was in dieser VIP-Lounge passiert?«, frage ich. »Wenn Tausende von Beobachtern zuschauen, können sie uns doch nichts tun, oder?«

Sicherheit durch Öffentlichkeit, das ist mein neues Mantra. Wie viele Reality-TV-Formate vertrauen genau auf dieses Konzept, um zu verhindern, dass sich ihre Mitspieler gegenseitig umbringen?

Ian trommelt einen kleinen Rhythmus aufs Lenkrad. »Sie könnten die Challenges so hindrehen, dass uns irgendjemand verprügeln will, so wie bei diesen Keuschheitsanhängern. Aber ich bezweifle, dass so eine Situation völlig außer Kontrolle geraten kann. *Risk* will schließlich, dass auch weiterhin Leute mitspielen.«

Als wir an einer Ampel anhalten, sehe ich aus dem Fenster einen Mann, der mit seinem Hund spazieren geht. Als er in meine Richtung schaut, treffen sich unsere Blicke. Er zuckt leicht zusammen, wechselt die Richtung, zieht an der Leine seines Hundes und läuft über die Straße, als befürchte er, ich würde aus dem Wagen springen und ihn angreifen. Sehe ich so schlimm aus? Bisher hat noch nie jemand Angst vor mir gehabt. Noch nie.

Aus meinem Handy erklingen leise Klaviertöne.

Wir haben uns die letzten Aufnahmen von Ian und Tommy angesehen. Sieht aus, als hätte dich die letzte Challenge mehr gekostet, als wir gedacht hatten. Wie wäre es mit einer Chance, die Dinge wieder einzurenken? Wenn du die große Preisrunde mitmachst, sorgen wir dafür, dass Sydney sich bei einem Agenten in Hollywood vorstellen kann. Das ist unser kleiner Beitrag, um die Unstimmigkeiten zwischen zwei großartigen Freundinnen auszuräumen.

Ein Gespräch bei einem Hollywood-Agenten? Sydney wäre begeistert! Das könnte für sie der Anfang einer echten Karriere sein, und es wäre besser als alles, was ich selbst jemals für sie tun könnte. Es ist, als würde *Risk* uns beide bis ins kleinste Detail kennen. Warum überrascht mich das?

Eine neue Nachricht erscheint:

Bist du dabei oder nicht? Dein Publikum wartet.

Mein Publikum. Wie groß ist es mittlerweile? Wahrscheinlich schaut die ganze Theatermannschaft immer noch zu, obwohl sie das Schlimmste schon aus nächster Nähe miterlebt hat. Oder doch nicht? Ich brauche den Rat von jemandem, dem ich vertraue, jemandem, für den kein neues Auto oder sonst was auf dem Spiel steht. Ich versuche, erst Eulie anzurufen, und dann Liv, aber beide Anrufe werden blockiert.

Dafür taucht eine Nachricht auf:

Diese Entscheidung musst du allein treffen.

»Sie lassen mich niemanden anrufen.« Ich fahre mir nervös durch die Haare. »Nicht mal meine Eltern, um mir eine Ausrede einfallen zu lassen, warum ich länger wegbleiben will.«

Ian sieht mich an und blickt dann wieder auf die Straße vor

sich. »Dann wirst du dich wohl hinterher bei ihnen entschuldigen müssen. Das heißt … wenn du dich entscheidest, mitzumachen. Das liegt ganz bei dir, Vee.«

Es liegt ganz bei mir.

Während ich laut nachdenke, betrachte ich sein Profil.

»Okay. Drei Stunden in einer lauschigen Lounge in einem Club, unter den Augen von Tausenden von Leuten, die alles beobachten, was wir tun. Damit bezahle ich mein Studium. Und du bekommst ein neues Auto.«

»Freiheit für uns beide.«

»Ja, Freiheit und vielleicht noch etwas anderes. Ich hab heute eine Menge Leute enttäuscht.«

»Das bezweifle ich. Du nimmst dir alles viel zu sehr zu Herzen. Du hattest Angst, dass wir die Keuschheitsanhänger zu sehr beleidigen, und du wolltest unbedingt diese beiden Mädchen vom Straßenstrich retten, obwohl sie dich beinahe angegriffen hätten. Du bist ein guter Mensch, Vee. Und du hast eine ganz spezielle Ausstrahlung. Ich weiß gar nicht, warum du die so versteckst, wenn du mit deinen Freunden zusammen bist. Aber ich hatte die Gelegenheit, sie zu erleben, und ich kann nur sagen, sie ist höllisch sexy.«

Seine Worte sind Balsam für meine Seele, egal welche Absicht er damit verfolgt. Ich bin mir nicht sicher, wie weit ich ihm trauen kann. Mein Leben würde ich ihm bestimmt nicht anvertrauen, aber möglicherweise gewisse Körperteile.

Er nimmt beim Fahren meine Hand und küsst meine Fingerspitzen.

»Du musst dich jetzt entscheiden. Ich kann verstehen, wenn du aufhören willst. Wirklich.«

Ich hole tief Luft. Ohne noch irgendetwas zu tun, könnte ich mit tausendvierhundert Dollar und ein paar wahnsinnigen Preisen nach Hause gehen. Und wenn Ian wegen meiner Entscheidung auch aufhören müsste, hätte er immer noch sein goldenes Busticket.

Aber wenn ich nur ein paar Stunden länger wegbleibe, als ich darf, und das über mich ergehen lasse, was uns in der Lounge erwartet, könnte das mein Leben wirklich verändern. Statt die Idiotin zu sein, die sich vor laufender Kamera mit ihrer besten Freundin gestritten hat, wäre ich das Mädchen, das alles riskiert hat, um ganz groß zu gewinnen. Jeder wird wissen, dass die sanfte Dunkelhaarige, die aussieht, als würde sie im Kirchenchor singen, nicht die ist, für die man sie gehalten hat.

Ich bin ein Mädchen mit Ausstrahlung. Und die ist Tausende von registrierten Beobachtern wert und wahrscheinlich noch mehr, wenn ich die nächste Challenge annehme. Der heutige Abend hat mich gelehrt, in größeren Dimensionen zu denken. Oder doch zumindest in anderen. Mein Gott, ich habe mich für eine Prostituierte ausgegeben! Wenn ich das kann, was ist dann noch möglich? Für das nächste Theaterstück vorsprechen? Versuchen, Tommy dazu zu bringen, mich nicht mehr zu hassen? Ich könnte mich bei Sydney dafür entschuldigen, dass ich sie in die Challenge mit reingezogen habe, und mich trotzdem weigern, mich weiterhin ihrem Willen unterzuordnen. Und vielleicht bringe ich Mom und Dad endlich dazu, zu glauben, dass ich mich damals in der Garage wirklich nicht umbringen wollte. Alles ist möglich. Absolut alles.

Selbst eine neue Challenge.

»Ich bin dabei«, flüstere ich.

»Ja!« Ian lenkt den Wagen an den Straßenrand und beugt sich zu mir, um mich erst sanft und dann immer leidenschaftlicher zu küssen. Seine Hände gleiten in meine Haare, über meine Schultern, zu meiner Taille hinunter. Als er sich von mir löst, sind meine Lippen wund.

»Du wirst es nicht bereuen«, verspricht er mir. »Ich helfe dir, wo ich kann. Das weißt du, oder?«

»Hm-hm.« An Ians Seite kann mich niemand aufhalten. *Uns* kann niemand aufhalten. Ich halte den Atem an und sende meine Nachricht an *Risk*.

Ian lässt den Motor wieder an und wendet den Wagen. Wir halten uns so fest an den Händen, dass ich seinen kräftigen, ruhigen Puls fühlen kann. Jedes Mal wenn wir an einer Ampel stehen bleiben, treffen sich unsere Lippen zu einem wilden Kuss. Mit einem hat *Risk* jedenfalls recht – wir sind jetzt ein Team.

Unterwegs versuche ich, meinen Eltern eine SMS mit einer Ausrede zu schicken und sie anzurufen, aber *Risk* hat natürlich meine Leitung blockiert. Daran kann ich jetzt nicht viel ändern, es sei denn, wir kommen an einem Münztelefon vorbei. Ich muss mich auf den Preis konzentrieren. Modedesign-Studium, Familienfrieden, Zukunft.

Bis zum Poppy-Club brauchen wir zwanzig Minuten. Der Club befindet sich im Erdgeschoss eines fünfstöckigen Gebäudes, und schon während Ian auf einen mit *VIP* markierten Parkplatz zusteuert, hören wir die pulsierende Musik aus dem Inneren.

Als ich aussteige, peitscht mir ein feuchter Wind den Rock um die Beine und bringt sogar die Straßenbeleuchtung zum Flackern. Vor dem Haupteingang steht eine lange Schlange, doch vor dem überdachten Seiteneingang, der zur »VIP-Lounge« führt, wartet niemand. Wir laufen hinüber und treffen auf einen muskelbepackten Türsteher, der uns nach unseren Namen fragt und unsere Gesichter mit Fotos auf seinem Handy vergleicht.

Endlich öffnet er mit einem Nicken und einem Grinsen die Tür.

»Nehmt den Aufzug nach oben.«

Drinnen sind wir vor dem Wind geschützt, aber mir ist immer noch kalt, obwohl ich mich dicht an Ian schmiege. Auf dem Marmorfußboden des Foyers, in dem es vage nach Nelken riecht, klingen unsere Schritte hohl. Aus dem Club ertönt leises Basswummern, und mich wundert, dass es nicht lauter ist, aber wahrscheinlich bekommen VIP-Gäste schallgedämpfte Räume, in denen sie selbst wählen können, was sie hören wollen.

Vor uns befindet sich ein kleiner Aufzug mit einem Schild »Willkommen, VIPs« – falls wir vergessen haben sollten, dass unser Wagen auf dem VIP-Parkplatz stehen und wir durch den VIP-Eingang reingekommen sind. Beim Betreten des Aufzugs stehen wir unseren Spiegelbildern gegenüber. Ich sehe nicht mehr aus wie das nette Retro-Mädchen, das ich einmal gewesen bin. Unter meinen Augen liegen bläuliche Schatten. Auch Ians Gesicht wirkt hagerer und sein Kiefer ist angespannt. Um wie viele Jahre werden wir in dieser Nacht altern?

»Keine Angst«, flüstert Ian mir zu. Sein warmer Atem kitzelt meinen Hals.

Wir fahren ein paar Stockwerke nach oben, dann öffnet sich die Aufzugtür und wir betreten einen in sanften Rottönen gehaltenen Eingangsbereich mit warmer indirekter Beleuchtung.

Links befindet sich ein größerer Aufzug, auf dem »Personal« steht. Die einzige andere Tür, direkt vor uns, ist aus reich geschnitztem Holz und trägt überraschenderweise kein Schild, das uns an unseren VIP-Status erinnert. Sie sieht aus, als stamme sie aus einer mittelalterlichen Burg – aus einer von der Sorte mit Verlies. Auf einmal überkommt mich der Drang, umzudrehen und nach Hause zu laufen.

Mein Körper scheint mich zu verraten, denn Ian schmiegt seine Wange an meine.

»Wir schaffen das, Vee. Es sind nur drei Stunden. Ich beschütze dich.« Er küsst meine Schläfe und drückt meinen Arm.

Ein warmes Gefühl wallt in meiner Brust auf. Drei Stunden für drei Jahre Modedesign-Studium. Und – was noch mehr wert ist – für die Chance, alles wiedergutzumachen. Wenn ich bereit bin, einen so großen Schritt zu riskieren, um Karriere zu machen, muss das Mom und Dad davon überzeugen, dass ich an mich und meine Zukunft glaube. Und dann werden auch sie daran glauben. Und Sydney wird vor Freude, einen Hollywood-Agenten zu treffen, völlig ausflippen, weil es möglicherweise einen Sprung in ihre eigene Karriere bedeutet. Wir werden uns versöhnen – wir sind schon zu lange so vertraut und haben zu viel Schönes erlebt, um das einfach über Bord zu werfen. Ja, diese Preise könnten durchaus etwas bewirken. Ich kann sie für meine Familie gewinnen. Für meine beste Freundin. Für mich selbst.

Drei Stunden. Weniger als zweihundert Minuten. Ich habe schon Filme gesehen, die länger gedauert haben. Entschlossen straffe ich die Schultern und nicke.

Gemeinsam stoßen wir die schwere Tür auf.

ELF

Wir betreten einen kleinen Raum mit der gleichen schummrigen Beleuchtung wie im Eingangsbereich. Die einzigen Möbel sind ein Empfangstresen und drei Sessel mit winzigen Tischchen an den Lehnen, auf denen etwas steht, was man in der Öffentlichkeit sonst nie sieht: Aschenbecher. Hinter dem Tresen befindet sich ein langer Gang, in dem nach etwa zehn Metern Licht aus einer geöffneten Tür fällt. Rechts von uns sind zwei Türen mit beleuchteten Schildern, auf denen »Ian« und »Vee« steht.

Mein Handy summt.

Geht zum Interview in die Kabinen.

»Zeit, uns unsere Preise zu verdienen«, sagt Ian, küsst mich und geht in seine Kabine. Die Tür schlägt hinter ihm zu, bevor ich mehr als einen schlichten Tisch und blassgrüne Wände erkennen kann.

Ich betrete die »Vee«-Kabine. Es riecht nach Zedernholz, an den Seiten stehen rollbare Kleiderstangen. Vermutlich wird der Raum normalerweise als Garderobe genutzt. Aber heute Abend ist er wie ein gemütliches Ankleidezimmer eingerichtet, mit einem Frisiertisch aus glänzendem Kirschholz und einem roten Ledersessel vor einem gut beleuchteten Spiegel. Ich setze mich. Auf dem Tisch liegt ein Umschlag, auf dem in Schönschrift mein Name steht. Darin befindet sich eine Karte aus schwerem, nach Flieder duftendem Papier mit einer schnörkeligen Handschrift. Wie altmodisch. Auf der Karte steht, dass ich mich zurechtmachen soll und alles dafür Notwendige in den Schubladen finde.

Ich ziehe eine davon auf und sehe ganze Stapel kleiner Zellophanpäckchen mit dem Logo einer Kosmetikfirma, deren Produkte ich mir höchstens zu Weihnachten gönne. Sie enthalten Einzelportionen Lipgloss, Lidschatten, Wimperntusche und alle möglichen anderen Kosmetika. In der nächsten Schublade entdecke ich eine Flasche Wasser und eine kleine Isoliertüte mit kalten Kompressen. Ich nehme einen großen Schluck Wasser und drücke mir eine der Kompressen auf meine geschwollenen Augen. Die Kombination erfrischt mich augenblicklich.

Aus einem winzigen Lautsprecher auf dem Tisch perlt Musik, und eine Frauenstimme sagt: »Du hast noch drei Minuten bis zum Interview.«

Ich betrachte mein Spiegelbild so kritisch, wie ich es bei den Schauspielern, mit denen ich arbeite, auch tue. Fahle Haut, müde Augen, zerzauste Haare. Kein Wunder, dass *Risk* will, dass ich mich frischmache. Aber welche Rolle spiele ich? Die der draufgängerischen Verführerin? Das unschuldige Opfer? Wenn ich mir ein paar Kriegswunden aufmale, haben vielleicht ein paar Leute Mitleid mit mir. Ach was, ich werde einfach als ich selbst gehen, nicht mehr und nicht weniger.

Bei der Suche nach den richtigen Farben überkommt mich eine gewisse Ruhe. Das ist ein Gebiet, auf dem ich mich auskenne. Ich entscheide mich für einen anthrazitgrauen Lidschatten sowie Wimperntusche und Eyeliner in Schwarz. Etwas Puder für einen gleichmäßigen Teint und zum Abschluss eine Schicht Lipgloss. In einer der Schubladen finde ich eine dieser Bürsten, mit denen man die Haare angeblich durch eine Art Ionisierungsprozess glätten kann. Die Fernsehwerbung dafür habe ich immer ziemlich skeptisch betrachtet, aber nach ein paar Strichen sind meine Haare tatsächlich ganz seidig.

Ich betrachte mein Spiegelbild. Es ist seltsam, am Ende meines Schaffensprozesses mein eigenes Gesicht zu sehen und nicht das eines anderen. Das kleine bisschen Make-up hat Wunder gewirkt und kaschiert perfekt die Spuren dessen, was ich heute Abend schon durchgemacht habe. Zufrieden lehne ich mich zurück. Plötzlich verschwindet mein Bild und der Spiegel wird zu einem schwarzen Bildschirm. Wow! Dann erscheint ein weibliches Gesicht, bei dessen Anblick mir die Bloody-Mary-Beschwörung einfällt, bei der angeblich der Geist einer Frau im Spiegel erscheint. Doch diese Frau ist kein Geist, sondern eindeutig menschlich. Sie ist etwa zehn Jahre älter als ich, hat dunkle Haare, blaue Augen und trägt ein zerknittertes T-Shirt. Sie kommt mir vage bekannt vor, bis mir klar wird, dass das daran liegt, dass ich selbst irgendwann so aussehen könnte.

»Hey, Vee«, sagt sie. »Ich bin Gayle.«

Mir fällt ein, dass man in den Shows letzten Monat nie irgendjemanden von *Risk* gesehen hat, es waren immer nur Stimmen und dunkle Gestalten im Hintergrund. Ob das Publikum Gayle sehen kann? Ist sie eine der Verantwortlichen? Ich kann es kaum erwarten, Tommy zu erzählen, dass es bei *Risk* echte, identifizierbare Menschen gibt und nicht bloß ein anonymer Geschäftsmann mit einem Konto auf den Caymans dahintersteckt.

Ich streiche mein Shirt glatt. »Hi. Ich hätte nicht gedacht, dass ich mit einer realen Person sprechen würde.«

Gayle fährt sich mit einer mädchenhaften Geste durchs Haar. »Wir dachten, das macht das Interview ein wenig leichter.«

Seit wann ist *Risk* daran interessiert, irgendetwas leichter zu machen? Ich sehe mich um. »Wo sind die Kameras? Ich werde doch gefilmt, oder?«

Sie lächelt, wobei sie hübsche Grübchen zeigt. »Die sitzt im Bildschirm. Ich glaube, eine ist da, wo du mein rechtes Auge siehst. Und ja, deine Beobachter sehen dich auch.«

Ich blinzle. Tatsächlich, in dem Bereich um ihr Auge scheint das Bild etwas auszupixeln. Na toll, dann haben also Tausende von Leuten gerade zugesehen, wie ich beim Schminken Grimassen gezogen habe.

Gayle schlägt die Beine übereinander. »Und, wie findest du das Spiel bisher?«

Wo soll ich anfangen? Vielleicht damit, dass es zu Beginn unglaublich spannend war, nur um dann ein paar Stunden später mein Leben zu ruinieren?

»Es ist schwieriger, als ich erwartet habe, aber auf eine ganz andere Art, als ich dachte.«

»Meinst du die Challenge mit Sydney?«

Da kommen wir wohl gleich zur Sache. »Ja.«

»Möchtest du ihr etwas sagen?«

Mein Herz schlägt schneller. »Schaut sie denn noch zu?«, frage ich und erwarte allen Ernstes, dass diese *Risk*-Mitarbeiterin die Antwort kennt.

»Ich weiß nicht, ob Sydney unter den Zuschauern ist. Aber wenn sie es wäre?«

Ich betrachte den Frisiertisch, während ich überlege, was ich sagen soll, dann sehe ich Gayle direkt ins rechte Auge. »Ich würde ihr sagen, dass es mir leidtut, dass ich sie so überfallen habe, und dass wir dringend in Ruhe reden müssen, wenn das hier vorbei ist. Übrigens, Sie haben ihr Gesicht in der Sendung doch sicher verfremdet, oder? Sie hat schließlich keine Einverständniserklärung unterschrieben.«

Wobei das eigentlich keine Rolle spielt, weil garantiert jeder, auf den es ankommt, genau weiß, mit wem ich mich gestritten habe.

Gayle bleibt vollkommen gelassen. »Wir wollen unsere kostbare Zeit doch nicht mit langweiligen technischen Details verschwenden, oder?«

Ehrlich gesagt gibt es da durchaus ein paar technische Details, die ich sehr gerne besprechen würde, zum Beispiel wann *Risk* damit aufhört, meine Anrufe zu blockieren, und wie sie überhaupt herausgefunden haben, dass ich sauer auf Sydney war. Aber ich weiß, dass mir Gayle keine dieser Fragen beantworten wird, daher sehe ich sie einfach nur ausdruckslos an.

Sie stellt die Beine nebeneinander, stützt die Unterarme auf die Schenkel und neigt sich vor.

»Lass uns über Ian reden. Wie gefällt er dir?«

Ihr Tonfall wird vertraulich, als wären wir Freundinnen auf einer Übernachtungsparty. Ich muss mich selbst daran erinnern, dass uns über neuntausend Leute zusehen. Wahrscheinlich noch viel mehr.

»Er ist toll«, antworte ich und spüre, wie ich rot werde.

»Unser Publikum hält ihn für anbetungswürdig, du nicht auch?«

Ich zucke mit den Achseln. »Ich hab schließlich Augen im Kopf.«

Sie lacht. »Das werte ich mal als Ja. Werdet ihr euch auch nach heute Nacht noch sehen?«

Was erwartet sie denn von mir? »Über so etwas haben wir nicht gesprochen.« Es sei denn, er hat das mit dem *Gotta-Hava-Java* ernst gemeint.

»Habt ihr euch geküsst?«

Ich straffe die Schultern. »Das ist unsere Privatsache.«

»Süße, über das mit der Privatsphäre sind wir doch längst hinaus, meinst du nicht?«, lächelt sie.

Weil ich nicht weiß, was ich darauf sagen soll, warte ich ihre nächste Frage ab.

»Also, Vee, warum hast du dich bei *Risk* angemeldet? Es gibt Leute, die würden sagen, dass so etwas gar nicht zu dir passt.«

Ihr selbstzufriedener Gesichtsausdruck gefällt mir nicht. Woher will sie wissen, was ich normalerweise tun oder lassen würde? Außerdem sollte es nach dem Drama mit Matthew und Sydney eigentlich klar sein, warum ich mitspiele. Was soll ich denn noch alles zugeben? Dass ich es satthatte, unsichtbar zu sein?

Ich neige mich vor und flüstere: »Manchmal ist es schön, etwas zu tun, was nicht zu einem passt.«

Gayle applaudiert. »Bravo, Vee. Wir sind alle stolz auf dich. Woher hast du den Mut genommen?«

Mut? Oder doch eher Wahnsinn?

»Ach, ich weiß nicht. Ich konzentriere mich einfach auf eine Challenge nach der anderen.«

»Wie bescheiden. Dafür liebt dich das Publikum. Möchtest du deinen Zuschauern etwas sagen?«

Ich streiche mir den Rock über den Oberschenkeln glatt. Zum ersten Mal kann ich die Beobachter direkt ansprechen. Was sagt man Tausenden von Menschen? Sydney würde es wissen.

»Vielen Dank euch allen! Vor allem danke ich denen von euch, die bei der Straßenstrich-Challenge mitgemacht haben. Ihr habt mich gerettet!«

»Oh ja, das haben sie. Ich wette, du wartest schon ganz aufgeregt auf die nächste Challenge.«

Überhaupt nicht. Ich will nur den Preis gewinnen. »Ich glaube, ich bin vor allem nervös.«

Wieder lacht sie. »Na, das Spiel heißt nicht ohne Grund *Risk*, nicht wahr? Aber Spaß gehört auch dazu. Du hast heute Abend eine Menge neuer Erfahrungen gemacht und gleich werden weitere folgen. Aber bevor du die Lounge betrittst, möchte ich mit dir ein paar wichtige Punkte besprechen.«

Ich nicke.

Sie hebt den Zeigefinger. »Erstens: Du spielst in einem Team mit sechs anderen Spielern. Wenn einer von euch eine der Challenges nicht besteht, verliert ihr alle eure Preise. Aber mach dir keine Sorgen. Es gibt erst mal ein paar Spaß-Challenges zum Aufwärmen, die ganz harmlos und freiwillig sind.«

»Okay.«

»Zweitens solltest du immer bedenken, dass *Risk* – solltest du eine Challenge unterlaufen wollen –, die nächsten Challenges dafür umso schwieriger gestalten kann.«

»Eine Challenge unterlaufen? Was soll denn das heißen?«

Gayle wedelt abwehrend mit der Hand. »Im Grunde genommen heißt es, dass du die Challenge schaffst, aber dabei irgendwie gemogelt hast. Keine Angst, wir erkennen das schon, wenn wir es sehen.«

Hey, ich bin das Mädchen, dem man die Wodka-Sprühflasche anvertraut hat. Mogeleien werden sicher nicht das Problem sein.

»In Ordnung.«

»Wunderbar!«, strahlt Gayle. »Viel Glück, Vee. Oh, und unsere Sponsoren würden sich freuen, wenn du so viele ihrer Produkte mitnimmst, wie du magst. Vielleicht möchtest du dich später ja noch mal frisch machen.«

Der Bildschirm piept und verwandelt sich wieder in einen Spiegel. Mein Gesicht ist gerötet und meine Augen glänzen. Werde ich immer noch gefilmt? Blöde Frage. Die Zuschauer müssen glauben, ich sei irgendwie weggetreten. Und warum sollte ich mich noch mal frisch machen wollen? Muss ich mir etwa wieder Wasser über den Kopf gießen? Egal, das sind Top-Produkte. Zu dumm, dass meine Tasche noch in Ians Handschuhfach liegt, deshalb stecke ich die Päckchen in einen kleinen Kosmetikbeutel.

»Vielen Dank an die Sponsoren!«, sage ich und schwenke das Täschchen in Richtung Spiegel.

Im Flur erwartet mich ein frisch gekämmter Ian und deutet auf das Zimmer weiter hinten im Gang.

»Wahrscheinlich sollen wir da reingehen.«

Nach dem Interview habe ich ein mulmiges Gefühl, auch wenn ich einen Sack sündhaft teurer Kosmetikprodukte ergattert habe. Gayles aufgesetzte Freundlichkeit hat nicht dazu beigetragen, mich irgendwie ruhiger zu machen, ganz im Gegenteil. Aber so war es wahrscheinlich auch gedacht.

»Vermutlich«, meine ich achselzuckend.

Ian nimmt mich in die Arme. »Hast du irgendwelche Bedenken?«

Dagegen, dass er mich festhält, jedenfalls ganz bestimmt nicht.

»Jetzt ist es wohl ein bisschen zu spät, um zu kneifen«, seufze ich.

»Der Ausgang ist gleich da drüben.«

»Du würdest dein Auto nicht bekommen. Und ich würde das Stipendium verlieren und die ganzen anderen tollen Preise.«

»Aber wir hätten immer noch etwas ganz Tolles gewonnen«, sagt er und sieht mich zärtlich an.

Bei jedem anderen würde das schmalzig klingen, aber bei ihm tut es das nicht. Vielleicht bin ich aber auch einfach nur viel zu verliebt.

Er küsst mich auf die Haare und ich schmiege mein Gesicht in die Kuhle zwischen seinem Hals und seiner Schulter. Selbst nach den ganzen Anstrengungen riecht er nach Sandelholzseife. Ich atme seinen Duft tief ein. Die Challenge dauert nur drei Stunden. Und ich habe einen der wunderbarsten Partner an meiner Seite.

»Spielen wir!«, sage ich.

Arm in Arm gehen wir am Tresen vorbei. Wir können Gelächter aus dem erleuchteten Raum hören, der sich ein Stück weiter auf der rechten Seite etwa in der Mitte des Gangs befindet. Ich stelle mir vor, dass dort vielleicht irgendwelche Trinkspiele veranstaltet werden oder Flaschendrehen. Nein, zu einfach. Wahrscheinlich hat *Risk* Tiffany und Ambrosia eingeladen, mich fertigzumachen. In einer Schlammgrube. Mit Messern.

Durch die Tür sind mehrere Stimmen zu unterscheiden, aber sie sind nicht laut genug, als dass wir verstehen könnten, was gesprochen wird. Auf der linken Seite des Gangs stehen Stühle. Sind die etwa für Leute, die sich danebenbenehmen und zur Strafe vor die Tür geschickt werden? Rechts hängt ein reich verzierter Wandbehang, der aus Seide zu sein scheint. Einen Augenblick bleibe ich stehen, um mir die gestickten Schmetterlinge und Blumen in Edelsteinfarben anzusehen. Das ist der Stoff für das Gewand einer Kaiserin und hundertmal detailreicher als die Wiesenkulisse, die Tommy für unser Stück entworfen hat.

Ian schiebt mich zu der offenen Tür. Erst jetzt sehe ich, dass sich am Ende des Ganges eine weitere Tür befindet, die jedoch geschlossen ist. Kurz bevor wir den Raum erreichen, in dem so viel los zu sein scheint, bleibt Ian stehen und flüstert: »Vielleicht ist es besser, wenn wir nicht so offensichtlich als Paar auftreten. Das macht uns … angreifbarer.«

Angreifbarer? Wir sollen doch mit allen zusammen ein Team bilden, oder? Aber bei *Risk* weiß man nie, also nicke ich unglücklich und vermisse seine Wärme schon, als er bloß einen Schritt von mir wegtritt. In dem Moment, in dem wir in das etwa sieben mal sieben Meter große Zimmer kommen, brechen alle Gespräche ab. Das ist also ein privates Spielzimmer? Die linke Hälfte ist leer. Rechts stehen mehrere Zweisitzer, zwei auf jeder Seite eines langen gläsernen Couchtisches, der nicht auf Füßen steht, sondern an dicken Silberkordeln von der Decke hängt. Darunter liegt ein Teppich in der Farbe kandierter Äpfel.

Um den Tisch herum sitzen drei Mädchen und zwei Jungen, alle etwa in unserem Alter.

»Hi«, sagt Ian und geht zielstrebig auf den freien Sessel auf der anderen Seite des Tisches zu.

Ich lächle, setze mich neben ihn und deponiere das Make-up-Täschchen zwischen mir und der Armlehne. Der Sessel wippt, als hätte er Sprungfedern im Sitzpolster. Ich versuche, still zu sitzen, fühle mich aber wie auf einem Boot. Auch die anderen wippen auf und ab. Das soll eine VIP-Lounge sein, für die man viel Geld bezahlen muss? Oder hat *Risk* den Raum extra für heute Abend eingerichtet?

»Ihr macht also mit«, stellt der rothaarige Junge mir gegenüber fest. Seine überdimensionierten Muskeln und der ausgeprägte Kiefer lassen darauf schließen, dass er Steroide nimmt. Ein fast schon absurd kurvenreiches Mädchen, das eindeutig zu viel Selbstbräuner benutzt und an dessen Handgelenken Hunderte von Armreifen klimpern, schmiegt sich an seine breite Brust. Sie streicht lasziv mit ihrem rechten nackten Fuß sein Schienbein entlang. Unter einem Glastisch lässt sich eben nichts verheimlichen.

Im Doppelsessel neben mir sitzen zwei weitere Mädchen, eine Weiße und eine Asiatin mit pinkfarbenem Iro, die beide mindestens fünf Piercings im Gesicht haben. In der einen erkenne ich das Mädchen, das in der Vorrunde den Nagellack geklaut hat. Sie sitzt dicht genug neben der Asiatin, um vermuten zu lassen, dass auch sie »zusammen« sind. Nur füßeln können sie mit ihren klobigen Springerstiefeln nicht. Auf unserer Tischseite sitzt noch ein dunkelhäutiger Junge mit superkurzem Haar und einer winzigen Brille, der die Arme vor der Brust verschränkt hat. Irgendwie hat er es geschafft, so in dem Sessel zu sitzen, dass er nicht permanent wippt. Er ist auf Tommy-Art ganz süß, korrekt und ein bisschen streberhaft, aber er ist anscheinend ohne einen Partner hier.

Ian neigt sich vor und hält sich am Sitz fest, um das Gleichgewicht zu halten.

»Meint ihr, *Risk* schickt die Beobachter her, um mit uns hier abzuhängen?«

Der Typ mit der Brille zwinkert. »Die Beobachter sind da oben.« Er deutet in eine Ecke der Decke, wo eine Kamera angebracht ist.

Ich sehe mich um. In allen vier Ecken lauern Kameras wie Falken, die sich gleich auf ihre Beute stürzen wollen. Außerdem besteht der oberste Meter der Wand aus einer Reihe von schwarzen Bildschirmen. Darunter ist die Wand mit einer grauen Strukturtapete mit roten geometrischen Mustern tapeziert. Nur an der Türseite ist sie ein wenig anders, dort glänzt das Muster, als wäre die Wand direkt bemalt und nicht tapeziert. Auf jeden Fall sieht das Ganze ziemlich teuer aus. Und ziemlich hässlich.

Ian streckt dem Kerl mit der Brille die Hand hin. »Ich heiße Ian.«

»Ich bin Samuel«, erwidert der Bebrillte und schüttelt Ians Hand.

Von den anderen stellt sich keiner vor. Vielleicht geht es bei der Challenge darum, sich in Gesellschaft unwohl zu fühlen. Ich knete meine Hände.

Das weiße Mädchen mit den Springerstiefeln, deren Piercings hauptsächlich aus Sicherheitsnadeln und Schrauben bestehen, lacht laut auf und wackelt mit den Fingern neben ihrem Gesicht hin und her. »Hast du etwa Angst, Thelma?«

Ich sehe sie finster an. Aber wenn solche Sprüche das Schlimmste sind, was ich in den nächsten drei Stunden zu erwarten habe, werde ich damit garantiert fertig.

Ian nickt zu dem rothaarigen Jungen und seiner Klimper-Freundin hinüber.

»Was war heute Abend eure beste Challenge?«

Das Mädchen kichert. »Mit Sicherheit die im Sexshop. Wir mussten ein paar Sachen einkaufen und allen Leuten erzählen, was man damit wohl anstellen kann.« Sie sieht den Rothaarigen an und zieht vielsagend die Augenbrauen nach oben.

Ian lacht mit ihr. Ich lächle verkrampft. Gestern wäre mir eine solche Challenge noch undurchführbar erschienen. Heute glaube ich, dass sie leicht davongekommen sind.

Die Asiatin mit dem pinkfarbenen Iro runzelt die Stirn. »Verflucht, warum haben wir die nicht bekommen?«

Ihre Freundin streichelt ihre Schulter. »Wir können morgen hingehen, Süße.«

Ich versuche, möglichst still zu sitzen, aber die kleinste Bewegung lässt mich auf und ab schwanken. Wenn das hier die VIP-Lounge ist, wie sieht dann die Einrichtung für den Pöbel unten im Club aus?

Ian sieht in die Runde. »Kannte sich irgendjemand von euch schon vor der Live-Runde?«

Klimper-Girl lächelt ihren Kerl an. »Nein. So einen krassen Abend wie heute hatte ich noch nie. Bei *Risk* trifft man tausendmal heißere Typen als auf einem dieser lahmen Dating-Portale.«

Auf wie vielen dieser Portale sie wohl schon war? Ich muss allerdings zugeben, dass *Risk* es bei Ian und mir auch bestens getroffen hat. Sie konnten ja nur die Bewerbungsformulare auswerten und die Informationen auf meiner ThisIsMe-Seite. Oder haben sie auch Liv und Eulie befragt? Wenn das hier vorbei ist, muss ich alle ausquetschen, wer was verraten hat.

»Und was ist mit dir?«, wendet sich Ian an Samuel. »Hast du auch einen Partner zugeteilt bekommen?«

»Ja«, erwidert Samuel achselzuckend. »Aber sie war allergisch gegen Zitronen-Götterspeise.«

Bevor ihn jemand nach den Einzelheiten fragen kann, meldet sich sein Handy mit einem ganz normalen Klingelton. Das ist nicht fair. Er liest die Nachricht, steht auf und geht zur Tür. Als er sie mit einem bedrohlich endgültig klingenden Geräusch schließt, verkrampft sich mein Magen.

»Warum hast du das gemacht?«, fragt Klimper-Girl.

»Weil *Risk* mir einen Fünfzig-Dollar-Bonus dafür geboten hat«, grinst Samuel.

Klimper-Girls Freund schlägt mit der flachen Hand auf den Tisch, sodass die Glasscheibe ins Schwingen gerät. Ian hält sie fest, bevor sie uns gegen die Knie knallt. Können diese Möbel nicht einfach mal stillhalten? Der Rothaarige sieht zu einer der Kameras und wedelt mit den Armen.

»Hey, ihr da! Ich hätte die Tür auch für dreißig zugemacht!«

Halb erwarte ich, die Kamera nicken zu sehen. Stattdessen wird das Licht gedimmt. Wir sehen uns fragend an. Einer nach dem anderen ziehen wir unsere Handys hervor und schauen nach, wer wohl die nächsten fünfzig Dollar verdient. Mein Display bleibt leer.

Plötzlich piept es ringsum, und wir schrecken alle so zusammen, dass die Sitze gefährlich ins Wanken geraten. Über die schwarzen Bildschirme oben an den Wänden zucken blinkende Blitze wie bei einem Spielautomaten. Dann erscheinen die Gesichter von Gayle und einem Mann um die dreißig mit kahl rasiertem Kopf, der ein T-Shirt von einer Indie-Band und einen dieser Donut-Ohrringe trägt, die bleibende Schäden im Ohrläppchen hinterlassen.

»Willkommen zu den Challenges der alles entscheidenden Runde!«, rufen die beiden gleichzeitig, während stroboskopartig das Wort »Willkommen« inmitten von explodierenden Feuerwerksraketen über die Bildschirme zuckt. Untermalt wird das Ganze von einem peitschenden Stakkato-Song, den ich aus der Preisrunde des letzten Monats kenne. Als Nächstes richtet sich die Kamera auf die beiden Moderatoren, die auf einer kleinen Bühne stehen, umringt von Leuten mit dem halb weggetretenen Gesichtsausdruck, den ich mittlerweile mit den Beobachtern verbinde. Der Moderator stellt erst Gayle vor und dann sich selbst. Er heißt Guy.

Anschließend droht er uns mit dem Finger: »Um es noch mal klarzustellen: Ihr spielt jetzt als ein Team, wenn also einer von euch aussteigt, verlieren alle alles.«

Das Mädchen mit den Sicherheitsnadeln im Gesicht ballt die Faust, lässt einen finsteren Blick durch den Raum schweifen und bleibt bei mir hängen.

»Wenn hier irgendjemand kneift, mach ich ihn fertig!«

Ich verspüre plötzlich den dringenden Wunsch, aufs Klo zu gehen.

Die Kamera schwenkt zu Gayle. »Wir fangen mit ein paar leichten freiwilligen Challenges an, um die Stimmung aufzulockern. Also entspannt euch und habt Spaß!«

Ich würde die anderen gerne fragen, was man ihnen als Hauptgewinn geboten hat, aber es kommt mir so vor, als wäre die Frage so indiskret wie die nach dem Gewicht oder der BH-Größe, daher sage ich nur leise zu Ian: »Ich würde gern wissen, wie viele Zuschauer mittlerweile dabei sind.«

Guy grinst vom Bildschirm herunter. »Gute Frage, Vee. Du hast haufenweise neue Bewunderer. Willst du wissen, wie viele es sind? Ach nein, lasst uns daraus doch gleich ein kleines Ratespiel machen! Wer der Zahl am nächsten kommt, gewinnt hundert Dollar.«

Wir geben unsere Schätzungen ab, die zwischen zwanzigtausend (mein Gebot) und einer halben Million (die Meinung des Rothaarigen) liegen. Guy und Gayle grinsen sich an, dann verkündet Guy, dass jemand namens Ty – der sich als der Rothaarige herausstellt – gewonnen hat. Die genaue Zahl verraten sie uns trotzdem nicht, aber da die zweithöchste Schätzung bei hunderttausend lag, müssen es wirklich eine ganze Menge Leute sein.

Ich könnte mir also eigentlich ziemlich berühmt vorkommen, stattdessen frage ich mich, warum irgendjemand dafür bezahlt, sich sieben Teenager in einem Raum voller wackeliger Möbel anzusehen. Und was das Publikum wohl zu sehen erwartet.

ZWÖLF

Gayle klatscht mit gespielter Aufregung in die Hände.

»Okay, unsere erste Aufwärm-Challenge kommt aus dem Publikum.«

Ihr Bild wird durch aufblitzende Buchstaben ersetzt, die verkünden: *Guck mal, wer da zusieht!*, und wieder erklingt die Rata-tamm-Musik. Der Bildschirm zeigt eine Studentenbude, in der ein paar Jugendliche zusammenhocken. Ein langhaariges Mädchen mit glasigen Augen liest laut von ihrem Handydisplay ab: »Es ist Zeit für eine kleine Vorstellungsrunde, damit ihr euch ein bisschen besser kennenlernt. Für jeden, der den anderen seinen Vornamen nennt und die Stadt, aus der er kommt, gibt es fünfzig Dollar Bonus.« Sie ballt die Faust. »Los, Wolver…« Das Bild wird ausgeblendet.

Fünfzig Mäuse, um meinen Mitspielern meinen Namen zu nennen. Viel zu einfach. Wahrscheinlich gibt es irgendeinen Haken, aber ich erkenne ihn noch nicht. Die Vorstellungsrunde könnte sogar ganz nützlich sein. Habe ich nicht irgendwo mal gelesen, dass es einem schwerer fällt, zu jemandem gemein zu sein, wenn man ihn erst einmal als individuelles menschliches Wesen wahrgenommen hat? Nicht dass die anderen Spieler darauf aus wären, uns fertigzumachen. Wer weiß, vielleicht könnte ich mich mit ein paar von ihnen sogar anfreunden. Natürlich nicht gut genug, um irgendeine perverse Challenge mit ihnen durchzuziehen. Aber doch zumindest so, dass wir bei einer After-Show-Party gemeinsam über alles lachen können, wie die Spieler des letzten Monats.

Wir stehen auf, machen die Runde um den Tisch und stellen uns gegenseitig vor. Die pinke Iro-Asiatin ist Jen. Ihre Freundin, die mich vorhin so drohend angesehen hat, heißt Micki. Sie stammen aus Reno und machen Witze darüber, dass sie auf dem Charter-Flug nach Seattle dem Mile-High-Club beigetreten sind. Klimper-Girl ist Daniella. Sie und ihr Partner Ty stammen aus Boise in Idaho und wurden ebenfalls direkt nach ihrer letzten Challenge nach Seattle eingeflogen. Samuel aus Portland hat uns seinen Namen ja bereits gesagt.

Als ich mich selbst vorstelle, verdreht Micki die Augen. »Was für ein Name soll ›V‹ denn sein? Konnten sich deine Eltern nicht mehr als einen Buchstaben leisten?« Jen, Ty und Daniella lachen mit ihr.

Ich ziehe eine Augenbraue hoch. »Und deine Eltern haben dich nach einer Maus benannt?«

So viel zum Beginn von neuen Freundschaften.

Ich kann förmlich sehen, wie sich das rostige Hamsterrad in ihrem Kopf in Bewegung setzt, um nach einer Antwort zu suchen, doch noch bevor ihr etwas Passendes einfällt, tauchen wieder die strahlenden Gesichter der beiden Moderatoren auf den Bildschirmen auf. Gayle fordert Ty auf, eine Tür in der Wand hinter ihm zu öffnen und dann die rote Schranktür – und zwar nur die rote – aufzumachen.

Ty bleibt sitzen. »Was zahlt ihr mir dafür?«

»Du und deine Freunde dürft euch aus dem Schrank nehmen, was ihr wollt. Wer zuerst kommt, mahlt zuerst.«

Ty springt auf und betrachtet die Wand, aber nirgendwo ist eine Tür zu entdecken. Er sieht achselzuckend zur Kamera. »Ist das ein Trick?«

Wahrscheinlich eher ein IQ-Test. Eines der Muster an der Wand, eine Spirale, leuchtet auf wie der Knopf an einer Aufzugtür. Als Ty den Finger darauf legt, gleitet eine Schiebetür vor einer Nische zur Seite. Ich drehe den Kopf, um die Wand hinter mir zu betrachten. Wie viele versteckte Türen gibt es hier noch? Der Anzahl der Spiralen nach zu urteilen, könnten es eine ganze Menge sein.

Daniella stellt sich hinter Ty, blinzelt in die Kamera und greift ihm an den Hintern. Samuel sieht uns an und verdreht die Augen, was mich ein wenig hoffen lässt. Zumindest könnte ich mir ansatzweise vorstellen, dass er sich heraushält, falls es zu einer Schlägerei kommt. Moment mal, warum denke ich überhaupt an so etwas?

Hinter der Tür befinden sich lauter Schrankfächer, alle in unterschiedlichen Farben. Ty zieht am Griff der roten Tür ganz oben, die mit einem leisen Ploppen aufgeht wie eine Kühlschranktür. Ich recke den Hals und versuche zu erkennen, was darin ist. Innerlich aufstöhnend sehe ich Bierflaschen. Wenn die *Risk*-Macher wollen, dass wir uns betrinken, ist das kein gutes Zeichen.

Ty und Daniella greifen natürlich so gierig nach dem Bier, als hätten sie einen Schatz ausgegraben. Micki und Jen gesellen sich zu ihnen. Ty macht ein paar Flaschen auf und reicht sie herum. Jen und Micki stoßen an und prosten Ty und Daniella zu.

Über die Bildschirme läuft eine neue Nachricht: *Fünfzig Dollar für jedes Bier, das ihr trinkt.*

Ich sehe Ian an und flüstere: »Was hältst du davon?«

»Wir sollten mitmachen«, rät er. »Aber wir müssen die Kontrolle behalten.«

»Jeder maximal ein Bier«, nicke ich.

Wir gehen zum Schrank, und als wir an Samuel vorbeikommen, bietet Ian ihm an, ihm ein Bier mitzubringen. Er zögert, doch dann schließt er sich uns an, wahrscheinlich will er kein Außenseiter sein. Am Schrank öffnet Ian ein Bier und reicht es mir. Ich sehe nach, ob an der Flasche irgendwie herummanipuliert wurde.

»Als ich sie aufgemacht habe, hat es leicht gezischt«, beruhigt Ian mich.

Ich schnuppere. Riecht nach Bier. Und ich habe Durst. Da ich minderjährig bin, verstoße ich genau genommen gegen das Gesetz, wenn ich Bier trinke. Im realen Leben wäre das kein Problem für mich, aber ich will mich eigentlich nicht unbedingt dabei filmen lassen. Ich flüstere Ian meine Bedenken zu.

Er lacht nur. »Wie will jemand beweisen, dass das nicht bloß Apfelsaft ist? Es ist genau das, was wir daraus machen.«

Das stimmt. Ich nehme einen kleinen Schluck. Eiskalt und bitter. Definitiv kein Apfelsaft. Das Etikett ist fast vollständig auf Deutsch beschriftet, aber ich sehe, dass der Alkoholgehalt sechs Prozent beträgt. Das ist mehr, als normales Bier hat. So viel dazu, dass das Spiel legal bleibt. Wenn es *Risk* schon egal ist, wenn Minderjährige Alkohol trinken, was kommt dann als Nächstes?

Ty und die anderen Mädchen stehen in der Ecke, trinken, als seien sie auf einer Party, und erzählen sich irgendwelche Sauf-und-kotz-Geschichten. Bestimmt hört ihnen das Publikum gebannt zu.

Ian schiebt mich zu ihnen hinüber. Ich finde sie zwar ziemlich ekelhaft, verstehe aber seine Taktik. Es sollten sich keine Cliquen bilden, schon gar keine, bei denen wir nicht dabei sind. Selbst Samuel scheint das zu verstehen. Er stellt sich zu der Gruppe und betrachtet ausgiebig seine Füße.

Ich mustere meine Mitspieler und stelle fest, dass *Risk* versucht hat, möglichst viele Aspekte abzudecken, was Herkunft, sexuelle Orientierung, Aussehen und Gott weiß was noch angeht. Alles ist darauf angelegt, eine möglichst breite Zielgruppe zu erreichen, würde Tommy sagen.

Würden wir etwas miteinander zu tun haben, wenn wir auf dieselbe Schule gingen? Ian und ich natürlich schon, aber wir und die anderen? An meiner Schule sind die verschiedenen Grüppchen nicht so undurchlässig wie an anderen Highschools, aber die meisten Leute wissen schon, zu wem sie gehören. Außer mit Sydney, Liv und Eulie unterhalte ich mich vor allem mit Mädchen, die *Vogue* von *Woman* unterscheiden können und die meinen Low-Budget-Vintage-Look zu würdigen wissen. Ich fühle mich wohl bei meinen Freundinnen, aber ich habe Sydney immer darum beneidet, dass sie sich so einfach zwischen den Gruppen bewegen kann, als hätte sie einen Transitschein. Nicht nur einmal nagte in meinem Hinterkopf der Gedanke, wie nett die anderen wohl zu mir wären, wenn ich nicht mit ihr befreundet wäre. Tja, das werde ich wohl spätestens jetzt, nach dem Fiasko der letzten Challenge, herausfinden.

Micki rülpst und hebt die Flasche in die Kamera.

»Deutsches Bier ist klasse!«

Samuel räuspert sich. »Wir sollten lieber nicht so viel trinken, weil wir für die nächsten Challenges vielleicht noch klar denken können müssen. Ich mein ja nur ...«

Micki lacht. »Danke für den Tipp, du Streber, aber das Spiel heißt *Risk* und nicht *Schlappschwanz.«* Trotzdem ist ihr nächster Rülpser ein bisschen leiser.

»Lasst uns anstoßen«, sagt Ian. »Auf tolle Preise und jede Menge Bonusprämien!«

Alle prosten sich zu und stoßen miteinander an, als wären wir eine große glückliche Familie. Vielleicht wird es ja doch nicht so schlimm, auch wenn diese Micki mir ziemlich unsympathisch ist. Das Bier fließt mir mit jedem Schluck leichter die Kehle hinunter und in meinem Kopf beginnt es angenehm zu summen. Ich sehe auf mein Handy und zeige Ian das Display. Noch zwei Stunden und achtunddreißig Minuten. Ich verspüre den Drang, den Song über die hundert Bierflaschen zu singen, aber ich will die *Risk*-Leute lieber nicht auf dumme Gedanken bringen.

Ian nimmt meine Hand, was das warme Gefühl in meinem Inneren nur noch anheizt.

»Wir schaffen das«, flüstert er.

Ich drücke seine Hand. Es hat keinen Sinn, so zu tun, als seien wir nur Freunde.

Ian beginnt mit Samuel ein Gespräch über Videospiele. Dazu habe ich nicht viel beizutragen, aber ich versuche, ein möglichst harmloses, bierseliges Lächeln aufzusetzen. Obwohl ich wahrscheinlich nicht einmal mit Reißzähnen eine große Bedrohung darstellen würde.

Stampfende Techno-Musik erklingt, und die anderen außer Samuel, Ian und mir beginnen zu tanzen, die Bierflaschen in der Hand. Sie sind schon bei der zweiten Flasche, ich habe mitgezählt.

Die Musik wird leiser und geht in das Piepen über, das anzeigt, dass die Monitore wieder in Aktion sind: *Guckt mal, wer da zusieht!* flackert über die Bildschirme, dann erscheint das Bild von zwei echt süßen Jungs auf einer roten Samtcouch.

Einer der beiden winkt in die Kamera. »Hey, Spieler! Hier spricht Houston! *Risk* erhöht eure Bonusprämie um hundert Dollar, wenn ihr alle tanzt!«

Im nächsten Moment stehen er und der andere auf und beginnen wild herumzuspringen und die Fäuste in die Luft zu boxen. Die Kamera zieht auf, und jetzt sehen wir noch viel mehr Leute, die auch alle wild tanzen.

Ich habe nichts gegen Tanzen. Ich tanze sogar richtig gern. Aber die Vorstellung, es gegen Bezahlung zu tun, verkrampft mich. *Risk* behandelt uns wie dressierte Affen, die sofort springen, wenn man ihnen mit einer Banane vor der Nase herumwedelt. Okay, das ist im Grunde das Prinzip des Spiels, aber trotzdem …

Die Musik in unserem Raum ist die gleiche wie die in Houston und offensichtlich auch bei weiteren Beobachter-Gruppen, denn jeder Bildschirm an der Wand zeigt jetzt eine andere Meute von Tänzern, als seien wir alle zusammen in einem riesigen Club. Ian schwingt neben mir geschmeidig die Hüften und selbst Samuel wedelt mit den Armen. Alle starren mich an. Micki runzelt die Stirn, als sie etwas zu Jen sagt. Ian nimmt lächelnd meine Hand und wirbelt mich einmal um sich herum. Einen Augenblick lang zögere ich. Soll ich wirklich diejenige sein, die leicht verdientes Geld ablehnt? Was ist schon dabei?

Außerdem schweißt uns das gemeinsame Tanzen als Team noch einmal mehr zusammen. Ich beginne, mich im Rhythmus zu bewegen, tanze synchron mit Ian und stelle überrascht fest, dass mich neue Energie erfüllt.

Ich lasse mich von der Musik treiben und lache sogar, als mir ein paar Beobachter von ihren Bildschirmen aus zuzuwinken scheinen. Die Musik wird lauter, und ich tanze immer befreiter, selbst die Kameras sind mir jetzt egal. Waren vielleicht Drogen in dem Bier? Ich stelle die leere Flasche an der Wand ab und tanze weiter. Alle anderen zappeln ebenfalls wild herum und lachen, wenn wir gegeneinanderstoßen. Sogar Mickis schlecht gelauntes Gesicht entspannt sich. Nach vielleicht drei Songs wird die Musik langsamer und ich schmiege mich an Ians Brust. Das Licht wird auf Kerzenschimmerstärke heruntergedimmt, und die Bilder auf den Monitoren verschwimmen, bis der Raum in erotischem Schummerlicht liegt. Nett. Wenn die Challenges so weitergehen, komme ich damit klar. Ich kuschle mich noch dichter an Ian.

Aber so gemütlich kann *Risk* es natürlich nicht lassen. Die Musik bricht ab und das vertraute Piepen lässt uns aufhorchen. Erst als ich aufhöre zu tanzen, bemerke ich, wie warm mir geworden ist. Ich hebe meine Haare im Nacken an, und Ian bläst mir auf die feuchte Haut, auf der sich sofort eine Gänsehaut bildet.

Auf den Bildschirmen erscheinen Guy und Gayle. Mit verschmitztem Lächeln sagt Gayle: »Ein paar Zuschauer behaupten zwar, dass Samuels Bewegungen nicht wirklich etwas mit Tanzen zu tun gehabt haben, aber da das keine Pflicht-Challenge war, hat das für ihn keine Konsequenzen. Und jetzt ist es Zeit für die letzte Aufwärmrunde!«, fährt sie lachend fort. »An der Wand hinter dem Tisch sind vier Türen, die je zu einer Privatlounge führen. Ihr könnt sie in jeder beliebigen Kombination von Spielern betreten, um darin ›Sieben Minuten im Himmel‹ zu spielen. Die Regeln muss ich euch ja wohl nicht erklären.« Sie zwinkert verschwörerisch. »Das Team oder der Spieler, der uns die unterhaltsamste Show bietet, bekommt fünfhundert Dollar. Der zweite bekommt hundert Dollar. Die anderen nur etwas Zeit im Himmel. Viel Spaß!«

Ian stößt mich an. »Sollen wir?«

Macht er Witze? So verlockend es auch wäre, wild mit ihm rumzuknutschen, habe ich nicht vor, mich hier vor allen Augen noch mehr zu prostituieren als vorhin, als ich das Straßenmädchen gespielt habe. Reicht es nicht, dass wir für die Beobachter getanzt haben?

Ich lasse meine Haare wieder über die Schultern fallen und sage: »Das würde ich mir lieber für später aufsparen.«

»Okay«, sagt er, nimmt meine Hand und küsst sie.

Wieder ertönt Techno-Musik. Sehr romantisch. Ty und Daniella machen bereits aneinander rum, bevor sie auch nur einen der Räume betreten haben. Ich will gar nicht sehen, wo er überall seine Hände hat.

Trotzdem bin ich neugierig, wie diese Privatlounges wohl aussehen, deshalb gehe ich zur Wand und tippe eines der leuchtenden Muster darauf an. Eine Tür schwingt auf und gibt den Blick auf einen winzigen Raum frei, in dem gerade genug Platz für ein kleines Bett und einen Nachttisch ist. Und natürlich für das, was sich möglicherweise in der Schublade des Nachttischs befindet. An der Decke hängt ein Spiegel, von dem indirektes schummriges Licht ausgeht. Ich trete beiseite, damit auch Ian einen Blick hineinwerfen kann. Lachend meint er, wir könnten doch wenigstens ein kleines Nickerchen zusammen halten. Als ob ich neben ihm liegen und seelenruhig schlummern könnte!

Micki und Jen befingern sich gegenseitig und stolpern stöhnend auf den nächsten Raum zu. Bevor sie durch die Tür taumeln, ruft Jen Samuel zu: »Willst du mitkommen?«

Er sieht aus, als würde er sich das ernsthaft überlegen, obwohl Micki ihm einen ihrer drohenden Blicke zuwirft. Schließlich scheint aber die Vorsicht über sein Verlangen zu siegen, denn er schüttelt den Kopf. Kichernd schließen die Mädchen die Tür.

Ian, Samuel und ich setzen uns wieder auf die wackelnden Riesensessel. Samuel nimmt sein Handy heraus und hämmert darauf herum, als spiele er etwas. Anscheinend hat ihn das Gespräch mit Ian auf die Idee gebracht, dass das eine akzeptable Party-Beschäftigung ist. Zumindest ist es angenehmer, sich abzulenken, als dem zuzusehen, was sich wenige Meter von uns entfernt abspielt. Ich lehne den Kopf an Ians Schulter und schließe die Augen, um ein wenig zu dösen, während meine Mitspieler Echtzeitpornos produzieren.

Über uns beginnen die Monitore zu piepen und zeigen so etwas wie Verbrecherfotos aller Mitspieler mit einem Statusbalken: *Zuschauerbewertung.* Oh nein, mein Wert ist mit zweiundzwanzig Prozent der niedrigste. Danach kommt Samuel mit vierundzwanzig und dann Ian mit immerhin siebenundsechzig. Offenbar stimmen alle seine Groupies mit ab. Micki und Ty führen die Tabelle mit Bewertungen über neunzig an, während Jen und Daniella dazwischen liegen. Eigentlich sollte es mir egal sein, was die Perversen da draußen denken, trotzdem treibt mir die Gewissheit, von allen hier die Unbeliebteste zu sein, die Röte in die Wangen.

Ian rät mir, den Punktestand zu ignorieren, aber für ihn sagt sich das natürlich leicht. Nach ein paar Minuten gehen die Türen hinter uns auf, aber als ich hinübersehe, muss ich mich schnell wieder zum Tisch umdrehen, um den Anblick von Tys nacktem Bauch aus meinem Gedächtnis zu löschen. Die anderen setzen sich an den Tisch, zupfen sich die T-Shirts zurecht und wischen sich mit dem Handrücken über den Mund. Lachend zeigen sie auf ihre Bewertungen, bevor die Bildschirme wieder schwarz werden.

Gleich darauf verkündet Guy: »Die Beobachter haben gevotet, dass Jen und Micki ihre sieben Minuten am besten genutzt haben. Gut gemacht, meine Damen!«

Ich wette, das ist das erste und einzige Mal, dass jemand Micki eine Dame nennt.

Dann taucht Gayles Gesicht neben Guys auf. »Okay, das waren die Einführungs-Challenges. Jetzt kommen wir zum besten Teil, den Challenges für den großen Preis, die ihr alle bestehen müsst, um zu gewinnen.« Sie hebt eine Augenbraue. »Seid ihr bereit für die erste?«

Ein paar Spieler rufen tatsächlich »Ja!«, als ob das Gayle interessieren würde.

Sie und Guy neigen sich vor und sagen einstimmig: »Ihr müsst nichts weiter tun, als einen einzigen Anruf zu tätigen.«

DREIZEHN

Einen Anruf? Ich kann kaum glauben, dass unsere erste Aufgabe auf dem Weg für den Hauptpreis ein Scherzanruf sein soll.

Guy zuckt mit den Schultern. »Es ist ganz einfach. Wir geben euch den Text vor und ihr ruft an. Jeder Anruf dauert nur ein paar Minuten. Wer will anfangen?«

Zuerst meldet sich niemand, aber dann hebt Daniella die Hand.

»Warum nicht? Ich telefoniere gerne.«

Gayles Lächeln wird breiter. »Super! Weitere fünfzig Dollar extra dafür, dass du ins kalte Wasser springst, Daniella. Dein Anruf geht an Marco, deinen Ex. Sag ihm, dass er recht gehabt hat, als er dich beschuldigt hat, ihn mit seinem Bruder zu betrügen.«

Daniellas Bräune verliert ein wenig von ihrer Überzeugungskraft. »Woher wisst ihr … Aber Moment mal, selbst wenn ich das tue, zwischen Marco und mir ist es aus.«

»Ruf an oder ihr alle verliert eure Preise«, sagt Gayle streng.

Ty drückt Daniellas Arm, aber es sieht nicht besonders zärtlich aus. Sie blickt sich im Raum um, als suche sie, ja was? Einen Ausweg? Als klar ist, dass *Risk* – wen wundert es? – nichts an den Bedingungen der Challenge ändert und sich auch keine der Türen zu den Privatlounges öffnet, damit sie sich unter den fleckigen Laken verstecken kann, greift sie zu ihrem Handy. Wir anderen wippen und schaukeln auf unseren bescheuerten Sitzen herum und werden zumindest für ein paar Minuten ebenfalls zu Zuschauern. Daniella tut mir zwar leid, aber ich bin auch gespannt darauf, wie der Anruf verläuft. Was ist nur los mit mir?

Daniella wendet sich von uns ab, aber *Risk* hat ihr Handy offenbar an die Lautsprecheranlage angeschlossen, wahrscheinlich mithilfe der fiesen App, die wir alle herunterladen mussten. Wir hören es am anderen Ende der Leitung klingeln und sehen dazu eine Nahaufnahme von Daniellas Gesicht auf den Monitoren. Nach zweimaligem Läuten nimmt jemand ab.

»Äh, hi, hier ist Dani.«

Vom anderen Ende erklingt Musik.

»Was gibt's?«

Schaut er sich das Spiel etwa nicht an? Daniella und Ty müssen in Boise mittlerweile doch Stars sein, aber er hat nicht eingeschaltet? Wussten die Spielemacher das, bevor sie sich die Challenge ausgedacht haben?

Daniella sagt mit piepsiger Kleinmädchenstimme: »Ich wollte nur sagen, dass ich, als wir zusammen waren, auch mit Nate geschlafen hab. Du hattest recht.«

Einen Augenblick lang herrscht Stille in der Leitung, dann explodiert Marco: »Wusste ich's doch, du Schlampe!«

Daniella hält das Telefon so weit wie möglich von sich fort, aber das kann die Salve an Beleidigungen und Flüchen am anderen Ende nicht stoppen. Heulend ruft sie in die Kamera: »Okay, ich hab es gemacht!«, legt auf und sieht Ty an, der die Stirn runzelt, als habe sie ihn betrogen, nicht Marco.

Auf den Monitoren erscheint Gayles weich gezeichnetes Bild.

Sanft sagt sie: »Siehst du, so schwer war das doch gar nicht.« Dann ruft sie die anderen Spieler auf und lässt sie diverse Ex-Partner und aktuelle Freunde anrufen, um ihnen Dinge zu sagen, die sowohl für den Anrufer als auch für die Angerufenen schrecklich sind. Ian muss eine alte Freundin anrufen und ihr sagen, dass mit ihr Schluss zu machen das Dümmste war, was er je getan hat, und dass er unheimlich gerne wieder mit ihr zusammen wäre. Die Stimme des Mädchens klingt so hoffnungsvoll, dass sich mir der Magen zusammenkrampft.

Nach dem Anruf wischt Ian sich den Schweiß von der Stirn.

»Hoffentlich klärt sie jemand auf, bevor ich es tun muss. Was für eine beschissene Challenge.«

Wie hat *Risk* nur die ganzen Leute gefunden, die dem Spiel nicht zusehen? Haben sie mit Konzerttickets oder so etwas dafür gesorgt, dass sie anderweitig beschäftigt sind? Langsam glaube ich, dass die Spielemacher über unbegrenzte Macht verfügen.

Und dann bin ich an der Reihe. Ich muss Tommy anrufen und ihm sagen, dass ich weiß, dass er in mich verliebt ist, und ihm drei Gründe nennen, warum wir niemals zusammen sein können. Mein Atem wird ruhiger. Mir ist klar, dass er nicht in mich verliebt ist, und ihm ist klar, was ich spiele. Wahrscheinlich schaut er immer noch zu und weiß, dass alles, was ich sage, nur ein Fake ist. Puh. Vielleicht weiß *Risk* doch nicht alles, vielleicht hatten sie auch nicht die Zeit, sich genügend böse Pläne auszudenken, weil ich mich so spät für die Vorrunden angemeldet habe. Wie auch immer, ich rufe Tommy an.

Er geht nach dem ersten Läuten dran.

»Hi«, sage ich. »Das von vorhin tut mir leid.«

Ein lautes Piepen ertönt von den Bildschirmen und mahnt: *Halte dich an die Vorgaben!*

Was? Ich darf mich nicht entschuldigen, bevor ich das Gespräch anfange? Meinen sie das mit mogeln?

Ich mache weiter, obwohl ich Tommys Antwort wegen des Piepsens nicht hören konnte. »Jedenfalls wollte ich dir sagen, ich weiß, dass du mich irgendwie gern hast, aber wir werden auf keinen Fall ein Paar, weil, äh, weil wir uns viel zu ähnlich sind. Wir arbeiten beide immer im Hintergrund und so, du weißt schon. Außerdem bist du ziemlich … pedantisch.« Ist er doch, oder? Wenn ich an die vielen Stunden denke, die er damit zugebracht hat, das Bühnenbild immer wieder neu zu gestalten. »Und außerdem kann ich mit dir sowieso nicht mithalten.«

Ups, wo kam das denn her? Ich hätte mir besser überlegen sollen, was ich sage. Aber das war es. Drei Gründe.

Einen Augenblick lang schweigt er. »Okay, ich hatte von Anfang an den Verdacht, dass du selbstsüchtig bist, aber das beweist es jetzt wohl eindeutig.«

Moment mal, warum sagt er das? Er weiß, dass das nur eine Challenge ist. Ah, verstehe, er spielt mit.

»Der einzige Grund, warum du nie mit jemandem wie mir zusammen sein kannst, ist der, dass du dich selbst viel zu sehr hasst, um dich mit jemandem einzulassen, der dich wirklich mag. Du fällst lieber auf einen Kerl rein, der dich klein hält und dich vor deinen Freunden schlecht dastehen lässt. Ich dachte, du wärst anders, klüger als der Rest der Bande. Aber jetzt sehe ich, dass du nur noch nicht die Gelegenheit hattest, dein wahres, mickriges Ich zu zeigen.«

Er legt auf, bevor ich es tun kann.

Ich habe das Gefühl, als hätte ich einen Schlag in den Magen bekommen. Wieder einmal bin ich vor aller Welt gedemütigt worden. So viel dazu, dass Tommy mein Partner im Hintergrund ist. Am liebsten möchte ich mich in einem dunklen Loch verkriechen.

Ian greift nach meiner Hand. »Er ist eifersüchtig und verletzt. Was hast du erwartet?«

Ich weiß nicht, was ich erwartet habe. Aber die Leute von *Risk* haben bekommen, was sie wollten – von uns allen. Die Schweine. Wir haben erst eine einzige Challenge um den großen Preis gespielt, zwei lange Stunden liegen noch vor uns, und wir sind jetzt schon traumatisiert.

Guy taucht auf dem Bildschirm auf, jetzt in Jackett und Krawatte, dafür ohne Lächeln.

»Okay, nachdem ihr mit euren Freunden gesprochen habt, wenden wir uns jetzt euren Familien zu.«

Um mich herum dreht sich alles. Auf keinen Fall sehen meine Eltern, die kaum mit der Fernbedienung für den Fernseher klarkommen, online bei *Risk* zu. Unwillkürlich stelle ich mir tausend Möglichkeiten vor, wie ich sie gleich quälen muss.

Guy räuspert sich. »Für den nächsten Anruf habt ihr alle den gleichen Text, aber ihr werdet jeweils mit einem Angehörigen eines anderen Spielers sprechen. Die Botschaft ist ganz einfach. Ihr werdet sagen, dass euer Mitspieler einen schweren Unfall hatte, dann legt ihr auf.«

Oh Gott! Das können sie nicht von uns verlangen! Der Gedanke an das Gesicht meiner Eltern, wenn sie so eine Nachricht bekommen, treibt mir die Tränen in die Augen.

»Das kann ich nicht!«, flüstere ich.

Ian nimmt mich in die Arme. »Ja, das ist echt mies. Und glaub mir, mein Dad ist auch niemand, dem man gerne schlechte Nachrichten überbringt. Du musst daran denken, wie glücklich deine Eltern sein werden, wenn du gesund zurückkommst und ihnen von dem Stipendium erzählst. Außerdem schauen eine Menge deiner Freunde zu. Einer von ihnen wird sie bestimmt anrufen und alles aufklären. Ich weiß jedenfalls, dass meine Freunde das machen werden.« Er schaut in die Kamera, die uns am nächsten ist. »Stimmt's?«

Er lächelt dabei, aber ich kann die Angst in seinen Augen sehen. Trotzdem hat er recht. Selbst wenn Syd immer noch wütend auf mich ist, wird sie meine Eltern nicht glauben lassen, dass mir etwas Furchtbares zugestoßen ist. Nicht eine Minute lang. Sie wird sofort zum Telefon greifen, sobald sie das sieht. Und Liv und Eulie ebenfalls. Das bedeutet, dass meine Eltern nur ein paar Sekunden leiden müssen, und als Ausgleich dafür gibt es das Stipendium. Außerdem können ihnen meine Freundinnen dann auch gleich sagen, warum ich nicht nach Hause gekommen bin. Vielleicht ist die Challenge also gar nicht so schrecklich, wie ich zuerst dachte, auch wenn ich vermutlich für den Rest meines Lebens Hausarrest bekomme.

Ich hole tief Luft, dann sage ich: »Okay.«

Da ich bei der vorherigen Challenge die Letzte war, muss ich diesmal als Erste anrufen. Auf einem der Bildschirme steht die Telefonnummer von Jens Vater. Jen gibt sich zwar weiterhin tough, sieht mich aber trotzdem gequält an. Ich nicke ihr zu. So gern würde ich ihr sagen, dass ich es ihm leicht machen werde, aber es gibt keine Möglichkeit, jemandem die Nachricht zu versüßen, dass sein Kind einen Unfall hatte. Hoffentlich schauen ihre Freunde draußen zu und tun das Richtige.

Die Tastentöne klingen wie ein Trauermarsch, als ich die Nummer in mein Handy eintippe. Sobald Jens Vater abnimmt, rattere ich die Botschaft herunter und lege auf, ohne dass er auch nur »Was?« sagen kann. Vielleicht signalisiert ihm dieses abrupte Ende des Gesprächs, dass es sich nur um einen Scherz handelt. Ein fieser, mieser, kranker Scherz. Bitte, Freunde von Jen, erlöst ihren Vater schnell von seinem Elend!

Die anderen Anrufe verlaufen ähnlich. In dem Moment, in dem Ty die Nummer meiner Eltern wählt, graben sich meine Fingernägel tief in meine Handflächen.

Als meine Mutter ans Telefon geht, gibt Ty seiner Stimme einen weinerlichen Klang. »Es tut mir leid, Ihnen mitteilen zu müssen, dass Vee einen ziemlich schweren Unfall hatte.«

Er grinst und bleibt lange genug in der Leitung, dass mir ihr Schmerzenschrei wie ein Pfeil ins Herz schießt.

Ihre Verzweiflung lässt mich unwillkürlich ausrufen: »Es geht mir gut, Mom!«

Ty legt sofort auf. Ob Mom mich gehört hat? Ich bete im Stillen. Oh Syd, egal wie sehr du mich hasst, bitte pass auf meine Mutter auf, so wie du immer auf mich aufgepasst hast!

Das durchdringende Piepen der Monitore lässt mich aufsehen. Auf den Bildschirmen sind verschiedene Beobachtergruppen zu sehen, die pfeifen und buhen. Dann erscheint Gayle. Mit enttäuschtem Seufzen sagt sie: »Oh Vee, und ausgerechnet du glaubst nicht an Karma.«

Was redet sie da? Dann fällt mir ein, was ich auf meiner ThisIsMe-Seite gepostet habe.

Unter der kopfschüttelnden Gayle taucht in blutroten Buchstaben auf: *Vee hat gegen die Regeln der letzten Challenge verstoßen. Das wird zu gegebener Zeit Konsequenzen für sie haben.*

Das meinen sie also mit »die Regeln unterlaufen«? Ich warte darauf, dass ich noch einen Hinweis auf die Art meiner Strafe bekomme, aber der Bildschirm wird schwarz. Sie wollen mich schmoren lassen, klar. Vielleicht setzen sie mich vor die Tür auf einen der Stühle, die wir draußen gesehen haben. Oder ich muss ohne Ian in eine der Privat-Lounges. Aber so viel Glück werde ich nicht haben.

Ich presse die Lippen zusammen. Hat Gayle mit dem Karma recht? Habe ich das verdient? Ich muss an das rotwangige Mädchen und ihren netten Freund in der Bowlingbahn denken. Ian und ich haben den beiden das Date verdorben. Und wer weiß, ob der Mann, den ich zur Rettung von Tiffany und Ambrosia geschickt habe, das Zusammentreffen mit ihrem Zuhälter überlebt hat. Oh Gott, womöglich liegt er jetzt im Krankenhaus. Wenigstens habe ich Sydney nur angeschrien und nicht körperlich verletzt. Aber dafür habe ich Ian nicht davon abgehalten, Jake beinahe zu verprügeln. Und ich habe mich für die Hauptpreisrunde gemeldet und meinen Eltern damit den Schock ihres Lebens versetzt. Insgesamt habe ich heute Abend jede Menge mehr Minus- als Pluspunkte gesammelt.

Mein Karma wird mir wahrscheinlich kräftig in den Hintern treten.

VIERZEHN

»Da kriegt jemand aber mächtig Ärger, wenn er nach Hause kommt!«, trällert Micki.

Ich lasse mich auf den dämlichen Zweisitzer fallen, der mich wieder mal von Kopf bis Fuß durchschaukelt.

»Halt's Maul!« Ich bin selbst ein bisschen erschrocken, weil ich das noch nie zu jemandem gesagt habe. Dieses Spiel erweitert doch tatsächlich meinen aktiven Wortschatz.

Micki fährt hoch. »Was hast du gesagt? Erst ruinierst du fast alles und dann beleidigst du mich auch noch?« Sie kommt um den Tisch herum auf mich zu. »Steckt *Risk* dahinter, machst du das mit Absicht, damit wir unsere Challenges vermasseln? So wie die Beobachter letzten Monat in Atlanta? Wenn du eine verdammte Spionin …«

Was? Glaubt sie ernsthaft, ich würde für *Risk* arbeiten? Ich versuche abzuschätzen, was weiter von mir entfernt ist, sie oder die Tür. Sie ist näher. Na toll, als nächster Programmpunkt steht offensichtlich »Vee verprügeln« an.

Zum Glück stellt sich Ian rechtzeitig zwischen uns. »Beruhigt euch, das hat doch keinen Sinn!«

Micki baut sich drohend vor ihm auf. »Sag du mir nicht, was ich zu tun habe, Kleiner!«

Ian ist einen Kopf größer als sie und weicht keinen Millimeter zurück. »Meinst du das etwa ernst?«

»Komm wieder her, Baby«, ruft Jen von der anderen Seite des Tisches aus. »Wenn wir einen hier vergraulen, kannst du die Harley vergessen.«

Micki sticht mit ihrem Zeigefinger nach mir. »Sollte ich rauskriegen, dass du uns sabotierst, dann reiß ich dir deinen mageren Arsch auf.«

Was hat sie eigentlich für ein Problem? Und warum hackt heute Abend jeder auf meinem Hintern herum? Immerhin zieht Micki sich auf ihre Seite des Tisches zurück.

Es wäre zwar deutlich klüger, jetzt nichts zu sagen, aber ich kann es mir trotzdem nicht verkneifen. »Glaubst du wirklich, dass ich mit *Risk* unter einer Decke stecke? Woher wissen wir denn, dass nicht du die Verräterin bist, die dafür sorgen soll, dass es hier hübsch niveaulos und gewalttätig zugeht?«

»Willst du mal sehen, was gewalttätig ist?«

Jen zieht Micki am T-Shirt und flüstert ihr etwas ins Ohr. Was auch immer es ist, Micki lässt sich in ihren Sitz fallen.

Ian setzt sich zu mir und zieht mich an sich. »Ich glaube, die Anrufe haben sie mehr mitgenommen, als sie zugeben will«, sagt er leise.

Bei der ersten Challenge um den großen Preis hatte Micki einem Mädchen sagen müssen, dass sie seit Jahren in sie verliebt sei und alles tun würde, um mit ihr zusammenzukommen. Das Mädchen schien ziemlich angewidert von diesem Geständnis und Micki war knallrot geworden. Bei der nächsten Challenge hatte sie zwar so getan, als mache es ihr nichts aus, als Ian ihre Großmutter im Altersheim anrief, aber die Adern an ihrem Hals hatten pulsiert, als würden sie gleich explodieren.

»Was glaubst du, mit was für Konsequenzen ich rechnen muss?«, frage ich Ian.

»Ich weiß nur, dass deine nächste Challenge dadurch schwerer wird.«

»Weil es bisher noch nicht schwer genug war, oder wie?«, stöhne ich.

Risk lässt uns für den Augenblick in Ruhe, wahrscheinlich ist es Zeit für eine Werbepause, vielleicht findet aber auch noch irgendwo anders eine Preisrunde statt. Die Spieler auf der anderen Seite des Tisches greifen natürlich gleich zum nächsten Bier. Während sie vor sich hin rülpsen, lehne ich mich an Ian und träume davon, wie es wäre, tatsächlich seine Freundin zu sein. Er flüstert mir ins Ohr, dass ich mich toll halte, und noch ein paar andere Nettigkeiten, die durch seinen heißen Atem an meinem Hals noch verlockender klingen. Wer braucht schon Challenges, um sein Leben aufregend zu machen, wenn allein eine Berührung so elektrisierend sein kann?

Aber mein Tagtraum währt nur kurz, denn Gayle erscheint wieder auf dem Bildschirm und informiert uns, dass die nächste Challenge ansteht. Sie leckt sich die Lippen.

»Seid ihr bereit?«

Keiner außer Ty zeigt sich begeistert. Wir wissen alle, dass es grausam werden wird. Ich sehe auf mein Handy. Noch eine Stunde und vierzig Minuten.

Gayle nimmt eine Pose ein, als wollte sie gleich eine Arie singen. »Die nächste Challenge wurde ganz individuell auf jeden Einzelnen von euch zugeschnitten. An der Wand gegenüber der Tür befinden sich vier Zugänge zu speziellen Räumen. Gespielt wird diese Runde in zwei Gruppen. Sobald wir euren Namen aufrufen, geht ihr zu der offenen Tür.«

Die erste Tür in der Wand schwingt auf. Führt sie wieder zu so einem perversen Zimmer? Oder zu einem Sprungbrett vom Dach? Mir würde es wahrscheinlich schon reichen, den Gestalten zu begegnen, die sonst zu den Gästen dieses Clubs gehören.

Guy erscheint neben Gayle und ruft Ian auf. Ian umarmt mich kurz und geht zur Tür. Falls es ihn nervös macht, der Erste zu sein, zeigt er es jedenfalls nicht.

»Sobald du die Tür hinter dir zumachst, wird eine Zeitschaltuhr in Gang gesetzt, die sie erst nach fünfzehn Minuten wieder öffnet«, erklärt Gayle, »es sei denn, es wird Feueralarm ausgelöst.«

Interessant, dass wir bei der Challenge eingeschlossen werden und diese Falle auch noch selbst auslösen müssen. Ian macht achselzuckend die Tür hinter sich zu, wahrscheinlich will er das, was ihn erwartet, so schnell wie möglich hinter sich bringen. Mir geht es genauso, gleichzeitig habe ich Angst davor, in einem verschlossenen Raum sein zu müssen. Aber mein Name wird in der ersten Runde nicht mit aufgerufen. Samuel, Micki und Ty betreten die nächsten Räume und lassen mich mit Daniella und Jen zurück.

Während unsere Partner gefoltert oder mit Ratten zusammen eingesperrt werden, gehe ich mit den Mädchen zum Barschrank, und wir teilen uns die Schokoladentafel, die ebenfalls darin liegt. Dabei fällt mir auf, dass wir jeweils die schwächere Hälfte der Paare sind. Warum? Damit man uns besser terrorisieren kann?

Jen knabbert an ihrem Schokoladenstück und wischt sich über die Mundwinkel.

»Micki ist gar nicht so abgebrüht, wie sie immer tut. Das Spiel macht sie nur fertig.«

»Oder es bringt ihre wahre Persönlichkeit zum Vorschein«, sage ich, weil ich an Jens Partnerin kein gutes Haar lassen will. »Aber vielen Dank, dass du sie vorhin zurückgepfiffen hast. Es ist total verrückt von ihr zu glauben, ich würde für *Risk* arbeiten.«

Jen hebt die Augenbrauen. »Tatsächlich?«

Mir fällt der Unterkiefer herunter. »Absolut!«

Sie schlägt mir spielerisch auf den Arm. »Das war doch nur ein Witz. Wenn jemand ein Verräter ist, dann Samuel. Der Typ ist einfach zu still.«

Daniella schaudert. »Ich hab Angst im Dunkeln. Ihr glaubt doch nicht, dass wir allein in einem Raum ohne Licht sitzen müssen, oder?«

Ich ziehe meinen Rock zurecht. »Jetzt, wo sie deine Angst kennen, wäre das gut möglich.« Ich will eigentlich gar nicht so bissig sein, aber sie sollte allmählich begreifen, dass jede Schwäche, die sie hier eingesteht, gegen sie verwendet werden kann.

Ihre Schultern beben erneut.

Ich lächle sie aufmunternd an. »Es passiert bestimmt nichts Schlimmes. Wenn sie wirklich das Licht ausmachen, dann versuch einfach ein bisschen zu schlafen und neue Energie für die nächste Challenge zu sammeln.«

Daniella reißt die Augen auf. »Auf keinen Fall! Sobald ich die Augen zumache, lassen sie garantiert Spinnen oder so was rein. Erinnert ihr euch noch an diese Abigail vom letzten Mal? Sie hatte wahnsinnige Angst vor Schlangen und was haben sie mit ihr gemacht?«

Tatsächlich kann ich mich noch gut an Abigails vor Panik verzerrtes Gesicht erinnern. Ich hatte mir gesagt, dass die Schlangen auf keinen Fall giftig sein können und dass sie sich einfach nur beruhigen müsste, dann wäre alles in Ordnung. Aber sie hat sich nicht beruhigt, und ich habe zugesehen, wie sie Todesängste ausstand. Zu meiner Unterhaltung.

Jen greift nach einem weiteren Stück Schokolade. »Diese Abigail wollte Schauspielerin werden. Vielleicht war ihr ganzes Geschrei gar nicht echt. Vielleicht hat sie *Risk* nur dazu genutzt, um vor einem großen Publikum aufzutreten. Selbst danach ist sie noch überall bei ThisIsMe aufgetaucht. Habt ihr gehört, was sie letzte Woche gemacht hat? Sie ist von einem Felsen in einen Wasserfall gesprungen, was zufällig jemand gefilmt hat. Die ist ein totaler Aufmerksamkeits-Junkie.«

Ich nehme mir eine Dose Mineralwasser. »Das ist aber ganz schön gewagt, so ein Risiko einzugehen, nur um mal vor Publikum zu spielen. Und soweit ich gehört habe, ist sie seit diesem letzten Video von der Bildfläche verschwunden.«

Jen lacht. »Das war alles nur ein Fake, um Publicity zu bekommen.«

Wir sprechen über andere Challenges des letzten Monats, bewerten die, die wir am spannendsten fanden, und unterhalten uns über das, was die früheren Spieler jetzt so machen. Wobei über sie ab heute natürlich kein Magazin mehr berichten wird, denn die einzige Spielertruppe, die zählt, ist die aktuelle.

Ich komme zu dem Schluss, dass Jen und Daniella gar nicht so übel wären, wenn sie nur ein bisschen weniger schräge Partner hätten. Aber dann hätten sie es wahrscheinlich gar nicht in die Preisrunde geschafft, weil sie vermutlich von ihren Partnern profitiert haben. Ist Ian dafür verantwortlich, dass ich jetzt hier bin? Oder habe ich mich tatsächlich so erfolgreich zum Idioten gemacht, dass die Leute mehr von mir sehen wollen?

Die erste Tür knallt mit einem kleinen Fanfarenstoß auf und Ian taumelt mit blutunterlaufenen Augen und totenbleichem Gesicht heraus. Oh mein Gott! Ich laufe auf ihn zu, stütze ihn und führe ihn zu unserem Sessel.

Als wir nebeneinandersitzen, spüre ich, dass er zittert.

»Was haben sie da drin mit dir gemacht?«

Er schüttelt den Kopf. »Mich an Dinge erinnert, an die ich nicht erinnert werden will. Und über die ich nicht sprechen will. Tut mir leid.«

Und ich dachte, wir seien Partner.

»Ich verstehe. Willst du etwas aus dem Kühlschrank?«

Er legt den Kopf in die Hände und wippt auf dem Sitz hin und her. »Nein. Ich will gar nichts.«

Was kann ihn nur so erschüttert haben? Die nächste Tür geht auf, und Ty schlendert heraus, stößt die Faust in die Luft und ruft Daniella zu, sie solle ihm ein Bier bringen. Aber seine Augenwinkel zucken, als würde er versuchen, nicht zu weinen. Offenbar kann man sogar Psychopathen Angst einjagen.

Micki kommt mit glasigem Blick aus ihrer Tür und schreit: »Eine blöde Bemerkung, und mir ist es egal, ob jemand aus dem Spiel fliegt, klar!«

Schließlich kommt auch Samuel wieder. Er schleicht mit gesenktem Kopf zum Sofa, setzt sich hin und betrachtet seine Finger. Ich kann nicht sagen, wie sehr ihn die Challenge erschüttert hat, denn so hat er heute Abend schon ein paarmal dagesessen.

Auf dem Monitor klatscht Guy in die Hände. »Okay, die nächste Gruppe, los, los, los! In den ersten Raum geht Daniella!«

Zitternd geht Daniella zur Tür und dreht sich noch einmal kurz um, um uns zuzuwinken, bevor sie ihre Challenge beginnt. Die Nächste bin ich. Wenn ich doch nur noch ein paar Minuten bei Ian bleiben könnte. Ich will ihn nicht in diesem Zustand zurücklassen. Aber ich kann nichts tun. Also umarme ich ihn – wobei das wahrscheinlich mehr meiner eigenen Beruhigung dient – und gehe zu meiner Tür.

Die Luft dahinter ist so kühl, als gäbe es ein direktes Belüftungsrohr von draußen. Ich betrete einen Gang, in dessen Boden wie in einem Flugzeug kleine Lichter eingelassen sind und der nach unten führt. Mit einem mulmigen Gefühl schließe ich die Tür hinter mir. Klick. Ich könnte schwören, ich höre das leise Ticken der Zeitschaltuhr. Vielleicht ist es auch eine Bombe. Ich folge den Lichtern den Gang hinunter in ein Stockwerk, das mindestens eine Etage unter dem Spielzimmer liegen muss. Irgendwann biegt der Gang nach rechts ab, wo sich zwei Türen befinden. Die Lichter führen mich an der ersten vorbei zur zweiten. Ich öffne sie und finde mich in einem kleinen Raum wieder, der von einer roten Halbkugel an der Decke beleuchtet wird. Vor der Wand gegenüber steht ein Ledersessel, der ein bisschen wie ein Autositz aussieht.

Gayles Stimme erfüllt den Raum und scheint aus allen Richtungen gleichzeitig zu kommen. »Setz dich und mach es dir bequem, Vee.«

Sobald ich mich in dem Ledersessel niederlasse, fällt die Tür hinter mir ins Schloss. Was soll das werden? Langsam gleitet eine Art Konsole auf mich zu, auf der winzige Lichter aufleuchten, während die rote Halbkugel an der Decke erlischt. Bis auf die kleinen blinkenden Lichter ist es stockdunkel und mein Herz beginnt schneller zu schlagen. Haben sie mir aus Versehen Daniellas Challenge gegeben? Vielleicht steht sie jetzt gerade in nassen Klamotten auf einer Bühne, während Matthew sie auslacht und Sydney ihr vorwirft, eine schlechte Freundin zu sein.

Als sich meine Augen an die Dunkelheit gewöhnt haben, nimmt die Konsole vor mir Gestalt an. Ich taste sie ab und finde ein Lenkrad, Schaltknöpfe und Hebel. Es ist ein Armaturenbrett. Ist das ein Fahrsimulator?

»Schnall dich an, Vee«, verlangt Gayle, immer noch unsichtbar.

Ich realisiere gar nicht, dass das ein richtiger Befehl ist, bis sie ihn in schärferem Tonfall wiederholt.

»Schon gut.« Ich suche an meiner linken Schulter, bis ich den Gurt finde, ziehe ihn um mich und lasse ihn rechts von mir einrasten. Vielleicht gibt es hier eine Achterbahn oder so etwas. Schon möglich, zwischen dem Club und der VIP-Lounge befinden sich immerhin vier Stockwerke. Na gut, ich bin so etwas schon öfter im Dunkeln gefahren. Ich fand es nicht wahnsinnig toll, aber ich habe es überlebt.

Immer mehr kleine Details schälen sich aus dem Dunkel, zum Beispiel die Lüftungsschlitze im Armaturenbrett und ein Radio. Ob es wirklich funktioniert? Ich betrachte angestrengt die Anzeigen und halte unwillkürlich den Atem an, als ich den »Pump up the volume«-Sticker am Lautstärkeregler entdecke. Ich sitze in einem Nachbau meines eigenen Autos.

Stirnrunzelnd schalte ich das Radio ein. Ein Indie-Song von einer meiner Playlists ertönt, den ich sehr häufig höre. Wer hat *Risk* meine Playlist gegeben? Hat sich Syd mit den Spielemachern zusammengetan, um sich an mir zu rächen?

Das Geräusch eines startenden Motors erklingt und mein Sitz vibriert sanft wie in einem richtigen Auto. Eigentlich ist das ganz angenehm. Beruhigend. So beruhigend, dass ich den Kopf zurücklehne und die Augen schließe, auch wenn ich weiß, dass *Risk* jetzt wahrscheinlich gleich die Spinnen schickt. Sollen sie doch.

Ich mag den Song und singe mit. Das nächste Lied ist noch besser. Hier ist es so gemütlich wie in meinem eigenen Wagen. Der Set-Designer hat genauso viel Wert auf Details gelegt wie Tommy bei unserem Stück. Es riecht sogar leicht nach Abgasen.

Abgase? In einem geschlossenen Raum?

Ich setze mich kerzengerade auf. Das kann nicht sein! Hektisch drücke ich auf den Knopf am Gurt, doch er öffnet sich nicht. Je mehr ich daran zerre, desto fester zieht er sich zu. Und die Musik wird lauter.

Entsetzt erkenne ich, dass es genau die Musik ist, die ich an jenem Abend in der Garage gehört habe. Damals hatte es auch so friedlich angefangen. Woher wissen sie das? Oder haben sie einfach alle meine Freunde nach meinem Musikgeschmack befragt und dann zufällig richtig geraten?

Der Geruch von Abgasen wird stärker und mir wird schwindelig. Das kann nicht echt sein. Wahrscheinlich raucht jemand auf der anderen Seite der Wand eine Zigarette und bläst den Rauch durch einen Lüftungsschlitz, um mich zu Tode zu erschrecken.

Und es funktioniert.

Ich zerre mein Handy heraus, um einen Notruf abzusetzen, bekomme aber kein Signal. Vielleicht sind die Wände aus Stahl. Wie in einem Gefängnis. Der Gedanke lässt mich erneut erbeben. Ich reiße wieder am Gurt, dann fällt mir ein, dass ich ja ein Publikum haben muss. Natürlich.

Ich drehe den Kopf in die Richtung, in der ich eine Kamera vermute.

»Gayle, Guy, lasst mich raus!«

Mir ist schon längst egal, ob ich damit irgendeine Regel unterlaufe oder nicht.

Höre ich Gayle hämisch aus den Lautsprechern kichern?

»Wer auch immer gerade zuschaut, bitte ruft sofort die 911 an! Die blasen Abgase hier rein und mir ist schon total schwindelig. Das ist kein Witz! Ruft die Polizei und schickt sie zur VIP-Lounge des Poppy-Club! Bitte!«

Ob irgendjemand wirklich die Polizei ruft? Oder ist es so, dass jeder denkt, mich würde schon irgendein anderer retten, weshalb zum Schluss niemand etwas tut?

»Sydney, Liv, Eulie, ruft die Polizei! Ich flehe euch an! *Risk* ist ein total perverses Spiel!«

Sehen sie mich gerade überhaupt? *Risk* hat bestimmt eine Art Bildregie, damit die Zuschauer nur das sehen, was sie sehen sollen. Da Daniellas und Jens Challenges gleichzeitig mit meiner stattfinden, blenden sie wahrscheinlich zwischen uns dreien hin und her. Aber sie würden mir doch niemals ernsthaft etwas antun, oder? Es muss Grenzen dafür geben, wie weit sie gehen können. Es *muss.*

In meinem Kopf dreht sich alles immer mehr. Mit aller Kraft

zerre ich am Gurt, der sich aber immer nur noch fester zuschnürt. Selbst wenn das alles bloß ein riesiger Fake ist, verlangt jede Faser meines Körpers danach, hier rauszukommen. Ich lehne mich zur Seite und versuche, unter dem oberen Teil des Gurts durchzuschlüpfen, der quer über meine Brust verläuft. Ich schaffe es, meinen Arm und meine Schulter herauszuwinden, aber es ist nicht genug Platz, um auch den Kopf frei zu bekommen.

Ich drehe mich so weit wie möglich nach rechts, sodass ich fast auf dem Sitz liege, presse mich ins Polster und arbeite meinen Oberkörper Zentimeter für Zentimeter unter dem Gurt hindurch. Mir fährt ein scharfer Schmerz in den Nacken, aber endlich kann ich mich von dem oberen Gurt befreien.

Mit dem Lenkrad als Stütze ziehe ich auch meinen Unterkörper aus dem Hüftgurt heraus. Nach ein paar Minuten bin ich völlig außer Atem, aber ich bin frei.

Oder etwa nicht? Ich springe von dem Sitz und gehe mit ausgestreckten Arme geradeaus, bis ich die Wand hinter dem »Auto« erreiche. Sie fühlt sich kalt und glatt an wie Marmor in einer Gruft. Ich brauche einen Moment, um die Tür zu finden, an der ich verzweifelt rüttle. Natürlich ist sie verschlossen.

Soll ich etwa vor laufender Kamera ersticken? Vielleicht ist das hier ja so ein Karma-Ding, bei dem dir das geschieht, was von Anfang an für dich vorgesehen war, auch wenn du deinem Schicksal einmal entkommen bist. Wäre es mir vorbestimmt gewesen, in der Garage zu sterben? Nein, nein, das ist vollkommen verrückt. Wenn ich nur nicht so wirr im Kopf wäre.

Ich hämmere an die Tür.

»Lasst mich raus!«

Ich drehe mich um und bitte die Online-Beobachter noch einmal, mich zu retten, während der Motor immer weiterläuft und die Musik lauter und lauter zu dröhnen scheint.

Schließlich lasse ich mich mit dem Rücken an der Tür zu Boden gleiten. Oder ist die Abgaskonzentration hier unten größer? Nein, Rauch steigt doch immer auf, oder nicht? Ich bin zu durcheinander, um klar denken zu können. Ich kauere mich zusammen, lehne den Kopf an die Knie und schließe meine brennenden Augen. Selbst meine Kehle brennt. Was auch immer sie hier reinpumpen, es ist stärker als normale Autoabgase, denn als ich damals in der Garage eingeschlafen bin, habe ich gar nichts gespürt.

Oder doch? Ich habe die Erinnerung daran derart abgeblockt, dass ich nie richtig darüber nachgedacht habe, selbst als ich später versuchte, der Therapeutin davon zu erzählen.

Was zum Teufel hatte ich mir in dieser Nacht gedacht? Jeder weiß, dass es gefährlich ist, bei laufendem Motor in einer geschlossenen Garage zu sitzen. Irgendwann muss mir doch der Gedanke gekommen sein, dass ich den Motor ausstellen sollte. Aber der Sitz und die Musik und die Heizung … es war so gemütlich gewesen. Und ich hatte mich vorher über irgendetwas aufgeregt. Genau, ich war auf Sydney wütend gewesen. Das war eines der Details, die ich bislang verdrängt hatte. Wir hatten stundenlang ihren Text für ein Theaterstück geprobt, und anstatt sich am Ende bei mir zu bedanken, hatte sie sich darüber beschwert, dass sie in ihrem Kostüm, das ich schon zweimal für sie geändert hatte, fett aussähe.

Hat mich das so getroffen, dass ich mich umbringen wollte? Nein, das wäre doch verrückt gewesen. Aber habe ich es vielleicht, ganz vielleicht, deshalb getan, weil ich gehofft habe, dadurch ein bisschen Aufmerksamkeit zu bekommen? Das ist zwar auch verrückt, trotzdem nimmt der Gedanke in meinem Hinterkopf immer mehr Form an.

Ich schlage mit den Fäusten auf den Steinfußboden. Das verdammte Spiel, diese grauenhaften Spekulationen, das ist alles ein einziger Mist. Ich will einfach nur nach Hause gehen, schlafen und alles vergessen. Schreiend hämmere ich an die Tür und schlage mir dabei die Fingerknöchel wund. Ich bin wütend auf mich selbst, mich in diese Lage gebracht zu haben, wütend auf *Risk* wegen dieser schrecklichen Challenge und wütend auf die Beobachter, die tatenlos zusehen und mich nicht retten. Ich drehe mich in Richtung der Kameras und zeige ihnen trotzig beide Mittelfinger. Sie wollen mich leiden sehen? Das können sie vergessen!

Die Tür hinter mir macht ein klickendes Geräusch.

Ich rapple mich auf, was mir schwerfällt, weil meine Beine ganz taub geworden sind. Dann rüttle ich am Türgriff und dieses Mal geht die Tür auf. Halb erwarte ich, dass sich die Welt davor in ein weiteres Horrorszenario verwandelt hat. Doch es ist immer noch der Gang mit den kleinen Lichtern am Boden. Die Luft ist kalt, aber klar. Ich atme sie in tiefen Zügen ein und laufe den Gang hinauf zu der Tür, die wieder in den Raum mit den anderen Spielern führt. In dem Moment, in dem ich sie erreiche, springt sie auf.

Die plötzliche Helligkeit lässt mich blinzeln. So hell war es mir vor der Challenge gar nicht vorgekommen. An der Tür erwartet mich Ian mit ausgebreiteten Armen. Ich lasse mich hineinfallen und festhalten.

»Du hast es geschafft!«, sagt er.

»Als hätte ich eine Wahl gehabt«, seufze ich.

Ich spüre, wie mein Körper und mein Geist gleichzeitig aufgeben. Hätte ich die Kraft dazu, würde ich geradewegs zur Tür hinausmarschieren. Aber meine Beine knicken beinahe unter mir ein.

Ian scheint es zu spüren, denn er trägt mich fast zu unserem Zweiersofa, wo ich mich in der Hoffnung, den Rest der Welt zu vergessen, an ihn presse. Sein Herzschlag scheint so stark, so sicher, so lebendig. Als ich den Kopf hebe, um die anderen anzusehen, die beim Kühlschrank stehen, wird mir klar, dass es Jen und Daniella womöglich noch schlechter geht als mir.

Risk beschallt uns wieder mit Techno-Musik. Ein Blick auf mein Handy sagt mir, dass wir noch eine Stunde vor uns haben. Wie kann das sein? Ich schaffe keine einzige Minute mehr, geschweige denn eine ganze Stunde.

Guy und Gayle tauchen in Partykleidung auf dem Monitor auf, als wollten sie Silvester feiern.

»Gratulation zu einer weiteren bestandenen Runde!«, sagt Guy. »Und es geht weiter!«

»Nein«, sage ich.

Guy runzelt die Stirn und Gayles Augenbrauen schießen in die Höhe. Micki und Ty sehen mich an, als hätte ich in der Kirche auf den Boden gespuckt, Micki ballt drohend die Fäuste. Daniella und Jen nicken dagegen wortlos, woraufhin ihre Partner sie mit giftigen Blicken bedenken. Ein paar Sekunden lang blitzen unsere Sträflingsfotos wieder auf den Bildschirmen auf mitsamt den Bewertungen der Beobachter. Ich muss gar nicht erst hinsehen, um zu wissen, dass meine noch niedriger ist als zuvor.

Ich hole tief Luft, dann sage ich: »Ihr habt gerade versucht, mich umzubringen. Mir reicht es.«

Guy erscheint wieder und sagt: »Du hast vollkommen recht.«

Wirklich?

Er wedelt abwehrend mit dem Finger. »Natürlich nicht, was das Umbringen betrifft, Dummerchen. Das waren nur deine Nerven und das Bier. Klingt so, als hätte dir deine Fantasie einen Streich gespielt. Erstaunlich, wozu das Gehirn fähig ist, wenn man allein im Dunkeln eingesperrt ist. Aber lasst uns vernünftig sein. Euch geht es allen gut, oder?«

Keiner antwortet.

Gayle tritt neben ihn. »Das Publikum ist der Meinung, dass ihr eine kleine Aufmunterung gebrauchen könnt. Wir sehen das auch so. Also schaut mal auf eure Handys.«

Wie aufmerksam, liebes Publikum. Ich darf nicht vergessen, euch später Dankeschönkarten zu schicken. Mit Milzbranderregern. Doch obwohl ich eigentlich nichts mehr tun will, was *Risk* von mir verlangt, bin ich zumindest neugierig genug, auf mein Handy zu sehen, auf dem eine Nachricht auftaucht: *Guck mal, wer da zusieht!* Als ich sie öffne, wird ein Video von Eulie und Liv abgespielt.

Liv tut so, als würde sie die Kamera abklatschen. »Ich bin so stolz auf dich, Vee! Du bist das tapferste Mädchen, das ich kenne!«

Eulie fällt lachend ein: »Du bist definitiv ein größerer Star als Du-weißt-schon-wer.«

Sie erzählen mir, dass alle meine Freunde mir die Daumen drücken und dass morgen ganz groß gefeiert werden würde. Tja, wenn da nicht der Hausarrest wäre, der mich garantiert erwartet. Aber es tut trotzdem gut zu wissen, dass mich nicht alle hassen.

Auch Ian und die anderen Spieler sehen sich die Videos auf ihren Handys an. Alle Mienen hellen sich auf, sogar Mickis.

»Fühlt ihr euch jetzt besser, Leute?«, ruft Gayle in den Raum.

Als Einzige antworte ich: »Besser schon, aber trotzdem nicht gut genug.«

»Dann hast du noch nicht gesehen, was sich sonst noch auf deinem Handy befindet«, lächelt Gayle.

Ich schaue noch mal aufs Display und entdecke eine weitere Nachricht. Beim Lesen fällt mir fast das Handy aus der Hand. Zusätzlich zu dem Stipendium kann ich ein Praktikum bei einem der angesagtesten Modedesigner New Yorks gewinnen. Die anderen Spieler müssen ähnlich verlockende Angebote bekommen haben, denn anerkennende Rufe und Pfiffe werden laut.

Ians Gesicht ist gerötet. »Ich fasse es nicht!«

»Womit versuchen sie dich zu ködern?«

»Die wollen mir einen Familienanwalt bezahlen.«

Als ich ihn fragend ansehe, erklärt er: »Das bedeutet die totale Freiheit. Und was ist mit dir?«

Ich erzähle ihm von meinem Preis.

Ian ist so aufgeregt, als hätte das, was eben in dem Raum mit ihm passiert ist, überhaupt nicht stattgefunden. »Das ist es doch wert, das hier noch eine einzige Stunde lang zu ertragen, oder?«

»Ich weiß nicht …«

Hat *Risk* gerade wirklich versucht, mich mit giftigen Abgasen zu töten? Hier in dem hellen Raum, dicht an Ians Brust geschmiegt, erscheint der Gedanke absurd. Damit würden sie niemals durchkommen. Stimmt's? Ich bin müde und gestresst und fühle mich manipuliert. Genau daraus besteht das Spielprinzip bei *Risk*. Andererseits locken auch Preise wie nirgendwo sonst. Mit diesem Praktikum und dem Studium wäre meine Ausbildung komplett.

Ian küsst mich auf die Wange. »Jetzt kann uns niemand mehr aufhalten.«

Guy klatscht in die Hände, um unsere Aufmerksamkeit wieder auf sich zu lenken.

»Seid ihr bereit, weiterzumachen?«

Die anderen Spieler rufen: »Ja!«

Ich bin von der Idee zwar immer noch nicht begeistert, aber ihre Bestechung funktioniert. Ich nicke.

»Wunderbar!«, lächelt Guy. »Gut, dann beginnen wir mit der letzten Phase der Preisrunde!«

Die Monitore verblassen, und der Techno-Beat wird von sphärischen New-Age-Klängen abgelöst, die mich merkwürdigerweise nervöser machen als der aufputschende Beat zuvor, obwohl ich mich entschieden habe, weiterzuspielen. Ich versuche, tief einzuatmen, habe aber das Gefühl, kaum Luft zu bekommen. Eine Schweißperle läuft mir über die Wange. Die leeren Bildschirme hoch oben an den Wänden scheinen uns zu verhöhnen. Nach einem langen Augenblick rollt ein Schriftband darüber:

Alles, was ihr tun müsst, ist, ein Opfer auszuwählen.

FÜNFZEHN

Außer Micki, die leise kichert, und mir reden alle wild durcheinander. Mein Kopf fühlt sich wieder ganz leicht an, so als wollte sich mein Gehirn verflüchtigen. Ich beiße die Zähne aufeinander, um mich zusammenzureißen.

Sie wollen ein Opfer.

Wie hatte ich so blöd sein können zu glauben, *Risk* würde mich ein Modedesign-Stipendium gewinnen lassen, ohne mich vorher komplett in den Wahnsinn zu treiben? Zitternd versuche ich, aufzustehen.

Ian greift sanft, aber bestimmt nach meinem Handgelenk und flüstert: »Wirf nicht gleich alles hin, denk an diese Riesenchance durch das Stipendium.« Dann schaut er in die Kamera und fragt: »Wir sollen ein Opfer auswählen? Wozu?«

»Nur so zum Spaß, Kumpel!«, lacht Ty.

Die anderen sehen gespannt auf die Monitore und warten darauf, dass Guy oder Gayle uns erklären, wofür das »Opfer« ausgewählt werden soll. Aber die Bildschirme bleiben schwarz.

Ian reibt sich über die Wange. »Vielleicht ist das bloß ein Trick und das Opfer gewinnt am Ende irgendetwas.«

Die anderen grinsen höhnisch. Ich kann das auch nicht glauben.

Micki deutet mit einer neuen Flasche Bier – ihrer fünften – auf mich.

»Ich stimme für sie. V steht doch für *Victim,* das Opfer, oder? Oder war es *Virgin,* die Jungfrau?«

Jen lutscht an Mickis Hals. Als sie Luft holen muss, sagt sie: »Ich stimme auch für das Jungfrauenopfer.«

Was? Und ich dachte, wir wären vorhin bei der Schokolade so was wie Freundinnen geworden. Bitte, lieber Gott, mach, dass sie an einer der Sicherheitsnadeln hängen bleibt, die überall in ihrer Freundin stecken.

Ich kreuze die Arme vor der Brust, in der sich eine ähnliche Leere ausbreitet wie in meinem Kopf, und zwinge mich zu sprechen, obwohl ich Angst habe, dass mir die Stimme versagt. »Das ist doch total verrückt. Versteht ihr denn nicht, was sie vorhaben? Sie hetzen uns gegeneinander auf, nur um die Show für das Publikum spannender zu machen.«

Ty nimmt einen Schluck Bier und antwortet: »Klar. Aber wir wählen ja nur. Ist ja nicht so, als ob wir dir irgendwas antun würden, oder, Leute?« Er breitet die Arme aus, in jeder Hand eine Bierflasche, und dreht sich langsam zu den anderen um.

»Genau!«, nickt Micki. »Es sei denn, die Jungfrau wählt sich nicht selbst als Opfer und bringt uns damit um unsere Gewinne. Dann würden wir ihr schon was antun, darauf kannst du einen lassen!«

Ian schüttelt angewidert den Kopf. »Wenn irgendeiner von euch ihr zu nahe kommt, kriegt er es mit mir zu tun!«

»Uuuhhh, ganz der tapfere Beschützer!«, ätzt Micki und wackelt mit dem Finger. »Meinst du, du kannst ihr mit der Tour schneller an die jungfräuliche Wäsche gehen?«

Ty zwinkert mir zu. »Na gut, ich gebe der Süßen eine Chance

und stimme für ihren Helden Ian.« Damit hebt er eine der Flaschen und trinkt sie aus.

Im Raum ist es still bis auf das Klingeln in meinen Ohren.

Irgendwann dringt aus den Lautsprechern Guys Stimme, auch wenn die Bildschirme schwarz bleiben: »Was ist mit dir, Samuel? Und mit euch, Daniella, Ian und Vee?«

Daniella verzieht den Mund und fragt: »Bist du echt noch Jungfrau, Vee?«

Ich sehe sie nur finster an.

»Tut mir leid«, meint sie achselzuckend. »Aber ich bin nett und stimme auch für Ian.«

Samuel betrachtet seine Hände. »Sorry, Vee, ich stimme für dich, damit wir eine einfache Mehrheit haben.«

Ich werfe ihm einen »Danke, du Arsch«-Blick zu. Er schwimmt sicherheitshalber mit dem Strom und ich stelle eine geringere Bedrohung dar als Ian. Für jemanden, der allein spielt, ist das natürlich die beste Strategie. Trotzdem.

Ian stimmt für Ty und ich für Micki, aber das spielt eigentlich keine Rolle mehr.

Dann können wir nur nervös abwarten. Die anderen setzen sich wieder in die Zweisitzer, obwohl jetzt irgendein massenkompatibler Charts-Hit aus den Lautsprechern dudelt. Aber das Tanzen haben wir längst hinter uns.

»Die wollen uns nur verunsichern, wart's ab«, flüstert Ian an meinem Ohr.

»Wenn *Risk* diese Idioten auf mich hetzt, bin ich hier raus. Und dann verlieren alle ihre Preise!«, entgegne ich leise.

»Klingt fair«, sagt er und küsst mich auf die Wange.

Fünf lange Minuten passiert gar nichts, wenn man davon absieht, dass sich Micki ein neues Bier holt und ich am ganzen Körper zittere und schwitze. Ich wünschte, *Risk* würde uns sagen, worum es bei der nächsten Challenge geht, damit wir es hinter uns bringen können. Ian versucht, mich zu beruhigen, aber er wurde ja auch nicht von der Mehrheit zum Opfer auserkoren.

»Gibt es hier eine Toilette?«, frage ich die schwarzen Bildschirme. Sie müssen uns ja schließlich pinkeln gehen lassen, oder? Ich kann mich nicht daran erinnern, eine Toilette gesehen zu haben.

Micki muss eine Blase haben, die so groß ist wie der Baikalsee, bei dem vielen Bier, das sie getrunken hat.

»Denk nicht mal dran, zu verschwinden, sonst mach ich dich fertig!«, droht sie mir.

Ian hebt die Hand. »Komm wieder runter. Wir wollen schließlich alle unsere Preise gewinnen und das mit so wenig Stress wie möglich, okay?«

»Die Toilette ist direkt hinter dir, Vee«, sagt Gayles körperlose Stimme.

Natürlich, wieder eine Geheimtür. Ich drehe mich zu der Wand um, hinter der die winzigen Schlafzimmer liegen, und tatsächlich leuchtet rechts von den Türen eine Spirale auf. Auf wackeligen Knien gehe ich um unser Zweiersofa herum. Mir fällt auf, wie die anderen demonstrativ versuchen, mich zu ignorieren, als würde ich nicht länger zur Gruppe gehören. Oh Gott, ist das nicht die erste Phase, die man durchmacht, wenn man einen Krieg erlebt? Dass man die Opfer nicht mehr als menschliche Wesen wahrnimmt?

Ich drücke auf die Spirale, worauf sich eine Tür öffnet. Dahinter befindet sich ein kleines, natürlich fensterloses Bad.

»Wenn du nicht in fünf Minuten wieder draußen bist, kommen wir dich holen!«, ruft Jen und sieht Micki beifallheischend an, den sie in Form eines lauten Kusses auch bekommt.

Ich mache die Tür hinter mir zu und registriere erleichtert, dass automatisch eine Lüftung anspringt und eventuelle peinliche Geräusche übertönt. Die Tür lässt sich nicht abschließen, bietet mir aber trotzdem mehr Privatsphäre, als ich seit Stunden hatte. Ich ziehe die Unterhose runter, setze mich auf die Toilette und stütze zum millionsten Mal in dieser Nacht den Kopf in die Hände. Jetzt bin ich also das »Opfer«. Was soll das eigentlich heißen? Werde ich wieder herumgestoßen, so wie von den Keuschheitsanhängern? Oder kratzen sie mir die Augen aus, wie die Prostituierten es mir angedroht haben? Machen sie mich so fertig, dass ich mich hinterher noch wertloser und schuldiger fühle als nach dem Streit mit Syd und Tommy? Ohne es verhindern zu können, fange ich an zu weinen.

Aber schon kurz darauf balle ich wieder die Fäuste. Sonst noch was? Das Letzte, was ich brauchen kann, ist, dass Micki hier reinplatzt und mich heulend vorfindet. Wird man hier drin eigentlich auch gefilmt? Oh verdammt! Meine Eingeweide verkrampfen sich bei dem Gedanken daran, dass es natürlich auch hier Kameras geben kann. Ich suche die Decke ab, ohne welche zu entdecken, aber das bedeutet nicht, dass sie nicht versteckt in der Wand eingebaut sein können. Warum habe ich daran nicht gedacht, bevor ich aufs Klo gegangen bin? Wie viel hat das Publikum gesehen? Das Publikum, das keine Lust hatte, mich aus einem stockfinsteren Raum voller Abgase zu retten.

Ich verrenke mich, um den Slip unter meinem Rock möglichst so hochzuziehen, dass man nichts sehen kann, betätige die Spülung und wasche mir die Hände. Aus dem Spiegel sehen mich blutunterlaufene, wimperntuscheverschmierte Augen an. Deshalb hat Gayle also vorhin gesagt, ich würde mich vielleicht noch mal frisch machen wollen. Ich spritze mir kaltes Wasser ins Gesicht, das zwar gegen die roten Augen hilft, dafür aber auch noch die letzten Make-up-Reste abwäscht und mich vollends wie die brave Elftklässlerin aussehen lässt, über die sich Ian vorhin lustig gemacht hat. Ich könnte mir den Kosmetikbeutel von drinnen holen und versuchen, wenigstens das Schlimmste zu kaschieren oder mich mit viel Mühe sogar ganz neu herrichten, aber das ist wahrscheinlich genau das, was *Risk* will, also lasse ich es.

Es klopft an die Tür. »Beeil dich, ich muss auch!«, jammert Daniella mit ihrer hohen Stimme.

»Mach dir nicht in den Tanga, ich komm ja gleich«, erwidere ich. Meine Stimme klingt rau, aber ich spüre, wie meine Kraft zurückkehrt. Ich hole tief Luft, reiße die Tür auf und sehe Daniella beim Rausgehen böse an. Auch die anderen – außer Ian – bedenke ich mit wütenden Blicken, lasse mich auf meinen Platz fallen und verfluche ihn im Stillen, als er sofort wieder anfängt zu wippen.

»Hat da etwa jemand geheult?«, lacht Micki.

»Halt die Klappe!«, erwidere ich. »Ich bin müde.«

Micki fährt mit der flachen Hand über die Spitzen von Jens Iro. »Na klar, ist ja auch bestimmt längst Schlafenszeit für dich.«

»Je heftiger du auf sie reagierst, desto mehr bearbeitet sie dich«, flüstert Ian. »Konzentrier dich auf mich. Wir beide werden hier als Gewinner rausgehen. Stell dir einfach vor, wie wir feiern, wenn das alles hier vorbei ist!«

Während ich ihm zuhöre, sehe ich durch den Glastisch auf den roten Teppich, dessen gewundenes Muster auf einen Punkt genau unterhalb des Tischs zuläuft. Die Wirbel und Kreise scheinen meinen Blick mit in den Strudel zu ziehen.

Als die Tür hinter uns klickt, schrecke ich auf.

Daniella kommt aus dem Bad und hat sich die Lippen frisch mit signalrotem Lippenstift nachgezogen, mit dem sie den antiken Huren ernsthafte Konkurrenz hätte machen können. Der Duft eines schweren Parfums erfüllt den Raum und verursacht mir einen stechenden Schmerz zwischen den Augen. Selbst *Risk* hätte keinen effektiveren Angriff auf unseren Geruchssinn planen können.

Ich nehme wieder meine intensive Betrachtung des Teppichmusters auf. Irgendetwas daran stört mich. Genau in der Mitte unter dem Tisch entdecke ich konzentrische Ringe, die aus dunkleren Punkten zusammengesetzt scheinen. Ich beuge mich vor, um sie besser sehen zu können, und lege dabei die Arme leicht auf den Tisch, damit er nicht ins Schwingen gerät.

Die Bildschirme piepen, und Guy sagt: »Ihr seid die letzten Spieler in der großen Preisrunde. Die Augen sämtlicher Beobachter sind auf diesen Raum gerichtet!«

Jen und Micki winken in die Kameras, während ich nur den Wunsch verspüre, wieder aufs Klo zu gehen. Warum zeigen die Moderatoren ihre Gesichter nicht mehr? Es ist unheimlich, nur ihre Stimmen zu hören.

»Daniella, mach den grünen Schrank auf!«, befielt Gayle jetzt.

Daniella springt auf und klatscht in die Hände. »Au ja, da sind bestimmt noch mehr leckere Sachen drin!«

Was jetzt wohl kommt? Whiskey oder … Gift? Ich will es gar

nicht wissen. Stirnrunzelnd richte ich meine Aufmerksamkeit wieder nach unten auf die dunklen Punkte. Eigentlich sind es eher kleine Kuhlen, nein, Löcher. Löcher? Wie ein Schlag in den Magen trifft mich die Erkenntnis, was das ist. Ein Abfluss. Welche verdammte VIP-Lounge braucht denn einen Abfluss mitten in einem gummiartigen roten Teppich, der garantiert abwaschbar ist? Mein Kopf schießt hoch.

Daniella wirft einen Blick in den Schrank, keucht auf und knallt die Tür wieder zu. Ohne Rücksicht auf ihre Schneidezähne beißt sie sich auf die rot glänzende Unterlippe.

Ty schlägt auf den Tisch. »Jetzt zieh nicht so eine Show ab! Was ist da drin?«

Sie lächelt ihn mit lippenstiftverschmierten Zähnen an und öffnet den Schrank mit zitternden Händen. Diesmal macht sie die Tür ganz auf.

Jetzt halten auch wir anderen die Luft an.

An der Rückwand des Schrankes hängen sieben Pistolen.

SECHZEHN

Zwei Sekunden später bin ich an der Tür.

Aber Micki ist genauso schnell an Daniella und Ty vorbei.

»Du gehst nirgendwohin, Schlampe!«, ruft sie und reißt mich am Ellbogen zurück.

Schreiend versuche ich, den Türknauf zu erreichen.

»Ich bleibe doch nicht hier, wenn ein Haufen besoffener Vollidioten mit Waffen rumspielt!«

Ian versucht, Micki von mir wegzuziehen. »Lass sie los!«

Ihre Fingernägel graben sich durch meine Jacke in meinen Arm. »Vergiss es. Deine kleine feige Prinzessin wird uns nicht um unsere Preise bringen!«

Jen und Ty mischen sich ein und zerren Ian und mich von der Tür weg. Ian schlägt um sich, während ich versuche, mich aus Mickis Griff zu winden. Aber sie ist stärker als ich, wirft mich bäuchlings auf den Boden und lässt sich auf mich fallen. Mein Rückgrat bricht fast unter ihrem Gewicht.

Als sie ihr Gesicht an meines drückt und mir ihren heißen Bieratem ins Ohr pustet, stechen mich ihre Sicherheitsnadeln in die Wange.

»Ich wette, eine kleine Schlampe wie du mag es gerne von hinten!«

Ich werfe mich unter ihr hin und her, kann mich aber nicht befreien. Sie drückt mein Gesicht in den Boden, der genauso nach Gummi riecht, wie er aussieht, und meinen Verdacht bestärkt, dass man ihn ausgewählt hat, weil er leicht zu reinigen ist. Ich schaudere bei dem Gedanken, mit welchen Flüssigkeiten er möglicherweise schon in Kontakt gekommen ist.

Die Musik wechselt zu hartem Metal mit einem schweren Bass, der im gleichen Rhythmus wie mein Herz hämmert. Ächzend bekomme ich einen Ellbogen weit genug frei, um ihn Micki in die Rippen zu stoßen. Dafür reißt sie mich an den Haaren, was mir die Tränen in die Augen treibt, aber auch meinen Kopf so weit anhebt, dass ich sehen kann, was im Raum vor sich geht. Samuel sitzt nach wie vor am Tisch. Daniella kauert in einer Ecke, hat die Arme um den Oberkörper geschlungen und verfolgt die Szene mit entsetzt aufgerissenen Augen.

Links von mir wird Ian von Ty und Jen herumgestoßen. Sobald Ty sein Bier abstellt und sich ernsthaft mit Ian befasst, sind wir erledigt. Das scheint auch Ian zu erkennen, denn mit einer Bewegung, die aus einem Tarantino-Film stammen könnte, presst er sich auf einmal blitzschnell mit dem Rücken an die Wand und rammt Ty das Knie in die Brust, sodass der rückwärts in Jen kracht und beide zu Boden stürzen. *Ja!* Wenigstens einer von uns kann entkommen und dieses schreckliche Spiel beenden.

Ian läuft zur Tür, umfasst den Griff und zerrt daran.

»Hey, was …?«

Plötzlich lässt der Druck von Mickis Gewicht auf mir nach, aber meine Brust ist wie zugeschnürt, als ich sehe, wie Ian vergeblich an der Tür rüttelt. Da stimmt etwas nicht. Als ich mich auf die Knie stemme, springt Micki Ian auf den Rücken und krallt ihre Finger in seine Haare. Er schlägt so hart um sich, dass sie das Gleichgewicht verliert und auf mich stürzt, worauf ich wiederum gegen Ty und Jen falle, die gerade dabei waren, sich wieder aufzurappeln, und wir alle nacheinander wie eine Reihe Dominosteine zu Boden gehen. Irgendwie lande ich ganz oben auf dem Haufen wie eine Stoffpuppe auf ein paar zähnefletschenden Rottweilern. Schnell rolle ich mich herunter und laufe zu Ian.

Seine Armmuskeln treten hervor, als er wieder und wieder versucht, die Tür zu öffnen. Doch sie gibt nicht nach.

Er springt hoch und schüttelt vor der nächsten Kamera die geballte Faust.

»Ihr Schweine habt uns eingeschlossen! Das ist Freiheitsberaubung!«

Micki schiebt sich zwischen ihn und die Tür und versucht es ebenfalls. Sie lacht, als sie sie nicht aufbekommt. Wer zum Teufel lacht darüber, wenn er eingeschlossen wird?

Die Musik ändert sich erst zu einem Gebimmel, das wie das Glöckchen eines Eiswagens klingt, und wird schließlich vom Piepen der Monitore übertönt, auf denen ein Schriftband auftaucht:

Die Tür klemmt anscheinend. Wir schicken so bald wie möglich einen Handwerker.

»Das könnt ihr nicht machen!«, schreie ich. »Wir verklagen euch!«

Und wen genau willst du verklagen?

Ich deute auf Micki. »Ich kann ja mal mit der da anfangen!«

Viel Glück. Da wird dann wohl Aussage gegen Aussage stehen.

Sieht das Publikum eigentlich alles, was auf den Monitoren steht, oder nur Auszüge davon, um die Spielemacher zu schützen? Vielleicht sehen wir die Moderatoren deswegen nicht mehr, weil wir jetzt in der Phase sind, in der Schusswaffen ins Spiel kommen. Der Gedanke lässt mir fast das Blut in den Adern gefrieren.

Ich ducke mich hinter Ian, ziehe das Handy aus der Tasche und wähle 911. Micki stürzt sich mit wutentbranntem Gesicht auf mich, doch Ian hält sie zurück. Aber es spielt keine Rolle, denn der Anruf wird blockiert. Natürlich. Mein frustriertes Aufstöhnen ruft bei Micki und Ty nur Gelächter hervor.

Ich fasse es nicht.

»Seid ihr eigentlich alle total verrückt? Wir sind hier eingeschlossen und der Schrank da ist voller Waffen. Stört das denn keinen außer mir und Ian?«

»Wahrscheinlich haben sie die Bolzen entfernt oder sie mit Platzpatronen geladen«, sagt Samuel von seinem Platz aus.

Ich kann mich gerade noch zurückhalten, ihm ins Gesicht zu springen. »Willst du darauf wetten?«

»Kommt wieder runter!«, grunzt Ty. »Hier schießt niemand. Das ist doch nur ein Spiel.«

Daniella hat die Hand vor den Mund gepresst, als versuche sie ein Schluchzen zu unterdrücken, sagt aber nichts. Jen und Micki knabbern sich gegenseitig kichernd an den Lippen. Wissen sie etwas, von dem ich nicht weiß?

Ich versuche es noch einmal mit meinem Handy. Vielleicht kann ich die *Risk*-App löschen und wieder eine Verbindung bekommen, aber die App verlangt ein Passwort zur Deinstallation. Ich halte das Handy in die Kamera und schreie: »Nehmt sofort das Programm hier runter!«

Natürlich bekomme ich keine Antwort. Ich reibe mir über die Arme, um die aufsteigende Panik zu unterdrücken. Der Ärmel meiner Jacke ist zerrissen und lässt ein paar tiefe Kratzer auf meinem Oberarm sehen.

»Ich brauche einen Arzt!«, rufe ich. »Euer Pitbull ist durchgedreht!«

Micki sieht mich kalt an. »Du hast noch viel Schlimmeres verdient!«

Der Verbandskasten befindet sich im gelben Schrank. Unser Arzt ist der Meinung, dass ihr alle gesund ausseht. Aber sobald der Handwerker die Tür geöffnet hat, werden wir euch untersuchen lassen.

Der Schrank. Ich renne darauf zu. Nicht weil ich zum Verbandskasten will, sondern um die anderen von den Waffen fernzuhalten. Mir fällt auf, dass jemand – wahrscheinlich Daniella – den grünen Schrank wieder zugemacht hat.

Doch Ty ist schneller und baut sich drohend vor mir auf. »Denk nicht mal dran!«

Ich versuche, an ihm vorbeizukommen, aber er ist zu breit.

»Ich brauche ein Pflaster! Und am besten gleich noch eine Tollwutimpfung!«

Ian stellt sich neben mich. »Komm schon, Alter, wir sitzen doch alle im selben Boot. Lass sie sich holen, was sie braucht.«

Ty streckt abwehrend den Arm aus. »*Ich* gebe ihr das Pflaster. Nur für den Fall, dass irgendein Dummkopf glaubt, er könnte sich eine Waffe schnappen und das Türschloss aufschießen.« Er starrt mich an. »Würde sowieso nicht funktionieren. Das haben sie im Fernsehen mal getestet.«

Toll. Das ist wahrscheinlich der einzige Fetzen einer wissenschaftlichen Erkenntnis, der in seinem Spatzenhirn hängen geblieben ist.

Mir tut der Arm weh. Vielleicht brauche ich tatsächlich eine Tollwutimpfung oder wenigstens etwas gegen die Krätze.

»Na gut. Ich will keine Waffe, gib mir nur was für meinen Arm. Du kannst mich natürlich auch so lange bluten lassen, bis ich wirklich einen Arzt brauche und *Risk* das Spiel abbrechen muss.«

Als ob sie das tun würden.

Bevor Ty sich zum Schrank dreht, holt er seine Gang zur Unterstützung. Wir stehen uns angespannt gegenüber, während er den gelben Schrank öffnet und durchsucht. Dann gibt er mir ein paar Pflaster und Alkoholtupfer.

An unserem Platz desinfiziert Ian meine Kratzer und klebt dann die Pflaster darauf. Auf der anderen Seite des Tisches drückt Jen Micki währenddessen einen Eisbeutel auf die Stirn. Habe ich sie etwa verletzt? Gut so!

Ty setzt sich mit verschränkten Armen vor dem Schrank auf den Boden, um zu verhindern, dass sich jemand nähert. Daniella streicht ihm schnurrend übers Haar, wobei ihre Armreifen wie Gefängnisketten rasseln. Links von Ian und mir betrachtet uns Samuel schweigend über den Rand seiner Brille hinweg. Wir sitzen hier wie beim Letzten Abendmahl, nur ohne Essen und ohne Heilige.

Die Musik wechselt zu Fahrstuhlgeklimper. Wer ist eigentlich für den Soundtrack verantwortlich? Satan persönlich?

Okay, Spieler, Zeit, euch eure Preise zu verdienen!

Wieder bekommen wir die Befehle nur als Text auf den Bildschirmen zu sehen. So gekünstelt mir Guy und Gayle auch vorgekommen sind, ohne sie wirkt dieser Raum hier noch isolierter.

Ty, leg die Waffen auf den Tisch, eine vor jeden Spieler.

Mein Magen plumpst mir bis auf die Füße. Ty starrt die Bildschirme stirnrunzelnd an. Vielleicht kann er nicht lesen. Oder er hat doch ein Gewissen.

Für deine Bemühungen bekommst du einen Bonus von hundert Dollar.

Mit breitem Grinsen steht er auf. Ich halte die Luft an und bete, dass sich die Waffen im Schrank durch irgendeinen Zaubertrick in weiße Tauben verwandelt haben. Aber sobald Ty die Tür aufmacht, wird klar, dass das nicht der Fall ist. Bei dem Pech, das ich heute habe, war das auch nicht ernsthaft zu erwarten.

»Mach es nicht, Ty!«, rufe ich. »Das ist doch genau wie in ›Herr der Fliegen‹! *Risk* will, dass wir uns in gewalttätige Wilde verwandeln. Zeig ihnen, dass du dein eigener Herr bist.«

»Kannst du vielleicht mal deine Braut unter Kontrolle halten, Mann?«, knurrt Ty in Ians Richtung.

»Sie hat recht, Ty. Tu es nicht«, erwidert Ian kühl.

»Weichei.« Ty nimmt eine der Pistolen aus dem Schrank und streicht zärtlich darüber. »Eine SIG Sauer P226. Schick. Der beste Kumpel eines jeden Soldaten.«

Mit der Waffe in der Hand nimmt er eine weitere aus dem Schrank und legt sie vor Daniella auf den Tisch. Die nächsten beiden Pistolen gehen an Jen und an Micki, die anerkennend pfeift, während sie ihre untersucht. Als sie den Kopf hebt und mich ansieht, zucke ich zusammen. Danach legt Ty Pistolen vor Samuel, vor mich und schließlich vor Ian hin. Meine und Ians hat er so abgelegt, dass die Läufe auf uns zeigen.

Ich verschränke die Arme vor der Brust und wiederhole laut immer wieder: »Wer uns zuschaut, soll die 911 anrufen. Wer uns zuschaut, soll die 911 anrufen!«

Was können die *Risk*-Leute schon machen? Mir wieder mit irgendwelchen Konsequenzen drohen? Die Pistolen gegen Maschinengewehre austauschen?

Ich wiederhole den Satz wieder und immer wieder. Selbst wenn *Risk* mein Flehen ausgeblendet hat, während ich im Bad war – ganz können sie mich nicht zensieren, nicht wenn die anderen Preisrunden schon vorbei sind. Denn dann hätten sie keine Show mehr. Also müssen sie uns entweder gehen lassen oder die Beobachter sehen uns. Auf jeden Fall ist das Spiel für mich zu Ende. Pfeif auf das Stipendium.

Es wird Zeit, damit aufzuhören, Vee.

»Es wird Zeit, dass ihr mich gehen lasst. Und ich höre tatsächlich auf, aber mit dem Spiel. Ich höre auf. Ich höre auf!« Ich wechsle jetzt zwischen diesem Satz und der Bitte ans Publikum, die Polizei zu rufen, ab. Ian stimmt in meine Litanei ein.

Schaut auf eure Handys.

Ich unterbreche mein Mantra, um zu sagen: »Ihr könnt uns nicht mit noch mehr Preisen ködern. Kein Stipendium und kein Praktikum ist das hier wert. Überhaupt nichts ist so etwas wert.«

Ty knurrt: »Eine Reise nach Irland mit meinem Vater, bevor er zu krank dazu ist, ist schon eine Menge wert. Also hör endlich mit dem Scheiß auf!«

Schau auf dein Telefon, Vee. Deine Eltern würden es begrüßen.

Was? Ziehen sie jetzt etwa schon wieder meine Eltern mit rein? Ich sehe auf mein Handy und entdecke eine lange Nachricht. Es scheinen Auszüge aus meinen Therapiesitzungen zu sein; ich erinnere mich, dass die Psychologin dauernd auf ihr Notebook eingehämmert hat, während ich erzählt habe. Es ist erstaunlich, wie detailliert ihre Aufzeichnungen sind. Dabei hatte ich geglaubt, besonders clever zu sein und ihre Aufmerksamkeit von dem Garagenvorfall abzulenken, indem ich ihr irgendwelche anderen Sachen erzähle. Zum Beispiel, wie unsichtbar ich mir in Sydneys Gegenwart immer vorkomme, oder dass mich Jason Walker, mit dem ich eine Zeit lang zusammen war, einmal aus Versehen »Sydney« genannt hatte. Aber es gibt noch mehr erniedrigendes Material. Oh Gott, hab ich der Frau eigentlich alles erzählt? So viel zur ärztlichen Schweigepflicht!

Um alles noch schlimmer zu machen, bekomme ich eine zweite Nachricht mit Auszügen aus einer Sitzung, die meine Eltern bei der Therapeutin hatten. Dabei haben sie ihr erzählt, dass sie nicht mehr miteinander geschlafen haben, seit … Oh nein, sie wären am Boden zerstört, wenn das herauskäme!

Ich sehe zu den Bildschirmen hoch, und auch Ian, der ebenfalls eine SMS gelesen hat, schaut nach oben. Er sieht gequält aus.

Wir schweigen, wenn ihr schweigt.

Ich sage kein Wort mehr.

Okay, also: Jeder Spieler nimmt seine Waffe. Jeder, der es nicht tut, verliert sie an einen anderen Spieler unserer Wahl.

Micki nimmt ihre Pistole zuerst. Alle anderen folgen ihrem Beispiel. Außer mir.

Ich räuspere mich. »Hört mir zu. Das ist es nicht wert. Lasst uns einfach ein paar Bier trinken und chillen. Das hier kann noch gut ausgehen.«

Auf Ians Stirn bildet sich eine Falte und er sieht mich an.

»Nimm die Waffe, Vee.«

Wow, über ihn müssen sie ja noch üblere Sachen hervorgekramt haben als über mich und meine Eltern. Oder hat *Risk* ihm einen weiteren Preis angeboten? Aber was könnte einen solchen Horror wie den hier wert sein? Ich wünschte, ich könnte in seinen Kopf sehen, um herauszufinden, was es ist.

Meine eigenen Gedanken, die sich auf die glänzend schwarze Pistole vor mir richten, jagen mir einen Schauer über den Rücken. Mein Mund ist wie ausgetrocknet.

»Aber das ist doch verrückt!«, stoße ich hervor.

Ian sieht die anderen der Reihe nach an. »Ja, ist es. Aber wenn du sie nicht nimmst, bist du als Einzige unbewaffnet.«

Mit jedem Atemzug fällt es mir schwerer, nicht loszuheulen. Ich reiße mich zusammen und schaffe es, mit bebenden Lippen zu sagen: »Wahrscheinlich ist es ungefährlicher für mich, keine Waffe zu haben. Nicht einmal die da« – ich zeige auf die anderen am Tisch – »würden mich erschießen, wenn ich unbewaffnet bin.«

Micki schnalzt mit der Zunge. »Nein, natürlich nicht!«

Du hast noch dreißig Sekunden, um dich zu entscheiden.

»Sei nicht dumm, Vee«, kommt Gayles Stimme über den Lautsprecher.

Um nicht dumm zu sein, ist es schon viel zu spät.

Auf dem Display tickt eine Uhr die Sekunden herunter. Ich betrachte meine Mitspieler. Micki und Ty streicheln ihre Pistolen, als wären es süße kleine Welpen. Selbst Samuel fasst seine Waffe an, als hätte er so etwas nicht zum ersten Mal in der Hand. Das überrascht mich. Aber wahrscheinlich hat er schon jede Menge Ego-Shooter gespielt. Daniella und Jen haben ihre Pistole jeweils auf dem Schoß liegen und halten sich krampfhaft an den Armlehnen fest.

Die Uhr zeigt noch zwanzig Sekunden an.

»Du musst die Waffe auf niemanden richten, du musst sie nur nehmen«, sagt Ian.

»Genau so kriegen sie dich, mit ganz kleinen Schritten«, flüstere ich, doch alle können mich verstehen.

»Niemand zwingt dich zu schießen«, sagt Ian angespannt, »aber wenn du sie nimmst, dann kriegen die anderen eine Waffe weniger in die Finger.«

Micki und Ty starren mich an wie Schlangen ein Kaninchen. Vielleicht sollte ich mir die Pistole schnappen und auf die Kameras feuern.

Noch zehn Sekunden.

Ian läuft eine Schweißperle über die Stirn.

»Bitte, Vee! Allein kann ich uns nicht beschützen!«

Ich will nicht. Wirklich nicht. Aber ich kann doch nicht schutzlos hier sitzen, oder? Drei Sekunden vor Ablauf des Countdowns greife ich nach der Waffe. Sie ist schwer und mit einem leichten Ölfilm überzogen und fühlt sich absolut nicht unecht an. Ich lege sie in meinen Schoß, mir ist egal, ob sie Flecken auf dem Stoff hinterlässt. Micki grunzt zufrieden und zeigt dann ein breites höhnisches Lächeln.

Großartig, Leute! Jetzt lehnt euch zurück und genießt eine kleine Filmvorführung. Jen, öffne bitte die rosa Schranktür und hol die Snacks raus.

Jen steht auf, zögert dann aber, weil sie nicht weiß, was sie mit ihrer Pistole machen soll und sieht Micki fragend an.

»Halt den Lauf einfach nach unten«, rät ihre Freundin.

Jen gehorcht und geht auf Zehenspitzen zum Schrank. Ich kann mir kaum vorstellen, was für kranke Sachen man sich bei *Risk* unter Snacks vorstellt. Wahrscheinlich irgend etwas Giftiges. Wir hatten bisher noch keine Gift-Challenge. Aber als Jen die rosa Tür aufmacht, schlägt uns der Geruch von gebuttertem Popcorn entgegen, von dem mir fast übel wird. Jen nimmt eine riesige Popcornschachtel heraus und stellt sie auf den Tisch. Danach trägt sie weitere Berge von Süßigkeiten zu uns, alles namhafte Marken. Glauben die Sponsoren tatsächlich, dass sie dadurch mehr verkaufen können? Dumme Frage.

»Hey, hier gibt's auch kaltes Red Bull. Willst du eins, Baby?«, ruft Jen Micki zu.

Natürlich nehmen Micki und die anderen, die zuvor schon so viel Bier getrunken haben, jeder eine Dose. Alkohol und Koffein, eine prima Mischung.

Ty und Micky greifen als Einzige nach dem Popcorn, das sie sich händeweise in den Mund stopfen. Achselzuckend nimmt Samuel eine Tüte Gummibärchen. Sobald Jen wieder sitzt, wird das Licht gedimmt, und auf den Bildschirmen beginnt ein Film. Titel: *Waffenkunde für Anfänger.*

In den nächsten fünf Minuten lernen wir, wie wir unsere Pistole laden, den Hahn spannen, den Sicherungshebel zurückziehen und ein- oder beidhändig zielen. Mit jeder neuen Information wächst mein Wunsch, laut aufzuschreien. Wir werden uns gegenseitig erschießen! Unser Blut wird durch den Abfluss fließen, damit der Raum für den nächsten Satz Spieler wieder sauber ist. Meine Knie zittern so sehr, dass mir fast die Pistole vom Schoß fällt.

Ian nimmt meine Hand. »Das ist doch nur Show. Sie versuchen bloß, uns Angst zu machen.«

Versuchen? Selbst sein Gesicht ist blass und der Puls in seiner Hand hämmert gegen meinen.

Gleich kommen wir zum lustigen Teil, Leute. Aber erst erledigen wir noch etwas anderes. Jemand muss noch die Konsequenzen für ihr Verhalten bei einer der letzten Challenges tragen.

Meinen die das ernst? Was kann denn noch schlimmer sein als das hier? Am liebsten würde ich mir selbst eine scheuern für das, was ich gerade gedacht habe. Denn meistens ist die Antwort auf diese Frage so katastrophal, dass man es bitter bereut, sie gestellt zu haben.

Zwischen Mickis Jubelrufen hören wir Stimmen hinter einer der Türen, durch die wir zu den Einzel-Challenges gegangen sind. Mit einem Klicken öffnet sie sich, und zwei Leute stolpern herein, deren Augen verbunden sind.

Die Waffe in meinem Schoß wird zentnerschwer, als ich erkenne, wer die beiden sind.

Tommy und Sydney.

SIEBZEHN

Obwohl jede Energie aus mir gewichen ist, schaffe ich es, aufzuspringen. »Haut ab, solange ihr noch könnt!«, rufe ich. »Schnell!«

Tommy und Sydney reißen sich die Augenbinden herunter und blinzeln benommen ins Licht. Die Tür, durch die sie gerade gekommen sind, schließt sich langsam hinter ihnen.

Ich renne auf die beiden zu und will sie in Richtung Tür stoßen. »Lauft!«

Es ist zu spät. Tommy und Sydney blicken verständnislos zwischen mir und der Tür hin und her, die sich mit einem Klicken schließt. Micki und Ty, die aufgestanden sind, um mir den Weg zu verstellen, setzen sich mit zufriedenem Grinsen wieder hin.

Sydney sieht so verwirrt aus, wie ich es bei ihr noch nie erlebt habe. Ihre Verwirrung wandelt sich in Schrecken, als sie die Waffe in meiner Hand sieht.

»Die ist doch nicht echt, oder?«

Ich verstecke die Pistole hinter dem Rücken. »Ich weiß es nicht.«

Tommy lässt seinen Blick mit einer Mischung aus Abscheu und Neugier im Raum umherwandern, dann sieht er mich kopfschüttelnd an, als wollte er sagen, *Ich hab es ja gewusst.* Die anderen Spieler bleiben sitzen und essen weiter ihre Snacks, als wären meine Freunde und ich die neue Show.

Syd stellt sich dicht vor mich und sieht mich bohrend an.

»Warum bist du überhaupt noch hier, Vee? Warum hast du nach dieser Abgas-Nummer nicht aufgehört? Du hast gedacht, die würden dich umbringen! Verdammt, Vee!«

Sie packt mich am Arm und zieht mich herrisch zu der Tür, durch die sie gerade gekommen sind.

Ich stolpere hinter ihr her. »Wie viel habt ihr denn davon gesehen? Habt ihr gehört, wie ich gesagt habe, dass ihr den Notruf alarmieren sollt? Oder habt ihr geglaubt, das gehört zur Challenge?«

Syd ignoriert mich und hämmert an die Tür. »Okay, es reicht. Jetzt lasst uns hier raus!«

Die Bildschirme leuchten auf und piepen. Syd dreht den Kopf, um die Schrift darauf lesen zu können. Ich nehme sie vorsorglich in den Arm, weil ich weiß, dass ihr die Nachricht nicht gefallen wird.

Diese Tür ist mit einer Zeitschaltuhr gesichert und kann erst in dreißig Minuten wieder geöffnet werden, es sei denn, es gibt einen Notfall. Die Spieler werden dir zeigen, wo es etwas zu trinken gibt. Mach es dir gemütlich!

Sydney schlägt gegen die Wand. »Ich will es mir aber nicht gemütlich machen! Und, hallo? Ein Raum voller Waffen *ist* ein Notfall!«

Sie versucht, ihre Finger in den fast unsichtbaren Spalt zwischen Tür und Wand zu zwängen. Als sie das nicht schafft, läuft sie zur Haupttür und versucht es dort. Nachdem auch das nicht funktioniert, hämmert sie gegen die Tür und schreit:

»Ihr habt gesagt, Vee ginge es nicht gut, und Tommy und ich sollen sie abholen! Wir sind hier, also lasst uns gefälligst raus, oder ich rufe meinen Dad an! Der ist Anwalt!«

Micki lacht und fragt die anderen Spieler, ob sie noch ein Bier haben wollen. Als sie zum Kühlschrank geht, äfft sie Syd nach und tut so, als würde sie auf hohen Absätzen herumstöckeln.

Syd holt ihr Handy raus und stellt fluchend fest, dass sie keinen Empfang hat. Wütend dreht sie sich zu mir. »Gib mir deins!«

Mein Herz ist schwer. Das ist also die Konsequenz. Es reicht nicht, dass ich mich selbst in Gefahr gebracht habe und dass meine Eltern vor Sorge fast umkommen. *Risk* spielt mit meinen Schuldgefühlen, was bei einem Steinbock nicht besonders schwer ist, zumal mein schlechtes Gewissen schon vor der Preisrunde erdrückend gewesen ist. Ich kann den Gedanken kaum ertragen, dafür verantwortlich zu sein, dass meine Freunde mit mir in dieser Hölle eingesperrt sind, deren Ausmaße sie noch gar nicht verstehen. Wenn ihnen irgendetwas passiert …

Ich lasse den Kopf hängen. »Keines unserer Handys funktioniert und niemand wird gerettet oder verklagt. Nicht solange die Beobachter draußen Spaß daran haben, uns zuzuschauen. Und jetzt haben sie Waffen an uns verteilt und uns gezeigt, wie man damit umgeht. Es tut mir so leid, dass ich euch da mit reingezogen habe.«

Tommys Miene ist versteinert. Er sieht Ian an, der aufgestanden ist und hinter dem Tisch hervorkommt.

»Das ist alles deine Schuld, du Scheißkerl!«, zischt er und geht drohend auf ihn zu.

Ian hält die Waffe gesenkt, doch sein Blick verfinstert sich. »Keinen Schritt näher!«

Ich stelle mich schnell vor Tommy und hebe beschwichtigend die Hände.

»Hast du denn nicht zugeschaut? Solange wir hier drin festsitzen, können wir von Glück sagen, dass Ian auf meiner Seite ist!«

Tommy schnaubt verächtlich und will sich an mir vorbeidrängen.

»Das nennst du auf deiner Seite sein? Ohne ihn wärst du doch gar nicht hier!«

Ich presse die Hände gegen seine Brust, die sich überraschenderweise genauso muskulös anfühlt wie die von Ian.

»Das habe ich freiwillig gemacht, niemand hat mir eine Pistole an den Kopf gehalten. Noch nicht. Ian sitzt hier genauso fest wie ich. Und jetzt leider auch du und Sydney. Oh Gott, ich wünschte, ihr wärt nicht gekommen!«

Sydney stemmt die Hände so dramatisch in die Hüften, als stünde sie auf einer Theaterbühne.

»Dafür ist es jetzt ein bisschen zu spät.«

»Warum habt ihr denn nicht die Polizei gerufen, um mir zu helfen?«, will ich wissen.

Sie atmet genervt aus. »Polizei? Wegen eines Spiels? Jeder weiß doch, dass das alles bloß gestellt ist.«

Jetzt bin ich genervt. »Glaubst du das etwa wirklich?« Ich sehe Tommy an. Er müsste es besser wissen.

Seine Wangen sind gerötet. »Die Spieler in Colorado mussten Fallschirmspringen. Und sämtliche Fallschirme haben sich geöffnet. Deine Angst ist nicht echt, Vee, sondern künstlich erzeugt.«

»Künstlich erzeugte Angst fühlt sich aber ganz genauso

an wie echte«, sage ich leise. »Wir sind alle reingelegt worden.«

Tommy stößt mich in Ians Richtung. »Dein toller Partner hier war jedenfalls bis jetzt wenig hilfreich. Hast du gewusst, dass er so was wie ein Web-Stricher ist? Ich hab ein paar fiese Seiten gefunden und bin mir ziemlich sicher, dass er das auf den Bildern ist. Wart's ab, bis ich eine Gesichtserkennungssoftware drüberlaufen lasse.« Er zückt sein Handy und hält mir das Display hin. »Hier, schau es dir selbst an.«

Ich grapsche nach dem Telefon. »Ich dachte, du hättest keinen Empfang! Ruf 911! Sofort!«

Micki und Ty springen auf, aber Tommy presst sich das Handy an die Brust und sagt: »Ich habe auch keinen Empfang. Ich hab das Video schon vorher hochgeladen.«

Er klickt etwas an und hält Ian und mir das Display vors Gesicht.

Ian läuft rot an. »Das ist doch Blödsinn!«

In einem schlecht ausgeleuchteten Video scheinen mehrere halb nackte Leute miteinander zu ringen oder so was. Ich schiebe das Handy weg.

»Wir haben jetzt keine Zeit, uns irgendwelche schrägen Videos anzusehen.«

Tommy lässt den Clip weiterlaufen. »Du solltest aber wissen, mit wem du dich zusammengetan hast und wem du vertrauen kannst, Vee.«

Micki sieht lachend zu uns herüber. »Was ist los? Verträgt die Jungfrau keine Pornos?«

Die Monitore beginnen zu piepen und lenken unsere Aufmerksamkeit wieder nach oben.

Genug geplaudert. Hier ist die nächste Aufgabe: Richtet eure Waffe entweder auf den, den ihr als Opfer ausgesucht habt, oder auf einen der beiden Neuankömmlinge.

Sydneys Stilettos scheinen vom Boden abzuheben. »Was?«

Über meine Lippen kommt ein Japsen und alles Blut scheint mir aus dem Kopf zu sacken. Werde ich hier und jetzt sterben? Oder die Verantwortung dafür tragen, dass meine Freunde getötet werden? Ist es das, was das Publikum sehen will? Meine Kehle schnürt sich zu. Warum bin ich nach der Aufführung nicht im Theater geblieben, um meine Eltern zu begrüßen? Eine gute Tochter hätte das getan.

Micki und Ty reagieren sofort, nutzen die Armlehnen ihrer Sessel als Stützen und zielen. Micki hält die Pistole mit beiden Händen, Ty mit einer, sicher und ruhig. Die Löcher in den Läufen starren Ian und mich geradewegs an.

Samuel holt tief Luft und hebt dann langsam die Waffe.

»Tut mir leid, Vee. Aber ich verspreche dir, dass ich nie abdrücken würde.«

»Da fühle ich mich ja gleich viel besser.«

Meine Stimme ist eine ganze Oktave höher als sonst. Ich überlege, ob ich mich mit meinen Freunden im Bad verschanzen soll, aber die Tür kann man ja nicht abschließen.

»Nimm deine Pistole«, fordert Ty Daniella auf.

Sie verschränkt die Arme vor der Brust. »Ich weiß nicht. Das wird mir echt zu unheimlich.«

»Ich hab gedacht, du hättest mehr drauf«, sagt Ty gepresst.

Langsam dreht Daniella sich zu uns, beißt sich auf die Unterlippe und fasst dann die Pistole zaghaft mit beiden Händen am Griff und am Lauf. Dank des Videos weiß ich jetzt, wie die einzelnen Teile einer Waffe heißen. War es das Letzte, was ich jemals gelernt haben werde?

Daniella wimmert und wischt sich mit dem Oberarm über die Wange, was ihre Armreifen zum Klimpern bringt. Das Geräusch dreht mir fast den Magen um.

»Das reicht schon«, meint Ty.

Micki flüstert Jen etwas ins Ohr und beißt ihr ins Ohrläppchen, worauf auch Jen ihre Pistole nimmt. Eine weitere Waffe ist auf mich gerichtet und noch eine auf Ian.

Ich drehe mich zu ihm. An seinem Hals pulsiert eine Vene. Langsam hebt er die Waffe und zielt auf Ty.

Es wird so still im Raum, dass ich das leise Summen der Lampen über uns hören kann.

Am liebsten würde ich im Teppich versinken, so eklig er auch ist. Aber ich muss nachdenken.

»Sydney und Tommy – das hier hat nichts mit euch zu tun«, sage ich und zeige zur Haupttür. »Stellt euch da drüben hin.«

Ich gehe um den Tisch herum an meinen Platz zurück, der sich genau gegenüber der Tür befindet, zu der ich Sydney und Tommy gerade geschickt habe.

Die beiden folgen mir.

»Bitte tut, was ich gesagt habe«, flehe ich sie an. »So seid ihr für die Blödmänner doch nur ein umso besseres Ziel. Bitte, Tommy, du bist doch sonst so klug.«

»Jedenfalls klug genug, um die Polizei angerufen zu haben, bevor wir hergekommen sind«, flüstert er mir zu. »Es kann nicht mehr lange dauern, bis sie hier sind. Wir müssen bloß Zeit schinden.«

Am liebsten würde ich vor Erleichterung singen. Haben die

Spielemacher gehört, was er gerade gesagt hat? Ich bin mir nicht sicher, ob das gut oder schlecht wäre.

»Ich hätte es mir denken können«, flüstere ich zurück. »Du bist unglaublich, Tommy. Aber jetzt geh bitte zur Tür und schinde da drüben Zeit. Ich verspreche dir auch, mir jedes Video anzusehen, das du willst, sobald wir hier raus sind.«

Er nimmt Sydney am Arm und versucht, sie in Richtung Tür zu schieben, aber natürlich ohne Erfolg. Sie macht sich frei, legt mir die Hände auf die Schultern und sieht mich eindringlich an. Anscheinend merkt sie nicht, dass sie damit direkt in der Schusslinie der anderen steht. In ihren Augen glitzern Tränen, aber ihre Wimpern sind immer noch perfekt getuscht.

»Vee, auch wenn du dich heute wie eine absolute Oberzicke verhalten hast, bin ich gekommen, um dir zu helfen, und nicht, um mich feige in einer Ecke zu verkriechen.«

»Du hast recht, Syd, ich war schrecklich zu dir. Und ich werde das wiedergutmachen, irgendwie. Aber wenn du mir wirklich helfen willst, dann geh jetzt bitte zur Tür und sorg dafür, dass dir nichts passiert. Das meine ich ganz ernst. Bitte, Syd. Tu es für mich!«

Sie rührt sich nicht von der Stelle. Wie kann ich sie bloß dazu bringen, sich selbst zu schützen, wenn sie so hartnäckig darauf besteht, mir beizustehen?

Plötzlich wird das Licht gedimmt.

Ich schiebe sie Richtung Tür. »Schnell, bevor sie das Licht ganz ausmachen und du mitten in der Schusslinie stehst. Dann kannst du niemandem mehr helfen!«

Sie zittert, ob vor Angst oder aus Enttäuschung, weiß ich nicht. Aber schließlich setzt ihr gesunder Menschenverstand wieder ein und sie geht. Tommy sieht noch einmal zu mir und Ian und folgt ihr dann.

Ich gehe zu unserem Sitz und stoße dabei an den dämlichen Tisch, der ächzend ins Schwanken gerät. Samuel streckt die freie Hand aus, um ihn anzuhalten, richtet aber weiter seine Waffe auf mich. Statt mich zu setzen, stelle ich mich hinter das Sofa und ducke mich, wobei ich die Rückenlehne dazu nutze, um meine Waffe abzustützen. Die Füllung der Polsterlehne würde eine Kugel zwar wahrscheinlich nicht aufhalten, aber ich fühle mich sicherer, wenn ich mich hinter etwas verschanzen kann. Über die Lehne hinweg ziele ich auf Micki, die ihrerseits mit höhnischem Lächeln ihre Waffe auf mich richtet. Ich kann kaum fassen, dass ich tatsächlich auf einen anderen Menschen ziele.

Ian steht immer noch mitten im Raum – ohne jeden Schutz. Während das Licht noch schwächer wird, kommt auch er um den Tisch herum und postiert sich hinter Samuels Sofa. Warum habe ich Tommy und Sydney nicht gesagt, sie sollen sich dort verstecken, damit sie wenigstens etwas Deckung haben? Schon wieder habe ich versagt. Meine Freunde sehen so verwundbar aus, wie sie da dicht zusammengedrängt an der Tür stehen.

Auch wenn die anderen Spieler wahrscheinlich niemals zugeben würden, dass Ian und ich die richtige Idee hatten, stehen sie auf und verschanzen sich genau wie wir hinter ihren Sofas. Ich wette, Samuel würde sich auch gerne hinter seinen Platz stellen, aber weil dort schon Ian steht, huscht er schnell um den Tisch herum zu Daniella und Ty. Jetzt sind wir wie zwei feindliche Armeen, die sich gegenüberstehen, fünf gegen zwei, und über die Zweiersofas und den Couchtisch aufeinander zielen.

Es hat nur eine Minute gedauert, bis wir unsere Positionen eingenommen haben, aber die Spielemacher scheinen ungeduldig geworden zu sein, denn die Monitore fangen wieder an zu piepen.

Entsichert eure Pistolen.

Auf dem Bildschirm erscheint eine entsprechende Illustration, falls wir schon wieder vergessen haben sollten, wie das geht.

Mein Magen sackt nach unten. Ich presse die Beine aneinander, damit sie nicht so zittern, und sage laut: »Glaubt ihr wirklich, dass ihr damit durchkommt? Wenn die Waffen geladen sind und einer von uns erschossen wird, ist das das Ende für *Risk,* und zwar für immer.«

Nicht das Ende. Nur Werbung.

Die Worte blitzen sekundenschnell auf den Bildschirmen an der Seite auf, zu der Ian und ich sehen, aber nicht auf denen zu unserer Rechten.

Die anderen verrenken sich die Hälse, um die Nachricht zu lesen, aber ich glaube kaum, dass sie schnell genug waren.

»Macht ihr Witze?«, sage ich in die Kamera. »Selbst wenn die Polizei euch nicht findet, wer wird denn dann noch euer Spiel spielen wollen?«

Die anderen Spieler sind verwirrt. Zeigt der Bildschirm über meinem Kopf, der, den sie sehen, nichts an?

Der Monitor mir gegenüber blinkt schnell:

Es wird immer Menschen geben, die spielen und gewinnen wollen.

In einem dunklen Winkel meines Gehirns weiß ich, dass das

wahr ist, auch wenn ich mir wünsche, es wäre nicht so. Man muss sich ja nur ansehen, was ich heute alles gemacht habe, um ein Stipendium zu ergattern.

Wenn ich schon nicht an die Macher von *Risk* appellieren kann, stoße ich vielleicht ja noch auf einen Funken Verstand bei den anderen Spielern. Obwohl die bestimmt glauben, dass ich durchgedreht bin, weil sie nur hören, was ich sage, aber die Antworten von *Risk* nicht sehen.

»Kommt schon, Leute, lasst uns aufhören. Sie wollen, dass wir uns gegenseitig erschießen. Als eine Art Werbung. Ihr glaubt, ich übertreibe? Dann schaut mal auf den Teppich unter dem Tisch. Seht ihr die Löcher da in der Mitte? Das ist ein Abfluss. Wisst ihr, wozu der da ist? Damit der Raum gereinigt werden kann. Von unserem Blut.«

»Wahrscheinlich ist er dazu da, die Pisse von so Feiglingen wie dir wegzuwaschen, die sich vor Angst in die Hose gemacht haben«, höhnt Micki.

Sie streicht mit dem Daumen über ihre Pistole und es klickt laut. Jen schließt einen langen Augenblick die Augen, dann legt auch sie den Sicherungshebel um, ohne mich anzusehen. Ty tut das Gleiche. Ian ebenfalls. *Klick, klick, klick.*

Ty sieht Daniella mit hochgezogenen Augenbrauen an.

»Worauf wartest du?«

»Sind die wirklich geladen?«, ruft Daniella in Richtung der Monitore.

Was glaubst du?

Jetzt arbeiten wieder alle Bildschirme. Haben die anderen vorher vielleicht auch schon Botschaften gesehen, die mir entgangen sind?

Jens Schultern zucken. »Ich hab keine Erfahrung mit Waffen. Was ist, wenn das Ding losgeht?«

Ty runzelt die Brauen. »Das tut es nicht, wenn du nicht abdrückst, du Idiotin. Und bevor du abdrückst, musst du erst noch den Hahn spannen, sonst geht sowieso nichts.«

»Und auch dann passiert nur was, wenn tatsächlich eine Kugel in der Kammer ist«, wirft Samuel ein.

Wie bitte? Glaubt er wirklich immer noch, dass diese Pistolen nicht tödlich sind? Was glaubt denn das Publikum? Bislang ist noch keine Polizei aufgetaucht, um uns zu retten. Denken etwa alle, das hier wäre so was Ähnliches wie ein Paintball-Spiel und wir würden hier nur mit ein paar blauen Flecken rausgehen? Oder schauen da draußen Sadisten zu, die wollen, dass wir uns wirklich umbringen? Zumindest meine Freunde müssen doch mittlerweile völlig entsetzt sein! Aber sie sind machtlos, weil niemand weiß, wo wir sind.

Ich kann mich nicht mehr erinnern, was im Video über das Hahnspannen gesagt wurde oder ob Munition in der Kammer ist, aber ich weiß natürlich, dass man, wenn man die Waffen entsichert, dem Schuss einen Schritt näher kommt. Daniella scheint das auch klar zu sein, denn ihr laufen schwarze Tränenbäche übers Gesicht. Aber anscheinend siegt ihre Angst, das nächste Opfer zu werden, wenn sie etwas falsch macht, denn sie legt den Sicherungshebel ihrer Waffe um.

»Vee?«, sagt Ian.

Mir geht es wie Daniella, ich will den Hebel nicht berühren und mit diesem Ding ohne Sicherung zielen. Andererseits muss ich mich verteidigen können, falls es wirklich zum Schlimmsten kommt. Und meine Freunde schützen. Ich halte den Atem an und drücke mit dem Daumen gegen die knubbelige Vorrichtung am hinteren Ende der Pistole. *Klick.*

Auf Mickis Oberlippe schimmern Schweißperlen. Das ist neu. Gut so. Um mich herum verschwimmt alles und ein roter Schleier legt sich über meinen Blick.

»Wie lange müssen wir jetzt hier so stehen bleiben?«, fragt Jen mit piepsiger Stimme.

Keine Antwort von *Risk*.

»Sie haben nur gesagt, dass wir die Waffen entsichern sollen, nicht wie lange wir damit zielen müssen«, sagt Ian. »Diesen Teil der Challenge haben wir befolgt, also können wir die Sicherungshebel wieder vorlegen und die Pistolen senken, bevor noch irgendwas passiert.«

Samuel nickt. Ich wünschte, er würde irgendetwas sagen.

Wir schauen angespannt zu den Bildschirmen hoch und warten darauf, dass *Risk* sich meldet.

Ian lässt unsere Mitspieler gegenüber nicht aus den Augen. »Wie wäre es, wenn ich bis drei zähle und wir sichern gleichzeitig? Lasst uns das Ganze beenden, bevor es kein Zurück mehr gibt.«

Er holt tief Luft.

»Eins.«

Jen sieht Micki fragend an, die ihren Blick weiter fest auf mich richtet.

»Zwei.«

Schweißtropfen rinnen mir über den Rücken. Es ist totenstill, keine Musik, nicht einmal das Knarren eines Sofas ist zu hören.

Ian atmet tief durch. Werden wir die Einzigen sein, die ihre

Waffen sichern? Ich atme so flach, dass ich das Gefühl habe, gleich das Bewusstsein zu verlieren.

»Drei.«

Ich bewege meinen Daumen zum Hebel, aber noch bevor ich ihn berühren kann, wird es um mich herum schwarz. Alle Lichter sind aus. Stroboskoplicht flackert auf und irgendjemand schreit, dann noch jemand. Und es fallen Schüsse.

ACHTZEHN

Instinktiv ducke ich mich. Die Pistole ist schwer und glitschig, trotzdem lasse ich sie in der Position auf der Rückenlehne über meinem Kopf. Mein Herz hämmert so heftig in meiner Brust, als wollte es herausspringen. Irgendwann weicht der Druck auf meinen Ohren und ich höre Musik. Sie klingt, als würden sie erwarten, dass wir einen Square-Dance dazu tanzen. Jiiehaa! Offenbar hat da jemand einen ziemlich kranken Sinn für Humor.

Erst als mein rechter Arm steif und fast taub ist, senke ich die Pistole langsam und würde sie am liebsten auf den Boden fallen lassen. Aber vielleicht muss ich mich verteidigen gegen all die anderen, die bestimmt auch jetzt im Dunkeln noch ihre Waffen auf mich richten.

»Seid ihr alle okay?«, frage ich leise, weil ich niemanden so erschrecken will, dass er gleich wieder feuert.

»Ja«, sagt Ian links von mir.

Um die fast hysterisch fröhlichen Banjos zu übertönen, frage ich lauter: »Tommy? Syd?«

In der hinteren Ecke des Raumes raschelt es, und dann erklingt Sydneys Stimme wie immer kristallklar: »Uns geht es gut.«

Unendlich erleichtert atme ich aus.

»Was ist, willst du dich nicht auch nach uns erkundigen?«, säuselt Micki.

»Da ich nicht geschossen habe, gehe ich davon aus, dass ihr überlebt habt.«

»Und wie du geschossen hast, oder ist dein Süßer etwa der Einzige, der auf uns gefeuert hat?«, knurrt sie.

Ich höre, wie sich Ian neben mir bewegt. »Ein paar von uns können ihren Abzugsfinger anscheinend im Zaum halten.«

»Das hat sie nicht gemeint«, lacht Ty.

Samuel meldet sich zum ersten Mal seit gefühlten hundert Stunden zu Wort.

»Ich habe fünf Schüsse gezählt und selbst nicht geschossen. Das Geräusch kam nicht von dieser Seite hier. Also müsst ihr es gewesen sein.«

»Meine Waffe ist kalt. Willst du herkommen und fühlen?«, erwidert Ian ärgerlich.

Natürlich muss Micki prompt ihren Senf dazugeben: »Ich wusste doch gleich, dass seine Waffe kalt ist. Passt zu seiner frigiden Freundin.«

Gott, muss sie eigentlich in jeder Situation auf Sex anspielen? Und warum gibt sie nicht einfach zu, dass sie durchgedreht ist und abgedrückt hat? Es sei denn … Ich bebe vor Zorn, als mir eine weitere Möglichkeit durch den Kopf schießt.

Ich räuspere mich, damit meine Stimme so klar klingt wie die von Sydney.

»Vielleicht hat jemand von *Risk* die Schüsse abgefeuert. Vielleicht haben sie aber auch nur den Geruch von Schießpulver durch die Lüftung geleitet und das Geräusch von Schüssen eingespielt. Sie wollten uns dazu bringen, aufeinander zu schießen! Kapiert ihr das nicht? Das hier ist das Finale!«

Einen Augenblick lang schweigen alle. Anscheinend dämmert ihnen, dass das von mir geschilderte Szenario alles andere als unwahrscheinlich ist.

»Im Dunkeln und mit den Stroboskoplichtern konnten wir nicht erkennen, wer geschossen hat und wer nicht«, sagt Ian.

»Diese Arschlöcher«, schnieft Jen. »Macht schon das Licht an! Die Beobachter können uns im Dunkeln sowieso nicht sehen.«

Ich hatte sie gar nicht für den weinerlichen Typ gehalten. Andererseits hatte ich mich selbst auch nicht für den waffenschwingenden Typ gehalten.

»Hier riecht es nach Pisse«, bemerkt Ty.

Mischt sich da wirklich ein schwacher Ammoniakgeruch mit dem Duft von Gummibärchen und Popcorn? Igitt.

Risk hat irgendetwas an der Beleuchtung geändert, denn obwohl die Deckenlampen immer noch aus sind, kann ich langsam meinen Arm erkennen. Ich stehe mit weichen Knien auf, vor allem um von dem ekligen Teppich wegzukommen, aber auch um mir das anzusehen, was sich aus dem Dunkel schält: die Zweiersofas, die Köpfe der anderen, die mir zugewandt sind. Der Couchtisch selbst ist noch unsichtbar, aber irgendwann kann ich die dicken silbernen Kordeln ausmachen, an denen die Glasplatte hängt.

Okay. Keine Ausreden mehr. Nehmt eure Ziele wieder ins Visier. Und um das klarzustellen: Ihr werdet die restlichen zwanzig Minuten des Spiels eure Ziele anvisieren.

Ich erinnere mich daran, wie die Spieler im letzten Finale an der Kante eines Daches standen. Ich war mir sicher gewesen, dass darunter ein Netz gespannt war. Während die Spieler zitternd dastanden, blendete *Risk* immer wieder die Highlights aus den vorangegangenen Challenges ein. Genau so machen sie es jetzt bestimmt auch mit uns. Alles zur sadistischen Unterhaltung des Publikums.

Als sich meine Augen an die neuen Lichtverhältnisse gewöhnt haben, sehe ich, wie Ty sich hinter seiner Sofabarrikade aufrichtet und mit der Pistole auf Ian zielt. Er zischt Daniella etwas zu, die daraufhin ebenfalls langsam aufsteht und ihre Pistole auf Ian richtet. Jen und Micki zielen auf mich, na ja, auf mein Sofa, aber das macht kaum einen Unterschied. Samuel tut es ihnen gleich. Und Ian zielt auf Ty.

Ich halte die Waffe in meinem Schoß und versuche, mich zu entscheiden, was ich tun soll. Mit den Fingern ertaste ich den Sicherheitshebel. Soll ich ihn umlegen? Aber ich muss mich doch verteidigen können, denn ich gehe schwer davon aus, dass alle anderen ihre Waffen wieder entsichert haben, auch wenn *Risk* uns nicht ausdrücklich dazu aufgefordert hat. Eigentlich habe ich keine Wahl, oder? Wenn ich mich und meine Freunde schützen will, muss ich bei diesem kranken Spiel mitmachen. Ich setze mich vorsichtig auf und schiebe den Lauf meiner Waffe über die Lehne.

Wir verharren alle in unseren Positionen. Nach und nach wird das Licht wieder schummriger, und die Musik verstummt, woraufhin plötzlich die leisesten Geräusche hörbar werden – das Brummen des Kühlschranks, eine rauschende Wasserleitung über uns, heftiges Atmen, Stoffrascheln. Die Dunkelheit ist übermächtig, wie ein Lebewesen, das mir in die Augenhöhlen, die Nase, den Mund kriecht. Ich will es packen und von mir schleudern, aber es hat mich fest im Griff. Mein Herz hämmert so heftig, dass es mir fast den Brustkorb sprengt. Unfähig, meinen Atem oder die Geräusche, die ich mache, zu kontrollieren, bekomme ich Schluckauf.

Auf der anderen Seite lacht jemand. Micki.

Ian rutscht in meine Nähe und flüstert: »Lass den Kopf hängen und konzentriere dich darauf, lange, gleichmäßige Atemzüge zu machen.«

Ich befolge seinen Rat, halte meine Pistole dabei aber weiterhin auf Micki gerichtet. Mir geht es schon lange nicht mehr um die Challenge, aber wenn sie schießt, muss ich zurückfeuern können. Ich atme tief ein und aus. Nach einer Minute glaube ich, mich wieder unter Kontrolle zu haben. Aber in meinem Kopf pocht es, deshalb nehme ich eine Hand von der Waffe, um mir die Schläfe zu massieren. Vielleicht ist das alles ja auch nur ein schrecklicher Albtraum. Ich versuche, mir vorzustellen, ich sei ganz woanders.

Plötzlich fällt mir etwas ein, was wir einmal im Physikunterricht durchgenommen haben. Unsere Lehrerin hat uns etwas von einer Katze erzählt. Schrödingers Katze. Im Kern ging es darum, dass Ereignisse immer so lange eine Wahrscheinlichkeit bleiben, bis sie tatsächlich eintreten oder bis jemand Zeuge davon wird, dass sie eintreten. Der Physiker Schrödinger sagt, dass niemand von einer Katze, die in einer Kiste mit radioaktivem Material säße, sagen könne, ob sie lebendig oder tot oder womöglich sogar beides gleichzeitig sei, solange keiner in die Kiste reinsieht. Bei uns sind es zwar Pistolen statt Radioaktivität, aber ich frage mich, ob die Beobachter von unserem Schicksal womöglich auch erst dann erfahren, wenn jemand diese gemeine Kiste hier aufmacht.

Nein, aufhören! Ich muss meine Gedanken in eine Richtung

lenken, die das wilde Hämmern meines Herzens beruhigt. Die Dunkelheit um uns herum könnte überall und jederzeit sein. Ich könnte leben oder tot sein. Okay, ich wähle die Möglichkeit, dass ich lebe. Und da ich schon mal dabei bin, stelle ich mir die Dunkelheit als eine sanfte, mondlose Nacht vor, die ich gleich neben einem süßen und sehr lebendigen Jungen verbringen werde. Wenn er mich in seinen Armen hält, höre ich sein Herz heftig schlagen – vor Leidenschaft und nicht vor Angst.

Ich habe mich fast dazu gebracht, diese romantische Vorstellung als wahr zu empfinden, als wieder ein schwacher Lichtschein aufglimmt. Auf der anderen Seite des Tisches sehe ich immer noch drei Waffen, die auf mich gerichtet sind. Und die schöne Illusion zerplatzt. Mir treten Tränen in die Augen; Hoffnungslosigkeit steigt in mir auf.

Sie verstärkt sich noch, als Syd mit einem theatralischen Seufzen sagt: »Also, das waren jetzt vier Minuten. Zeit für einen Szenenwechsel, würde ich sagen. Wir können bestimmt etwas Spannenderes tun, als im Dunkeln aufeinander zu zielen.«

In ihrer Stimme liegt ein Beben, das ich noch nie zuvor wahrgenommen habe.

Ich wünschte, sie würde schweigen. Aber sie war noch nie der Typ, der irgendetwas still erduldet.

»Du kannst gerne herkommen und mir zeigen, was dir da so vorschwebt«, schnaubt Ty. »Ich hab noch eine Hand frei.«

Aus der Ecke von Syd und Tommy erklingt aufgeregtes Wispern. Ich habe das Gefühl, als krabbelten Millionen von Insekten über meine Haut.

»Bleib, wo du bist, Syd!«, rufe ich. Ich würde ja zu ihr gehen und sie festhalten, wenn dadurch nicht mehrere Pistolen ihre Zielrichtung ändern würden.

»Wie heißt du überhaupt?«, fragt Syd in Tys Richtung.

»Ty, wie in *Tiiiime to party!*«

Ich richte mich auf. »Denk nicht mal dran, dich zu bewegen, Syd!«

Aber natürlich versucht Syd, den Spieß umzudrehen. Das hier ist allerdings etwas ganz anderes als ein Schultheaterstück. Hier hilft ihr Charme ihr nicht weiter. Und mir auch nicht. Der Gedanke, dass Ty sie mit seinen Wurstfingern berührt, lässt mich würgen. Und was ist mit Daniella? Was wenn sie eifersüchtig wird und es auf einmal gar nicht mehr so schlecht findet, eine Waffe in der Hand zu haben?

»Oh Mann«, stöhnt Micki, »die Freundin des Jungfrauenopfers ist ja noch nerviger als sie selbst! Vielleicht sollten wir uns ein neues Ziel aussuchen.«

»Ja, genau das habe ich von dir erwartet: auf Leute zielen, die sich nicht verteidigen können«, rufe ich. »Aber vergiss nicht, wer immer noch auf deinen Kopf zielt!«

Ich kann kaum glauben, dass ich so etwas sage, aber immerhin hält Micki ihre Waffe weiter auf mich gerichtet, anstatt auf Sydney zu zielen. Ich finde es schrecklich, dass Sydney diesen Verrückten hier schutzlos ausgeliefert ist. Meine tapfere, dickköpfige beste Freundin, die dieses alberne Korsett schon so lange trägt, dass ihr bestimmt mittlerweile der Rücken wehtut.

Ich wische mir über die Augen und rufe: »Syd, bleib bei Tommy, ja?«

Er muss ihr doch erzählt haben, dass er die Polizei gerufen

hat, oder? Es sei denn, er hatte Angst, dass sie es im falschen Moment ausplaudern könnte.

»Wir sollten uns wohl auch besser Waffen besorgen«, meint Tommy.

Oh nein! Was denkt er sich denn, verflucht? Vor allem wenn gleich die Polizei hier aufkreuzt. Oder vertraut er genau darauf? Und tut nur so abgebrüht? Aber wen will er damit beeindrucken? Das Publikum ist es nicht wert.

»Die Show ist schon krank genug!«, rufe ich ihm zu. »Da muss keiner dafür sorgen, dass noch mehr Waffen ins Spiel kommen.«

Ein stechender Schmerz durchzuckt meinen rechten Arm. Vielleicht liegt es daran, dass ich schon so lange krampfhaft die Pistole umklammere. Ich weiß nicht, wie lange ich dieses glitschige, schwere Ding noch halten kann. Wie viele Minuten dauert die Challenge noch? Fünfzehn? Die anderen sind bestimmt auch so erschöpft wie ich. Es müssen nur die Stroboskoplichter wieder losblitzen oder irgendwas knallen, und irgendjemand zuckt so zusammen, dass er abdrückt. Je müder wir werden, desto leichter machen wir einen Fehler.

Wieder wird es stockdunkel im Raum.

»Wir müssen hier unbedingt raus«, flüstere ich Ian zu.

Bevor noch jemand einen Krampf im Arm bekommt. Bevor Sydney tatsächlich zu Ty geht und damit Gott weiß was auslöst. Bevor die Spielemacher mit irgendetwas kommen, was uns vollkommen durchdrehen lässt. Was sie mit Sicherheit tun werden.

»Ich hab schon eine Idee!«, flüstert Ian zurück.

»Welche?«, frage ich. »Dass wir uns auf den Boden werfen und das Beste hoffen?«

Ich will gar nicht so bissig klingen, aber die Hoffnungslosigkeit fördert offenbar die schlimmsten Seiten in einem Menschen zutage.

»Ich nehme nicht an, dass das Bad ein Fenster hat, oder?«, fragt er.

Ist das das Einzige, was ihm einfällt?

»Natürlich nicht. In diesem miesen Theater gibt es keine Fenster.«

Bei diesen Worten schießen mir Bilder durch den Kopf: Wir sind hier die Schauspieler in einem perversen Bühnenstück. Und die feigen Zuschauer könnten überall auf der Welt sitzen und sich bei ein paar Cocktails entspannen. Während sie auf unser Blut lauern, schließen sie wahrscheinlich Wetten ab.

Die Vorstellung, wie unser Publikum uns beobachtet, lässt in mir die Ahnung einer Idee aufblitzen. Mein Herz beginnt, schneller zu schlagen. Was ist es nur? Ich habe das sichere Gefühl, dass ich kurz davor bin, die einzelnen Details zu einem Ganzen zusammenzufügen, so wie beim Modedesign, wenn ich vor meinem inneren Auge verschiedene Stoffe sehe und sie im Geist zu einem Outfit zusammenfüge. *Denk nach!* Ich wünschte, ich könnte meine Umgebung besser sehen. Vielleicht lässt sich eine der Türen irgendwie aufbekommen. Wie viele Türen haben wir bisher gesehen? Neun? Ich blinzle angestrengt in die Dunkelheit, um sie besser zu durchdringen. Wahrscheinlich macht *Risk* gerade mit einer Nachtsichtkamera Nahaufnahmen von uns, um die Angst in unseren Gesichtern einzufangen. Das turnt sie an. Ich wette, die schlimmsten Zuschauer wünschen sich, sie könnten hier bei uns im Raum sein und unsere Angst riechen. Ich höre förmlich, wie sie nach Blut rufen wie in einer römischen Arena, in der der Kaiser die tödlichen Kämpfe von seinem goldenen Thron aus beobachtet.

Ich erstarre. Das ist es.

Ganz sicher gibt es auch bei *Risk* so etwas wie »die besten Plätze«, bequem und so nah am Geschehen wie möglich. So etwas gibt es immer. Ich weiß, dass die Wand links von uns sich von den anderen unterscheidet. Und sie hat im Gegensatz zu den anderen Wänden, die über alle möglichen verborgenen Öffnungen verfügen, nur eine Tür, eine ganz normale Tür in der Mitte. Als Ian und ich zu Beginn der großen Preisrunde den Gang zu diesem Raum entlanggekommen sind, haben wir eine Reihe von Stühlen gesehen.

Die erste Reihe.

Plötzlich bin ich mir sicher, dass der seidene Wandteppich im Gang draußen mehr als bloße Deko ist – es ist ein Vorhang, der große Bühnenvorhang, der sich jetzt für diese perverse Show gehoben hat. Und die glänzende Wand neben der Tür ist keine Wand, sondern ein Einwegspiegel. Die Beobachter sitzen nur ein paar Meter von uns entfernt! Ich bin mir so sicher, als könnte ich ihren Atem in meinem Nacken spüren.

Soll ich Ian von meinem Verdacht erzählen? Aber was, wenn das, was Tommy über ihn gesagt hat, wahr ist? Wenn Ian mich für ein bisschen Internet-Ruhm dazu gebracht, hier mitzumachen? Vielleicht hatte Micki ja doch recht, dass er ein Spion von *Risk* ist. Wie sonst kann er sich eine Privatschule leisten? Syd fand ihn auch sofort zwielichtig und sie kann Menschen gut beurteilen. Oder doch nicht? Wie gut kann ihre Menschenkenntnis sein, wenn sie mich zur besten Freundin gewählt hat? Eine beste Freundin, die an ihrer Loyalität gezweifelt hat und bei einem trügerischen Spiel mitmacht, das sie beide das Leben kosten kann …

Aber Ian war heute Nacht mein Fels in der Brandung. Und ich brauche jemanden, der mir beim Ausbruch hilft. Tommy könnte sich geirrt haben, und es ist gar nicht Ian, den er auf diesen ekligen Webseiten gesehen hat. Genauso wie er sich womöglich mit seiner Einschätzung geirrt hat, die Polizei würde gleich hier sein. Er hat nur das gesehen, was er sehen wollte, nicht das, was wirklich da war. Andererseits ist er der cleverste Junge, den ich kenne. Kann es wirklich sein, dass er sich irrt? Ich raufe mir die Haare. Aber ich habe keine Zeit, die Wahrheit herauszufinden. Ich muss mich auf mein Bauchgefühl verlassen.

So leise wie möglich wispere ich Ian meine Vermutungen zu und hoffe, dass er auf meiner Seite steht.

»Das ist verrückt«, erwidert er, aber in seiner Stimme schwingt Unsicherheit mit. »Und selbst wenn es stimmt, was sollen wir tun?«

Wenigstens flüstert er und posaunt meine Idee nicht gleich laut heraus. Aber ich spüre, wie sehr mich seine Zweifel enttäuschen. Vielleicht will er die Dinge auch nicht so sehen, wie sie sind. Womöglich hält er mich sogar davon ab, hier rauszukommen.

»Wir könnten direkt auf die Glaswand schießen.«

Er schweigt einen Augenblick, dann wendet er ein: »Die Schüsse würden entweder die Scheibe durchschlagen und jemanden dahinter treffen, vorausgesetzt, dass dort tatsächlich jemand ist, oder abprallen und als Querschläger zurückkommen. Beides keine akzeptablen Optionen.«

Ich bin mir gar nicht so sicher, ob das Publikum nicht ein

paar Kugeln verdient hat, muss aber einräumen, dass er recht hat.

»Und wenn wir ein Sofa reinrammen?«

»Die Dinger sind schwer und haben keine Rollen. Ich glaube kaum, dass wir es schaffen, eines davon mit genügend Wucht durch eine Glaswand zu stoßen.«

Ansonsten können wir nur mit Bierflaschen und Popcornschachteln werfen. Oder mit den anderen Spielern. Ein paar davon würde ich mit größtem Vergnügen durch die Wand werfen. Wenn wir nur den komischen Glastisch anheben könnten.

Ich halte den Atem an.

Das brauchen wir ja gar nicht! An seinen Kordeln hängend wirkt er wie ein Rammbock, und weil links von ihm keine Sofas stehen, kann ihn auch nichts aufhalten. Ich erkläre Ian flüsternd meinen Plan. Zuerst ist er dagegen, aber welche Alternative haben wir schon? Wir beraten uns wispernd darüber, wie wir den Plan umsetzen können, ohne dass uns die anderen erschießen. Genau in dem Moment, in dem wir uns etwas überlegt haben, was nicht völlig unmöglich erscheint, höre ich ein leises *Klick!*.

»Was war das?«, frage ich.

»Ich habe meine Waffe gesichert«, sagt Ian.

Mir schnürt es die Brust zu. Ich fühle mich so schutzlos. Aber er hat recht. Wir wollen auf unserer Flucht nicht versehentlich jemanden erschießen. Und die Spielemacher haben nie ausdrücklich verlangt, dass die Waffen entsichert bleiben müssen. Solange wir unser Ziel im Visier behalten, verstoßen wir nicht gegen die Regeln. Also sichere ich meine Waffe ebenfalls, halte sie aber weiterhin auf Micki gerichtet.

»Bereit?«, flüstert Ian.

Ich habe keine andere Wahl, als bereit zu sein. Jeden Moment kann Syd zu Ty gehen, was die Spieler neben ihm nervös machen würde. Oder *Risk* lässt wieder Musik laufen oder stellt plötzlich die Sprinkleranlage an, um jemanden so zu erschrecken, dass er anfängt zu schießen.

Ich richte mich auf und sage: »Showtime!«

Ian neigt sich zu mir. »Ich muss dir vorher noch was sagen. Ich weiß nicht, was für ein krankes Video Tommy sich da zusammengebastelt hat, aber es ist definitiv ein Fake.«

Ich weiß nicht mehr, was wahr ist und was nicht. Tommy ist fähig, jedes Video zusammenzuschneiden, das er will. Aber was auch immer Ian gemacht hat oder nicht, spielt im Moment sowieso keine Rolle. Das einzig Wichtige ist jetzt, dass wir zu fliehen versuchen. Und zwar sofort. Aber ich kann natürlich verstehen, dass er das klarstellen will.

Also flüstere ich zurück: »Mein richtiger Name ist Venus. Ich will, dass du das weißt, nur für den Fall … und du musst Sydney beschützen, ganz egal, was passiert.«

»Wir stehen das durch, Venus«, sagt Ian und küsst mich.

Werden wir das wirklich? Und Syd und Tommy auch? Was gäbe ich dafür, noch einmal hinter der Bühne zu stehen und Sydneys und Matthews Bühnenkuss zu sehen. Von mir aus könnte er jetzt ewig dauern.

Ich atme tief ein und sage: »Okay, Action!«

Ich wünschte, wir hätten die Zeit gehabt, Tommy und Sydney in unseren Plan einzuweihen.

Wir bewegen uns nach rechts. Ian beginnt erst leise und dann immer lauter zu lachen. Es jagt mir einen Schauder über den

Rücken, obwohl ich darauf vorbereitet war. Niemand schießt. So weit, so gut.

»Was ist so verdammt witzig?«, fragt Ty.

»Wir«, entgegnet Ian. »Wir benehmen uns wie verschreckte Kaninchen im Dunkeln. Es gibt nichts, was wir machen können, außer unseren Zuschauern die Show zu bieten, die sie erwarten. Warum tun wir es dann nicht? Vielleicht gibt es noch ein paar Bonusprämien, wenn wir gut genug sind.«

Ich packe mit einer Hand sein Hemd und ziele mit der anderen weiter auf Micki, während wir uns um das Sofa herumpirschen, bis wir an den Tisch stoßen. Ian drückt meine Hand und lässt sie dann los, um zu der Seite des Tisches zu gehen, an der unsere Gegner sitzen. Währenddessen taste ich nach einer der Kordeln, an der die Glasplatte hängt. Hoffentlich tut Ian das Gleiche auf seiner Seite, ansonsten … Aber falls er mich verraten will, müsste er es jetzt tun.

»Hat jemand Lust, ein bisschen zu schaukeln?«, fragt Ian und versetzt dem Tisch einen Stoß.

»Wir sollen zielen, du Trottel«, ruft Micki.

Ich beiße die Zähne zusammen, versuche aber, fröhlich zu klingen. »Manche können eben spielen und gleichzeitig zielen.«

»Was habt ihr vor?«, will Syd wissen.

Gleichzeitig mit Ian ziehe ich an der Kordel.

»Wenn *Risk* unsere kleine Vorstellung gefällt, lassen sie dich und Tommy vielleicht gehen.«

Die schwere Glasplatte schwingt vor und zurück. Ich drücke die Pistole an die Brust, damit sie mir nicht aus der Hand geschlagen wird.

Ian lacht wieder. »Will jemand mitfahren, wenn Vee und ich gleich aufsteigen und das Ding hier rocken?«

Mit zitternder Stimme warnt Samuel: »Die Kordeln halten euer Gewicht vielleicht nicht aus.«

»Willst du damit etwa sagen, dass ich fett bin?«, stöhne ich.

Ian und ich stoßen den Tisch fester an. Die Kordeln beginnen zu knarren.

»Letzter Aufruf!«, sagt Ian. »Komm schon, Micki, du und Jen, ihr könnt uns doch sicher zeigen, wie man so was macht?«

In diesem Moment berührt der Tisch die Wand. Hoffentlich merkt es niemand.

»Verpiss dich«, zischt Micki.

Ob *Risk* gleich eingreift und uns irgendwie aufhält? Oder lässt unser geheimnisvolles Verhalten die Beobachterbewertungen in solche Höhen schnellen, dass sich die Sponsoren die Hände reiben?

»Beim nächsten Stoß, okay?«, flüstert Ian.

Jetzt ist es also so weit. Sollte mein Plan scheitern, habe ich verloren. Es gibt keine andere Möglichkeit, meine Freunde zu retten. Meine Knie werden weich angesichts dessen, was wir vorhaben. Sie zittern wie damals, als ich für das Stück vorgesprochen habe. So wie im *Gotta-Hava-Java,* bevor ich mir das Wasser über den Kopf gegossen habe. So wie sie es immer tun, wenn ich im Mittelpunkt stehe. Ich versuche, sie durchzudrücken. Aber jetzt ist es an mir, stark zu sein. Dieses Mal muss ich die Vorstellung meines Lebens liefern.

Als der Tisch wieder auf uns zukommt, hole ich tief Luft, nehme all meine Kraft zusammen und zerre so stark wie möglich an der Kordel. Setzt Ian auch zum letzten Stoß an oder hält er seine Seite plötzlich fest und verrät damit, auf wessen Seite er wirklich steht?

Aber der Tisch fliegt los. An surrenden Kordeln knallt er gegen die Wand, von der ich nur hoffen kann, dass sie tatsächlich aus Glas ist.

Ohrenbetäubendes Splittern erfüllt den Raum. Dann höre ich das schönste Geräusch, das ich mir in diesem Moment nur vorstellen kann: die Schreie der Zuschauer auf der anderen Seite der Glaswand.

Willkommen bei unserer Show, ihr Feiglinge!

NEUNZEHN

»Was zum Teufel …?«, schreit Micki.

»Ups!«, macht Ian.

Als der Tisch zurückschwingt, fange ich die Kordel so gut wie möglich wieder ein, und wir schmettern mit dem nächsten Schwung weitere Risse in die Glaswand. Pistolenschüsse knallen los. Ich ducke mich, während um uns herum Stroboskopblitze aufzucken und weitere Schüsse fallen. Ist das alles wirklich real? Die Schreie sind es auf jeden Fall.

Abgesehen von den Blitzen sickert jetzt Licht aus dem Flur herein. Ist das der Kick, den die Beobachter so dringend wollten? Ich verspüre Hass auf das Publikum, das so nah bei uns sitzt und uns doch nicht geholfen hat.

Die Stroboskopblitze hören auf, aber das Licht aus dem Gang erleuchtet den Raum schwach. Das macht unsere Aufgabe gleichzeitig schwerer und leichter, denn jetzt sehen wir zwar, was wir tun, aber wir können auch selbst gesehen werden.

Ty richtet sich hinter seinem Sessel auf. Der Lauf seiner Waffe wandert zwischen mir und Ian hin und her.

»Was soll das? Was habt ihr Arschlöcher vor?«

»Wir tun nur das, was *Risk* uns befohlen hat«, erwidere ich. »Habt ihr die Nachricht nicht auf eure Handys bekommen?«

Ian und ich packen die Kordeln und versetzen dem Tisch einen weiteren Stoß. Aber selbst wenn den anderen Spielern nicht klar ist, dass wir damit gegen die Regeln verstoßen, ist es nur eine Frage der Zeit, bis *Risk* mit einer weiteren Konsequenz oder etwas weit Schlimmerem auf unsere Aktion reagiert. Weil ich keinen Grund mehr habe, mein angebliches Ziel im Visier zu behalten, stecke ich meine Pistole hinten in den Rockbund, um beide Hände für den nächsten Stoß freizuhaben.

Der Tisch prallt etwa einen halben Meter über dem Boden erneut gegen die Glaswand und vergrößert das Loch um etwa dreißig Zentimeter. Mehr Licht, weitere Schreie. Ich wünschte, der Tisch hätte die ganze Wand zum Gang eingerissen und wäre in unser mieses Publikum geknallt, das offenbar gerade panisch in Deckung geht.

Über uns taucht in Riesenbuchstaben eine Nachricht auf den Bildschirmen auf.

Regelverstoß! Richtet sofort eure Waffen auf einen anderen Spieler oder ihr verliert alle eure Preise!

Dazu erklingt ein durchdringendes Alarmsignal.

Micki springt auf, betrachtet stirnrunzelnd das Loch in der Wand, richtet aber weiter ihre Waffe auf mich.

»Die versuchen, abzuhauen! Und das acht Minuten, bevor wir unsere Preise gewinnen!«

Oder acht Minuten, bevor wir uns alle gegenseitig abknallen. Wir schaffen es, dem Tisch noch einen weiteren Stoß zu versetzen, bevor Ian auf meine Seite hastet. Ein großes Stück Glas fällt aus der Wand und hinterlässt ein Loch von etwa einem halben Meter Durchmesser.

»Hört auf oder ich schieße, ihr Arschlöcher!«, schreit Micki.

Ian fasst nach meiner Kordel und wir schieben die Tischplatte schräg an.

»Wir sind unbewaffnet. Willst du uns etwa kaltblütig erschießen?«, ruft er Micki zu.

Ich halte den Atem an. Würde sie das tun?

Ihr Gesicht ist vor Wut verzerrt.

»Ich gebe euch noch eine letzte Chance, diese Scheiße mit dem Tisch zu lassen und wieder bei der Challenge mitzumachen.«

Ty stellt sich neben sie. »Ich auch!«

Ian und ich geben dem Tisch noch einen letzten Stoß, der die Wand allerdings mit weniger Kraft trifft als zuvor.

Ich muss schlucken.

»Weder ihr noch *Risk* werdet irgendjemanden davon überzeugen können, dass ihr uns in Notwehr erschossen habt, wenn wir nicht mal mehr bewaffnet sind. Außerdem hat Tommy die Polizei gerufen, bevor er hergekommen ist. Glaubt ihr wirklich, dass ihr damit durchkommt?«

Ich sehe zu Jen und Daniella rüber, in der Hoffnung, dass sie sich auf unsere Seite stellen, aber sie richten ihre Waffen weiterhin auf uns, wenn es auch etwas halbherzig wirkt.

»Und ihr glaubt wirklich, ihr könntet euch mit mir anlegen?« Micki springt über das Sofa.

Ich weiche ihr aus. Doch anstatt zu schießen, reißt sie Ian die Kordel aus der Hand und verhindert damit, dass der Tisch noch mal in das Glas knallt. Das ist für mich das Zeichen, zu dem Loch in der Wand zu laufen.

Ian ist direkt hinter mir und auch Tommy und Syd sind bei uns. Ich trete mit aller Kraft gegen den zersplitterten Rand der Öffnung, woraufhin noch eine große Glasscherbe herunterfällt. Das Loch ist jetzt etwa sechzig Zentimeter breit, und die Kanten sehen aus, als könnten sie uns bis auf die Knochen zerschneiden.

Im Gang ruft ein Beobachter: »Beeilt euch, die kleinen Scheißer hauen ab!«

Micki wirf sich auf Ian, während ich gegen den unteren Rand des Loches trete, um weitere Scherben herauszubrechen. Auch Sydney versucht es, aber ihre High Heels sind hier völlig nutzlos. Tommy sieht uns nur wie betäubt zu, bis Ty ihn packt und in den Schwitzkasten nimmt.

Ian schlingt die Arme um Mickis Oberkörper, hebt sie hoch und schwingt sie hin und her, sodass ihre fliegenden Beine Ty treffen, der Tommy von der Glaswand wegzerrt. Jen zieht Syd an den Haaren, aber die wehrt sich, und ein erbitterter Kampf beginnt. Daniella hockt auf dem Boden und presst sich die Hände auf die Ohren. Heult sie? Egal, Hauptsache, sie hält sich raus.

Ich trete wieder gegen das Glas. Ian schleudert Micki weiter hin und her, und entweder sind es ihre Füße oder Tommy, die Ty in den Schritt getroffen haben, jedenfalls krümmt er sich plötzlich vor Schmerz und lässt Tommy los.

»Hilf mir!«, rufe ich Samuel zu, während ich ein weiteres Glasstück aus der Wand trete. Nicht zum ersten Mal heute Abend wünsche ich mir, ich hätte andere Schuhe an.

Samuel schüttelt den Kopf. »Bitte mich nicht, meine Zukunft wegzuwerfen, Vee.«

Meint er das ernst?

»Wenn wir hierbleiben, gibt es keine Zukunft, du Volltrottel! Glaubst du etwa, das war schon alles, was *Risk* auf Lager hat? Innerhalb der nächsten Sekunden kann jemand tot sein!«

Bei meinem nächsten, kräftigeren Tritt breche ich ein kopfgroßes Glasstück aus der Wand. Damit reicht das Loch jetzt bis zum Boden und ist unten weniger scharfkantig. Ty richtet sich wieder auf. Tommy liegt vor ihm, sieht aber nicht aus, als könnte er jemanden aufhalten. Ian hält immer noch Micki umklammert und schwingt sie Ty entgegen, was ihn mir allerdings auch nur für ein paar Sekunden vom Leib halten kann. Mir läuft die Zeit davon.

Um meine Hände zu schützen, ziehe ich mir die Jackenärmel so weit wie möglich darüber, bevor ich mich auf allen vieren durch das Loch zwänge. Die Scherben am oberen Rand kratzen über meine Jacke, doch der dicke Brokatstoff verhindert, dass sie mir den Rücken aufschlitzen.

Ich gelange in den mittlerweile verlassenen Gang. Nach rechts geht es zu der geschlossenen Tür am Ende, hinter der sich ein Ausgang, aber auch genauso gut eine Todeszelle befinden könnte. Links liegt der Empfangsbereich, in dem sich womöglich Beobachter verschanzt haben und nur darauf warten, sich auf mich zu stürzen.

Bevor ich mich entscheiden kann, packt mich jemand am Knöchel und verdreht mir das Bein. Ich wälze mich panisch auf den Rücken und sehe Ty mit irrem Blick durch das Loch starren. Er kann mir genau unter den Rock schauen, aber er sieht mir nur wutentbrannt in die Augen. Um ihn herum ist durch die Wand, die von dieser Seite aus tatsächlich ein riesiges Fenster ist, der dunkle Raum dahinter zu sehen. Über diesem Fenster ist eine Reihe von Bildschirmen angebracht, die in grünlichen Schattierungen verschiedene Einstellungen des Spielzimmers zeigen. Hatte ich es mir doch gedacht; wir wurden mit Nachtsichtkameras gefilmt.

Ty zieht an meinem Bein. Ich trete ihm mit dem Fuß des anderen ins Gesicht, was ihn aufstöhnen lässt, doch er lockert den Griff um meinen Knöchel kaum. Wieder versuche ich, nach ihm zu treten, aber dieses Mal ist er darauf gefasst und packt meinen anderen Knöchel. Grinsend senkt er seinen massigen Oberkörper auf meine Füße und presst sie auf den Gummiteppich. Auf meiner Seite der Wand schneiden scharfkantige Glasscherben durch meine Strumpfhose in die Oberschenkel.

Ty fixiert meine Knöchel jetzt mit seinen Unterarmen.

»Ich kann noch die ganze Nacht hier so liegen bleiben. Oder ich zieh dich einfach wieder rein.«

Oh nein, wenn er das tut, werde ich aufgeschlitzt! Ich strecke mich und taste nach dem Wandbehang, um mich daran festzuhalten, aber er ist wie ein Vorhang zur Seite gezogen worden und außer Reichweite. Als Nächstes versuche ich, einen Arm unter mich zu bringen, um meine Pistole zu ziehen, doch meine Jacke und mein Rock haben sich irgendwie darumgewickelt und sie eingeklemmt. Zum Glück komme ich an die Jackentasche mit meinem Handy heran. Schaffe ich es schnell genug, den Notruf zu wählen? Habe ich hier draußen überhaupt Empfang?

Ty erkennt offenbar, was ich vorhabe, denn er bricht mir fast die Knöchel, als er sich auf die Knie aufrichtet. Er zerrt an meinen Füßen und zieht mich ein paar Zentimeter weiter in den Raum zurück. Meine Beine schrammen über Glasscherben. Ich wühle in der Tasche, auch wenn ich nicht glaube, dass ich genug Zeit für einen Anruf habe. Plötzlich ertasten meine Finger den Wahlkampfbutton. Dem Himmel sei Dank für Jimmy C.!

Ich öffne die Nadel, biege sie ganz auf, schnelle vor und ramme sie Ty in die Wange.

Er brüllt auf, als ich noch mal nach seiner Stirn und Wange stoße.

»Du verdammte Schlampe!«

Mein Tritt vorhin hatte es nicht geschafft, ihn zum Loslassen zu bringen, aber der kleine Wahlkampfbutton hat mehr Überzeugungskraft. Während Ty panisch über sein Gesicht tastet, ziehe ich meine Beine ganz aus dem Loch und krabble so schnell ich kann rückwärts. Glasscherben bohren sich in meine Handflächen und knirschen unter meinem Hintern. Als ich mich aufrapple, betrachte ich kurz meine Hände. Gott sei Dank ist nur eine Scherbe ganz in die Haut eingedrungen und lässt meinen linken Daumen heftig schmerzen. Aber an den Rückseiten meiner Oberschenkel brennen mindestens ein halbes Dutzend kleinerer Schnitte. Ich streiche nur schnell darüber, mehr kann ich im Augenblick nicht tun.

Ty will sich mit wutverzerrtem Gesicht durch das Loch zwängen, passt aber mit seinen breiten Schultern nicht hindurch, ohne zu riskieren, sich ernsthaft zu verletzen.

»Lauf, Vee!«, ruft Ian. »Wenn einer von uns flieht, ist das Spiel vorbei!«

Obwohl ich alles daran gesetzt habe, dem Raum zu entkommen, zögere ich kurz. Mir fällt es schwer, nicht bei Ian, Sydney und Tommy zu bleiben. Es fühlt sich an, als würde ich sie im Stich lassen. Aber unsere einzige Hoffnung besteht darin, dass ich Hilfe hole.

Ty steht auf und tritt gegen das Loch, um es zu vergrößern.

»Du bist tot, du Miststück!«

Ich renne los.

»Ich hole die Polizei!«, schreie ich zurück und laufe nach links in Richtung Empfangsbereich. Plötzlich geht das Licht im Gang aus. Schmerzhaft pralle ich mit der Schulter gegen die Wand. Ich presse die Hand auf die pochende Stelle und laufe weiter, getrieben von Tys wütenden Flüchen hinter mir.

Ein Schuss ertönt und lässt eine erstarrte Stille zurück.

Nein, nein, nein!

»Komm sofort zurück, du Schlampe, und mach gefälligst, was *Risk* sagt!«, schreit Micki. »Sonst trifft der nächste Schuss einen deiner Freunde!«

Mein Mund ist auf einmal wie ausgetrocknet. Würde sie das wirklich tun? Sie hätte uns vorhin schon kaltblütig abknallen können und hat es nicht gemacht. Aber jetzt ist sie verzweifelter.

»Lauf, Vee!«, brüllt Sydney.

»Das Spiel ist schon vorbei!«, ruft Ian.

Ist es das? Was machen Micki und Ty, wenn ich weiterlaufe? Was machen sie, wenn ich zurückkomme? Mein Kopf sagt mir, dass Ian recht hat, aber es kommt mir trotzdem wie Verrat vor. Hinter mir splittert Glas. Ty muss es fast durch die Wand geschafft haben. Ich taste mich mit ausgestreckten Händen voran und stoße im Dunkeln gegen etwas mit scharfen Kanten. Der Tresen. Ich bin fast draußen. Dann fällt mir mein Handy ein. Ich ziehe es schwer atmend und hoffnungsvoll hervor. Ein schneller Blick lässt mich aufstöhnen. Immer noch kein Empfang.

Aber zumindest kann ich das Display als kleine Taschenlampe benutzen, in deren Licht ich die Haupttür erkenne. Hinter mir ertönt ein Keuchen, dann ein Schrei und ein weiterer Schuss.

Oh Gott! Aber falls Micki tatsächlich das Undenkbare getan hat, wird alles nur noch schlimmer, wenn ich umkehre. Ich stoße die Tür zu dem kleinen Eingangsbereich vor den Aufzügen auf und werde vom Licht geblendet, obwohl es immer noch relativ schwach ist. Vor mir nehme ich Bewegung wahr – die Aufzugstüren links von mir schließen sich vor einer Gruppe von ungefähr sechs Beobachtern. Ein etwa fünfzigjähriger Mann mit zurückgegeltem Haar und teurer Lederjacke wirft mir eine Kusshand zu.

Es ist der Aufpasser von dem Treffen der Keuschheitsfanatiker in der Bowlingbahn, der Ian und mich rausgeworfen hat.

Ich springe vor, ziehe die Pistole und klemme sie in den Spalt zwischen den Aufzugstüren, bevor sie ganz zugeht. Stahl knirscht auf Stahl, die Beobachter ziehen sich schreiend zur Rückwand zurück. Jetzt ist es nicht mehr ganz so lustig, oder? Mit einem kleinen Ruck geben die Aufzugstüren schließlich nach und öffnen sich wieder.

Ich richte meine Waffe auf den Kerl, der mir den Handkuss zugeworfen hat.

»Werfen Sie mir Ihr Handy zu«, verlange ich.

Er zuckt mit den Achseln. »Das mussten wir unten bei den Fahrern lassen. *Risk* will verhindern, dass jemand außer ihnen Geld mit irgendwelchen Videos macht.«

Verdammt. Soll ich sie zwingen, auszusteigen, und selbst runterfahren, um nach den Polizisten zu suchen, die möglicherweise gerade das Gebäude durchkämmen? Die Zeit habe ich nicht. Aber mir kommt eine andere Idee.

Ich schlucke. »Aussteigen«, sage ich. »Nur Sie.«

Der Mann lehnt sich lässig an die Wand des Aufzugs, verschränkt die Arme und streckt ein Bein vor. Er grinst, er grinst tatsächlich! Der Mistkerl!

»Du schießt ja doch nicht.«

Ich stelle meinen Fuß in die Aufzugtür, falls sie sich wieder schließen will. Soll ich einen der anderen zwingen, auszusteigen? Sie hätten es alle verdient. Aber ich kann die Selbstzufriedenheit dieses Kerls nicht ertragen.

Ich ziele weiter auf ihn. »Die ist doch nur mit Platzpatronen geladen, oder? Warum sollte ich also nicht schießen? Es passiert ganz bestimmt nichts.«

Ich spanne den Hahn.

Er leckt sich über die Lippen. »Es erhöht den Nervenkitzel, nicht zu wissen, ob die Waffen tatsächlich geladen sind oder nicht. Aber abgesehen davon würde ich jede Wette eingehen, dass du nicht schießt. Gewalt passt einfach nicht in dein Profil.«

»Wollen Sie wirklich darauf wetten, dass sich mein Profil in den letzten paar Stunden nicht erheblich verändert hat? Wenn ich erfahre, dass einer meiner Freunde verletzt wurde, würde es mir überhaupt nichts ausmachen, auf Körperteile zu zielen, die Ihnen lieb und teuer sind. Also los!«

Er beugt sich vor, betrachtet seinen Schritt und sieht mich dann lächelnd an, was fast Brechreiz in mir auslöst.

»Du willst mir drohen, kleines Mädchen?«

»Eins«, sage ich und ziele auf seine Knie.

Eine füllige Frau neben ihm stößt ihn am Ellbogen.

»Gehen Sie schon mit. *Risk* wird die Sache sicher im Griff haben. Die wollen schließlich nicht ihre zahlungskräftigsten Beobachter verlieren.«

Der Mann läuft rot an und schnauzt die Frau an: »Halt's Maul, alte Kuh!«

»Zwei«, sage ich und lasse die Mündung zu seinem Oberschenkel hinaufwandern. Der Aufzug beginnt, sich wieder zu schließen, aber ich trete gegen die Tür, woraufhin sie wieder aufgeht.

Der Mann sieht mich giftig an.

»Na gut«, sage ich und lege den Finger fester um den Abzug. »Dr…«

»Okay, du kleines Miststück!«

Er tritt so plötzlich vor, dass ich Angst habe, er könnte nach meiner Waffe greifen.

»Hey! Langsam oder ich schieße! Glauben Sie mir, nach dem, was ich gerade durchgemacht habe, wird mir das das reinste Vergnügen sein!«

Und noch während ich es sage, spüre ich, dass es tatsächlich so sein würde. Der Mann muss mir das ansehen, denn auf einmal tut er, was ich sage. Oh Gott, was ist nur aus mir geworden?

Ich weiche zurück, als er mit wütendem Blick aus dem Aufzug kommt. Wir stehen voreinander, bis sich die Türen schließen. Seine Haut ist so straff und glatt, als würde er regelmäßig zur Kosmetikerin gehen, und seine »lässige« Hose hat mindestens fünfhundert Dollar gekostet. So viel Geld – und er verschwendet es für perverse Unterhaltung. Es wird mir definitiv ein Vergnügen sein, ihn sich winden zu sehen.

»Wir gehen in den Raum zurück«, befehle ich. »Los.«

Ich bedeute ihm mit der Waffe, dass er vor mir hergehen soll, und lasse ihn die geschnitzte Holztür aufmachen. Dahinter ist es immer noch dunkel, aber in dem Licht, das vom Eingangsbereich hereinfällt, sehe ich Ty, der sich den Arm hält und in unsere Richtung taumelt. Er muss im Dunkeln die Orientierung verloren haben, aber als er uns jetzt sieht, grinst er. Ich versuche, ins Dunkle hinter ihm zu spähen, doch dort ist niemand zu sehen.

Ich trete dicht hinter den Mann.

»Geh zurück, Ty, oder ich erschieße diesen Typen hier. Er ist einer der VIP-Beobachter von *Risk,* er hatte sogar einen Gastauftritt in einer unserer Challenges. Wenn er verletzt ist, kannst du deinen Preis also vergessen.«

»Wen willst du denn damit verarschen?«, lacht Ty.

Der Mann richtet sich auf. »Denk nicht mal dran, einen Schritt hier rauszumachen. Wenn sie mich erschießt, werdet ihr alle es bitter bereuen!«

»Aber …«, zögert Ty, »mein Arm …«

»Hau ab. Sofort!«, verlangt der Mann. Offenbar ist er es gewohnt, Befehle zu geben.

»Wer wurde getroffen?«, frage ich.

»Mir doch egal«, erwidert Ty.

Was für ein Scheißkerl. Ich sehe an dem Mann vorbei, um sicherzugehen, dass Ty tatsächlich den Gang zurückgeht. Etwas Dunkles tropft von seinem Ellbogen. Tja, er weiß ja, wo der Verbandskasten steht. Irgendwo vor ihm erklingen Schreie und ein Krachen.

»Und was jetzt, Prinzessin?«, fragt der Mann.

»Stellen Sie irgendwas vor die Tür, damit sie nicht zufällt. Schnell«, sage ich. Wir brauchen das Licht.

Er tut es.

»Und jetzt gehen Sie zum Spielzimmer. Keine hektischen Bewegungen, aber auch nicht trödeln.«

Er marschiert los. Ich bleibe ein paar Schritte hinter ihm, ziele auf seinen Hintern und leuchte mit dem Display meines Telefons. Alle paar Schritte schaue ich über die Schulter zurück, um zu sehen, ob uns irgendjemand folgt. Aus dem Spielzimmer erklingen Schreie. Hat *Risk* Verstärkung geschickt?

»Syd, Tommy, seid ihr okay?«, rufe ich.

»Uns geht es gut«, ruft Sydney zurück, »solange diese Irre hier nicht mehr in die Decke schießt.«

Ich atme vor Erleichterung fast explosionsartig aus. Gott sei Dank! Am Raum angekommen, befehle ich Ty: »Los, geh wieder rein!«

»Warum? Ich dachte, du willst, dass das Spiel vorbei ist?«

»Mach, was sie sagt!«, blafft der Mann.

Ty duckt sich durch die scharfkantige Öffnung ins Spielzimmer zurück. Darin ist es immer noch dunkel, die Monitore über dem Einwegspiegel zeigen dieselben grünlichen Bilder wie vorhin. Micki und Ian stehen vom Boden auf, wo sie anscheinend miteinander gerungen haben. Sie schauen in meine Richtung, als versuchten sie zu verstehen, was auf dem Gang vor sich geht.

»Was soll das, warum bist du wieder hier?«, fragt Micki Ty und hockt sich dann vor das Loch, um hindurchzusehen. Warum ist sie überhaupt noch da drin? Glaubt sie ernsthaft, sie hat noch eine Chance, dass das Spiel weitergeht, solange sie nur drinnen bleibt? Was hat *Risk* ihr zusätzlich zu der Harley geboten? Anteile an einem Kampfhund-Imperium?

»Ian, Tommy, Sydney, kommt raus!«, rufe ich mit fester Stimme.

Micki richtet sich auf, dreht sich um und nimmt Jen ihre Waffe ab.

»Wenn ich das nächste Mal schieße, ist es kein Warnschuss mehr!«

Auf einem der Bildschirme sehe ich, wie sie auf Syd zielt.

»Wenn du nicht tust, was Vee sagt, gewinnt keiner von euch irgendwas. Das garantiere ich dir«, meldet sich der Mann zu Wort.

Ty steckt den Kopf wieder durch die Öffnung. »Wer sind Sie eigentlich? Der Boss von *Risk* oder was?«

»Nein, aber du kannst sicher sein, dass *Risk* alles tut, um mich bei Laune zu halten.«

Im Raum ist es jetzt still, anscheinend warten alle darauf, dass *Risk* bestätigt, was er sagt. Aber die Spielemacher sind wahrscheinlich zu sehr damit beschäftigt, ihre Armee zusammenzustellen.

Die Bildschirme zeigen weiterhin die Spieler im Zimmer. Micki zielt immer noch auf Syd. »Sieht nicht so aus, als würde Ihnen irgendjemand zu Hilfe kommen, Mister«, sagt sie kalt. »Vielleicht ist es *Risk* ja völlig egal, ob Sie erschossen werden.«

Der Mann beginnt zu zittern. »Mir aber nicht. Und ich kann dafür sorgen, dass ihr eure Preise bekommt.«

Im Raum kommt Unruhe auf und ich höre Stimmengemurmel.

»Und wie wollen Sie das garantieren?«, fragt Ty.

»Ich kann euch jedenfalls garantieren, dass ihr gar nichts kriegt, wenn sie mich erschießt. Wenn sie es nicht tut, dann werde ich diejenigen belohnen, die mir helfen. Und die bestrafen, die es nicht tun.«

»Aber wir sind die mit den Waffen. Vielleicht will *Risk* ja, dass wir Sie erschießen. Und danach auch noch die Jungfrau und ihre Freunde«, knurrt Micki und richtet ihre Pistole durch die Öffnung auf den Mann.

»Bist du total durchgeknallt?«, fragt Ian. »Alles, was in diesem Raum passiert, wird live gesendet und auf Video aufgezeichnet. Willst du den Rest deines Lebens im Knast verbringen oder die Sklavin des Arschlochs sein, das dich mit dem Video erpresst?«

Ich nehme den Mann fester ins Visier. »Außerdem würden wir zurückschießen und das wäre dann Notwehr. Wobei das für mich vermutlich noch nicht einmal Konsequenzen hätte, denn hier draußen sehe ich keine Kameras. Ich bin die Einzige, die nicht gefilmt wird.«

Meine Stimme ist hart und meine Adern wie aus Eis.

»Ich weiß nicht …«, sagt Ty.

»Aber ich weiß es«, erwidere ich. »Ich hab genug gespielt. Ich verpasse diesem Arsch hier seine verdiente Strafe und vermassle euch gleichzeitig die Chance, irgendetwas zu gewinnen!«

Der Mann erstarrt. »Ich hole jetzt meine Brieftasche raus, es gibt also keinen Grund zu schießen. Darin sind Bargeld und Kreditkarten. Bedient euch.«

Er zieht ein elegantes Portemonnaie aus der Innentasche seiner Lederjacke und legt es auf den Boden.

Micki starrt durch das Loch in der Wand, als würde sie überlegen, ob sie genügend Zeit hat, sich durch die Öffnung zu zwängen und mir den Schädel einzuschlagen, bevor ich den Kerl erschieße. Oder sie.

Ich würde sie ja gerne weiter provozieren, aber ich lasse sie nachdenken. Sie ist vielleicht gewalttätig, aber ich glaube nicht, dass sie dumm ist.

Schließlich lässt sie die Schultern und damit auch die Pistole sinken.

»Okay. Raus hier, ihr Blödmänner.«

Jen versucht, sie zu umarmen, aber Micki schüttelt sie unwillig ab.

Einen Augenblick später kriecht Tommy durch das Loch, gefolgt von Syd und Ian.

Bevor wir gehen, zeige ich auf die Brieftasche des Mannes.

»Nehmen Sie Ihren Führerschein heraus.«

»Warum? Damit kannst du dir nichts kaufen.«

Nein, kann ich nicht. Will ich auch nicht. Der Gedanke, mir mit dem Geld dieses Irren etwas zu kaufen, verursacht mir Übelkeit.

»Machen Sie es einfach«, sage ich. Jetzt kann er mal sehen, wie es sich anfühlt, wenn man einem anderen ausgeliefert ist.

Er kniet sich hin, um etwas aus der Brieftasche zu nehmen, die er danach wieder auf den Boden legt. Im schwachen Licht meines Handydisplays und der Bildschirme über uns kann ich nicht mit Bestimmtheit sagen, ob es sein Führerschein oder die Mitgliedskarte der Anonymen Perversen ist, aber er weiß, dass ich nicht in der Stimmung für Scherze bin. Er steht auf und hält mir die Karte hin.

Auf gar keinen Fall will ich ihm so nah kommen, dass er mir die Pistole aus der Hand schlagen kann, daher lasse ich ihn sie Tommy geben. Er und Syd gehen voraus, ich folge den beiden rückwärts gehend, damit ich den Kerl weiter im Visier halten kann. Ian geht als Letzter und richtet seine Waffe von hinten auf ihn.

Bei den Aufzügen trete ich gegen den Türstopper und rufe:

»Wenn jemand den Raum verlässt, bevor wir draußen sind, schieße ich dem Kerl hier in den Arsch!«

Von einem Schuss in den Hintern ist noch niemand gestorben, versuche ich mir einzureden. Als ich die Tür hinter mir zuknalle, stelle ich mir vor, wie jetzt im Dunkeln Hände gierig nach der Brieftasche des Mannes tasten.

Ian will auf den Knopf des VIP-Aufzugs drücken, aber ich rufe ihm zu: »Die ganze Lounge hier ist von *Risk* übernommen worden. Wenn sie Verstärkung schicken, dann kommt die garantiert durch den VIP-Eingang.«

Ian drückt stattdessen auf den Knopf neben dem »Personalaufzug«. Wir schrecken alle zusammen, als ein Glockenton signalisiert, dass der Fahrstuhl bereits da ist. Wie gebannt warten wir darauf, dass sich die Türen öffnen und offenbaren, wer oder was sich dahinter befindet. Aber die Kabine ist leer. Gott sei Dank. Ich bin allerdings immer noch nicht davon überzeugt, dass *Risk* nicht unten ein Erschießungskommando auf uns warten lässt.

Als wir den Aufzug betreten, fragt der Mann: »Hab ich meine Pflicht als Geisel jetzt getan?«

Ich überlege. Nutzt er uns etwas, wenn wir auf jemanden von *Risk* treffen? Ich glaube kaum, sonst hätten sie ihn schon längst gerettet. Und sollte unten die Polizei warten, egal ob von Tommy alarmiert oder nicht, sähe es für mich nicht besonders gut aus, wenn ich eine Geisel mit einer Waffe bedrohe.

»Sie können hier oben bleiben«, sage ich.

Wir steigen ein, ich drücke auf den Knopf zum »Club« und bete, dass wir keinen Zugangscode brauchen, um den Aufzug in Gang zu setzen.

Aber die Türen schließen sich und der Fahrstuhl fährt los. In derselben Sekunde fallen mir Sydney und Ian um den Hals. Kaum zu glauben, dass wir tatsächlich aus diesem Horrorkabinett entkommen sind!

Über Syds Schulter hinweg sehe ich Tommy, der verlegen in der Ecke steht. Ich verspüre einen Anflug von Mitleid für meinen Helfer, auch wenn er mich bei meiner entwürdigenden Challenge im Theater gefilmt hat. Aber danach ist er hergekommen, um mich zu retten, und das zählt viel mehr. Als mich Ian und Sydney loslassen, gehe ich zu ihm, um ihn ebenfalls zu umarmen. Er scheint erst überrascht, aber dann erwidert er die Umarmung so fest, dass ich das Gleichgewicht verliere und mich an seiner Hüfte festhalte. Plötzlich spüre ich ein Vibrieren an meinen Fingern. Was ist das?

Tommy macht einen Schritt zurück und stößt mich von sich. Er wird rot und sein Blick wandert zu seiner Hosentasche.

Ich packe ihn am Arm. »Dein Handy funktioniert! Ich hab es gerade gespürt. Geh ran!«

Er verzieht den Mund zu einem Lächeln, das seine Augen nicht erreicht.

»Wahrscheinlich haben sie es gerade wieder eingeschaltet.«

Mit zitternden Händen holt er das Handy heraus und liest eine Nachricht.

Ich schaue auf mein eigenes Telefon, das immer noch blockiert ist; Ian und Syd machen das Gleiche. Keiner von uns hat Empfang außer Tommy, obwohl wir in einem Aufzug stecken.

»Warum rufst du nicht die Polizei?«, frage ich.

»Ja, gleich«, sagt er und starrt immer noch aufs Display.

»Komm schon, was ist so schwer daran, drei Tasten zu drücken?« Und warum zögert er? Dann lichtet sich plötzlich das

Chaos der letzten Stunden in meinem Kopf, und ich erkenne deutlich, was ich zuvor nicht gesehen habe. »Wo bleibt die Polizei, Tommy? Hast du sie überhaupt gerufen?«

Er sieht mich nicht an. »Ja, sicher hab ich das. Die haben wahrscheinlich die Adresse falsch eingegeben oder so was. GPS ist nicht so zuverlässig, wie alle immer glauben.«

»Aber du bist es.« Plötzlich scheint alles, was heute Abend passiert ist, so glasklar wie der Einwegspiegel zum Spielzimmer. »Gib mir dein Handy, Tommy.«

Er tippt auf das Display. »Ich sage doch, ich rufe an.«

»Tu es für mich.«

»Tu es für mich«, äfft er mich nach. »Du hörst dich an wie eine Figur aus einem der Stücke, für die du dich nicht vorzusprechen traust.«

»Ich möchte, dass du mir das Telefon gibst, Tommy.«

»Gib es ihr«, sagt Ian und drückt den Knopf, der die Aufzugtüren blockiert.

»Halt die Klappe.« Tommy wischt sich den Schweiß von der Stirn. »Vee, ich bin gekommen, um dich hier rauszuholen, und du vertraust mir nicht?«

»Ich weiß nicht, warum du gekommen bist. Aber dass du nicht zusammen mit der Polizei gekommen bist, war dumm. Und dumm ist keine Eigenschaft, die in dein Profil passt. Mutig eigentlich auch nicht. Aber berechnend schon. Ich wette, du warst derjenige, der denen von *Risk* erzählt hat, warum ich wütend auf Sydney war. Liv und Eulie hätten mich niemals so ans Messer geliefert. Und wie viele Leute hätten *Risk* schon von dem Aufkleber auf meinem Autoradio erzählen können? Du bist ein Scheißkerl!«

»Als wäre ich hier der größte Scheißkerl!«, höhnt Tommy und schüttelt verächtlich den Kopf.

In mir brennt eine Sicherung durch. Mit einer ansatzlosen Bewegung, die ich mit Sydney für ein Ninja-Theaterstück geprobt habe, lasse ich mein Bein durch die Luft schnellen und trete ihn zwischen die Beine.

Als er zu Boden geht, reiße ich ihm das Handy aus der Hand und scrolle mich durch den Posteingang. Er enthält lauter Nachrichten von *Risk,* die meine sämtlichen Vermutungen bestätigen. »Du Schwein! Du hast mich für einen 3-D-Fernseher verraten?«

Er sieht mich mit blutunterlaufenen Augen an. »Es geht nicht um den Fernseher. Davon haben wir schon drei zu Hause. Du bist nicht die Einzige, die es satt hat, immer nur hinter dem Vorhang zu stehen, Vee.«

Ich stelle mich ganz dicht vor die Tür und tippe die drei Ziffern ein, die dem Ganzen hier endlich ein Ende setzen werden. Tommy rührt sich nicht aus seiner Ecke, während ich der Polizei von den Waffen in der VIP-Lounge erzähle.

»Ich hab dir doch gleich gesagt, dass er ein Drecksack ist«, meint Ian.

Tommy schlägt gegen die Wand und sieht Ian wütend an. »*Risk* hat bloß deshalb dich und nicht mich genommen, weil sie genau wussten, dass du Vee das Herz brechen wirst.«

Sydney sieht Tommy scharf an. »Du hast dich auch für die Live-Runde angemeldet? Wie kommt es, dass niemand ein Video von dir gesehen hat?«

Tommy starrt sie finster an.

Ich muss mich zusammenreißen, um ihn nicht anzuspucken.

Er hat mich verraten, weil *Risk* Ian gewählt hat und nicht ihn? Das ist erbärmlich.

Ian lässt die Aufzugtüren aufgleiten, die den Blick auf einen nüchternen Gang freigeben. Als ich ihn entlangblicke, sehe ich ein paar Meter entfernt eine Tür, hinter der ein tiefer Bass dröhnt, und am Ende des Ganges eine weitere. »Gib mir den Führerschein von dem Typen!«, verlange ich von Tommy. Er wirft ihn mir verächtlich zu. Ich stecke ihn in die Tasche und verlasse zusammen mit Syd und Ian den Fahrstuhl.

Als sich die Aufzugtüren schließen, sage ich über die Schulter hinweg:

»Game over, Tommy.«

ZWANZIG

»Welche Tür?«, fragt Ian und sieht mich an.

Auch Sydney erwartet dieses Mal von mir eine Entscheidung.

Durch die hintere Tür gelangen wir vielleicht direkt ins Freie, sie könnte uns aber auch geradewegs in die Arme eines Haufens von *Risk*-Idioten führen. Und wer weiß, wie lange es dauert, bis die Polizei kommt. Ich entscheide mich für die Tür, hinter der die Musik wummert, und öffne sie. Sie führt auf eine Balustrade hinaus, die sich oberhalb einer Tanzfläche erstreckt. Ian und ich sehen uns kurz an und stecken dann schnell die Pistolen weg.

Als wir die Wendeltreppe hinuntergehen, scheint uns niemand wirklich wahrzunehmen. Wahrscheinlich sehen wir trotz meiner zerschrammten Jacke und der blutenden Hand einfach wie ein paar schlecht gekleidete Minderjährige aus, die sich in den Club eingeschmuggelt haben. Unten nehme ich mir eine Serviette von einem Tisch und presse sie auf die Wunde an meinem Daumen. Die Schnitte an meinen Oberschenkeln müssen warten. Wir drängeln uns durch eine lärmende Partymeute, als wäre heute ein ganz normaler Samstagabend.

Als wir den Raum halb durchquert haben, deutet plötzlich eine Frau auf uns und schreit: »Hey, da sind die *Risk*-Spieler!«

Sofort wird die Musik leiser und alle drehen sich zu uns um. Ein Junge zückt sein Handy und fragt: »Was macht ihr denn hier? Ist das Spiel vorbei? Seit ihr das Loch in die Wand geschlagen habt, zeigen sie nur noch irgendwelche Aufzeichnungen. Die Aktion war echt krass!«

Ich fahre zurück. »Du hast zugeschaut?«

»Na klar. Wir haben alle zugeschaut!« Er deutet auf einen großen Bildschirm, auf dem gerade Ty und Daniella in ihrer Schlafzimmer-Lounge zu sehen sind, grün wabernd im Licht der Nachtsichtkamera. Nicht dass ich sie in Farbe hätte sehen wollen.

Ich baue mich vor dem Jungen auf. »Du hast gesehen, dass wir da oben mit Waffen eingesperrt waren? Warum habt ihr uns nicht geholfen?«

»Aber da sind doch lauter *Risk*-Leute in der Nähe, die auf euch aufgepasst haben, oder nicht?« Er deutet auf sein Handy und ruft seinen Freunden zu: »Hey, ich hab euch doch gesagt, dass sie in dem Raum oben sind. Ich hab den Tisch erkannt!«

Alle drängen sich um uns, um uns aus der Nähe zu sehen, rufen unsere Namen und lachen. Zwei Mädchen bitten mich um ein Autogramm, und ihre Freunde fassen mich unter den Armen, um mich hochzuheben, aber Ian kann sie gerade noch daran hindern.

Ich erstarre. Wie können alle hier nur so tun, als würden sie uns kennen? Ich kann kaum glauben, dass sie uns bloß als einen Bestandteil der Show betrachtet haben, über den man nicht weiter nachdenken muss, während ich ein paar Stockwerke über ihnen um mein Leben gefürchtet habe.

Ian und Syd versuchen, mich zum Ausgang zu ziehen, aber ich schüttle sie ab und kämpfe mich durch die wogende Menge und die »Hey Vee!«-Rufe bis zum DJ vor. Auf den Bildschirmen über uns ist jetzt ein Video von Ian zu sehen, der in einem kleinen Raum sitzt, den Blick starr auf einen Bildschirm gerichtet, auf dem ein grobkörniger Film läuft.

Ich sehe einen kräftigen Mann, der einen kleinen Jungen schlägt und in einen Pick-up zerrt, dann wechselt die Einstellung wieder zu Ian, der wie gelähmt dasitzt. Aber von so etwas hat doch niemand ein Familienvideo gemacht, oder? Kein Wunder, dass es bei seinen Preisen immer um Flucht und Freiheit ging. Ich drehe mich um und sehe dem echten Ian in die Augen, der schluckt und blinzelt.

»Der kleine Junge … warst das du?«

Er schüttelt den Kopf. »Nein, aber ich hätte es sein können.«

Der DJ begrüßt uns mit breitem Grinsen und ruft in sein Mikrofon: »Leute, wir haben heute Abend VIP-Gäste hier!«

Ja klar, VIP. Ich nehme ihm das Mikrofon aus der Hand und sage ihm, er soll die Musik ausmachen. Und weil ich für den Moment tatsächlich so was wie eine Berühmtheit bin, tut er sogar, was ich sage. Die Menge wendet sich uns zu. Einige tanzen zu der Musik in ihren Köpfen weiter.

Nachdem ich bei so vielen Schulaufführungen mitgeholfen habe, sollte ich eigentlich langsam wissen, wie ein Mikrofon funktioniert, aber es ist trotzdem ein komisches Gefühl, hier zu stehen. Ich puste darauf, um zu hören, ob es eingeschaltet ist, dann sage ich: »Hi, ich bin Vee.«

»Hi, Vee!«, rufen mindestens ein Dutzend Clubbesucher zurück.

Ich deute auf den Bildschirm. »Ihr habt mich gerade *Risk* spielen sehen und glaubt wahrscheinlich, das sei eine ganz spaßige Art, ein paar coole Preise zu gewinnen. Ich sage euch, wie es wirklich ist: Wir wären da oben fast gestorben! Das Spiel ist echt. Egal, was passiert, bewerbt euch nicht dafür, und seht es euch nächsten Monat auch nicht an. Nie wieder!«

Ein paar Leute gehen an die Bar, um sich neue Drinks zu bestellen, und fangen an, sich zu unterhalten. Die anderen sehen mich weiterhin an, ein paar grinsen, ein paar flüstern mit ihren Freunden, wieder andere gucken erstaunt. Ich erkenne eine Frau vom Parkplatz der Bowlingbahn wieder, die mit den wilden roten Locken. Sie war vorhin noch auf unserer Seite, vielleicht bringt sie ihre Freunde dazu, uns zu glauben. Doch stattdessen zückt sie eine Kamera und richtet sie auf mich. Die Leute um sie herum folgen ihrem Beispiel, und überall im Raum recken sich jetzt Arme in die Höhe, um uns zu filmen.

Ich hätte getötet werden können, und sie interessieren sich nur dafür, ein Video von mir zu machen? Ich muss mich zusammenreißen, um nicht das Mikro in die Menge zu schleudern oder in Tränen auszubrechen. In diesem Moment spüre ich, dass das, was manche Völker glauben, tatsächlich wahr ist: Jedes Mal, wenn eine der Kameras ausgelöst wird, wird mir ein Teil meiner Seele gestohlen. Ich habe das Gefühl, als würde mir alle Energie abgesaugt, hinein in die Hunderten von voyeuristischen Linsen, die meine Angst und meinen Zorn einfangen wollen.

Betäubt, dumpf und leer stehe ich da und weiß nicht, was ich tun soll.

Der DJ stellt die Musik wieder an, und als mich Ian und Syd holen und wegziehen, leiste ich keinen Widerstand mehr. Wir kämpfen uns durch die Menge der Leute, die uns zurufen, wir sollten ihnen Details von den Challenges erzählen, ihnen unsere Telefonnummern geben oder für noch ein Foto und noch ein Video lächeln. Man zerrt an meiner Jacke, packt mich am Arm und tätschelt mir sogar den Kopf wie einem Hündchen. Ohne Vorwarnung werde ich hochgehoben und von einem tobenden Meer von Beobachtern durch den Club getragen. Ich schreie, dass sie mich loslassen sollen, und schlage so wild um mich, dass ich tatsächlich mit einem schmerzhaften Aufprall auf dem Boden lande. Ein Junge reibt sich das Kinn, an dem ich ihn getroffen habe, und nennt mich eine miese Schlampe. Habe ich das heute nicht schon öfter gehört? Mittlerweile ist es mir egal.

Mitten im Chaos findet mich Ian und zieht mich weiter. Als wir den Ausgang fast erreicht haben, wird die Tür aufgerissen, und zwei Polizisten stürmen in den Raum. So sehr ich mir vorhin noch gewünscht habe, dass sie kommen, so unerträglich ist der Gedanke, auch nur eine Minute länger hier in diesem Zoo festgehalten zu werden. Aber ich sollte ihnen wahrscheinlich zumindest die Pistole und den Führerschein des *Risk*-Beobachters geben. Als ich in meine Jackentasche fasse, stelle ich entsetzt fest, dass beides weg ist. Habe ich sie im Chaos verloren oder wurden sie mir im Gedränge von einem *Risk*-Trickdieb abgenommen? Ich zittere bei dem Gedanken daran, dass diese Schweine selbst jetzt noch das Geschehen manipulieren. Vielleicht stehen die Polizisten ja auch auf ihrer Gehaltsliste?

Möglicherweise denken Ian und Syd das Gleiche, denn wir flüchten uns alle in die Eiseskälte nach draußen und rennen mit gesenkten Köpfen bis zum VIP-Parkplatz. Überrascht stelle ich fest, dass niemand die Reifen von Ians Volvo zerstochen hat. Weniger überrascht bin ich darüber, dass Tommys Wagen nicht zu sehen ist.

Da Syd mit ihm hergekommen war, steigt sie mit uns in den Volvo. Im Moment würde keiner von uns es ertragen, allein zu sein. Aber auch mit Syd und Ian bei mir fühle ich mich einsamer als je zuvor. Tausende von Menschen haben uns den ganzen Abend lang zugesehen, und die meisten von ihnen haben keinen Gedanken daran verschwendet, dass wir Spieler echte, lebendige Menschen sind.

Ein Beobachter kommt zum Auto gerannt und klopft ans Fenster, um noch ein Foto zu schießen. Ich schüttle den Kopf und sehe weg.

»Verdammt, was glaubst du eigentlich, wer du bist?«, schreit er durch die Scheibe.

Ich habe keine Ahnung.

Ian zieht zum zweiten Mal seine Fluchtwagen-Nummer ab, um ein paar hartnäckige Beobachter abzuschütteln, dann fahren wir schweigend durch die Nacht. Selbst Sydney sitzt stumm auf dem Rücksitz und schlingt schützend die Arme um den Oberkörper. Bereut sie es, dass sie sich von Tommy hat überreden lassen, mitzukommen? Ärgert sie sich, dass er sie getäuscht hat, wo sie sich doch für eine so gute Menschenkennerin hält? Und da wir gerade dabei sind: Was für ein Mensch ist Ian wirklich? Ich will nicht glauben, dass er tatsächlich ein *Risk*-Spion ist oder so eine Art Web-Exhibitionist. Aber kann ich meinem Urteil überhaupt noch trauen?

Aus dem Augenwinkel sehe ich ihn an.

»Darf ich dich fragen, wie du dir die Privatschule leisten kannst?«

Er zuckt zusammen, nickt aber, als sähe er den Grund für meine Frage ein.

»Ich habe ein Stipendium. Außerdem liefere ich abends jede Menge Pizzas aus. Cool, oder?«

Ich streiche ihm über den Arm. »Es tut mir so leid, dass du deine Freiheit nicht gewonnen hast.«

»Ein Spiel, bei dem man mit Waffen auf seine Mitspieler zielen muss, gehört wahrscheinlich sowieso nicht zu der Sorte, die einen wirklich jemals frei sein lässt.«

Sydney räuspert sich. Als ich mich zu ihr umdrehe, macht sie mit ihren Fingern schnell ein Zeichen: *Er verschweigt dir was.*

Irgendetwas sagt mir, dass sie recht hat. Alles, was Ian heute Nacht getan hat, spricht dafür, dass er ein großartiger Mensch ist. Aber was, wenn das alles nur Show war? Wenn es tatsächlich seine Challenge ist, mir das Herz zu brechen, so wie Tommy gesagt hat?

Mir tut der Kopf weh. Ich könnte meine Eltern anrufen, aber mehr als alles andere will ich mich in mich selbst zurückziehen und den Teil meiner Seele wiederfinden, der mir geraubt wurde. Der Rest der Fahrt verläuft schweigend, bis wir bei Sydney zu Hause ankommen.

Ich steige zusammen mit ihr aus.

»Es tut mir so unendlich leid«, sage ich mit hängendem Kopf.

»Ich glaube, ich weiß jetzt, warum du mitgespielt hast«, seufzt sie. »Aber das Wichtigste ist, dass du uns gerettet hast. Alles ist gut.«

Ich sehe auf. Obwohl ich bezweifle, dass Ian uns im Auto hören kann, spricht Syd nicht weiter, sondern macht mir wieder ein Zeichen: *Schwester.*

Ich antworte mit dem gleichen Zeichen und warte, bis sie ins Haus gegangen ist.

Ian will mich nach Hause fahren, aber ich bitte ihn, mich zu meinem Wagen an der Bowlingbahn zu bringen. Etwas in mir verlangt, dass dieser Abend so enden soll, wie er begonnen hat, nämlich unter meiner eigenen Regie.

Die Neonbeleuchtung der Bowlingbahn ist bereits ausgeschaltet. Keine Keuschheitsjünger, keine Beobachter mehr. Nur ein fast verlassener Parkplatz mit meinem Auto und einem verbeulten Lieferwagen.

Ich sehe Ian an. Seit wir uns vor ein paar Stunden hier getroffen haben, scheint er um Jahre gealtert zu sein.

»Soll ich hinter dir herfahren, um sicherzugehen, dass du gut zu Hause ankommst?«

»Das ist wirklich lieb von dir, aber du bist bestimmt genauso müde wie ich. Fahr nach Hause und ruf mich morgen an. Oder besser gesagt heute. Wenn wir ein bisschen geschlafen haben.«

»Ich hab deine Telefonnummer nicht«, grinst er.

Die halbe Welt da draußen kennt meine Körbchengröße, aber mein Partner hat meine Telefonnummer nicht. Völlig verrückt. Wir tauschen Nummern aus, dann neigt Ian sich zu mir und küsst mich sanft.

»Das einzig Gute an dieser Nacht bist du.«

Ich nicke und steige aus. Ich möchte ihm so gerne glauben, aber ich muss gegen das nagende Gefühl ankämpfen, dass er nur deshalb so nett zu mir ist, weil er damit noch irgendeinen Zusatzpreis ergattern kann, selbst wenn das eigentliche Spiel vorbei ist. Vielleicht filmt uns ja in diesem Augenblick jemand aus dem verbeulten Lieferwagen. Igitt. Wenn sich so Paranoia anfühlt, dann ist sie extrem zermürbend. Aber ich bin zu müde, um darüber jetzt weiter nachzudenken. Irgendwann werde ich schon herausfinden, was Ian wirklich fühlt.

Wenn alle Wetten abgeschlossen sind.

EINUNDZWANZIG

Einen Monat später

Eigentlich bin ich keine Frühaufsteherin, aber allmählich werde ich zu einer. In der Ruhe der Morgendämmerung scheint es fast, als ob alles sich langsam wieder normalisiert. Aber wie bei Schrödingers Katze ist der einzige Weg, das herauszufinden, den Kopf aus der Kiste herauszustrecken und selbst nachzusehen.

Wie jeden Morgen frühstücke ich erst und ziehe mich an, bevor ich mein Handy einschalte. So kann ich die friedliche Stimmung noch ein bisschen länger genießen. Andererseits bin ich auch neugierig, ob sich etwas getan hat.

Eine Nachricht erregt meine Aufmerksamkeit, obwohl sie zwischen den Hunderten von SMS und Dutzenden von Kontaktanfragen beinahe untergeht. Eine normale Tagesausbeute. Was bedeutet, dass mein Leben immer noch verrückt spielt und mir die Aufmerksamkeit einer Menge Menschen sicher ist.

Also werde ich sie nutzen.

Ich sende meine allwöchentliche SMS an alle neuen Telefonnummern und ThisIsMe-Adressen, die ich in den letzten sieben Tagen gesammelt habe. Die meisten Leute werden sie wahrscheinlich sofort löschen oder ignorieren. Aber ein paar hoffentlich nicht.

Liebe Welt!
Ich wäre während der Risk*-Liverunde beinahe gestorben, nur damit die Spielemacher noch mehr Geld machen können. Sie glauben, sie könnten damit durchkommen, die Spieler zu missbrauchen, weil deren Schicksal niemanden wirklich interessiert und keiner weiß, wer hinter* Risk *steckt. Aber damit liegen sie falsch. Sie können sich nicht verstecken. Nicht, wenn wir uns alle zusammentun.*
Also setzt all eure Recherche- und Hackertalente und die eurer Freunde ein und jagt diese Schweine!
Das ist meine Challenge für euch!

Danach ignoriere ich das Handy für den Rest des Tages. Meine Modedesignlehrerin behauptet, ich sei technikfeindlich. Dabei verhindere ich damit einfach nur, verrückt zu werden.

Ich binde mein Haar zu einem Pferdeschwanz zusammen und gehe in die Garage. Zwar habe ich Hausarrest, bis ich volljährig bin, aber dreimal die Woche darf ich morgens joggen gehen. Also steige ich ins Auto und fahre zu einem Waldstück in der Nähe, wo ein grauer Volvo auf mich wartet.

Neben dem Wagen macht Ian Dehnungsübungen. Das T-Shirt und die Shorts, die er trägt, lassen die Muskeln an seinen sonnengebräunten Armen und Beinen sehen. Selbst ich werde durch unser regelmäßiges Training allmählich etwas kräftiger und stelle fest, dass ein definierter Bizeps eigentlich ein ganz hübsches Accessoire ist. Wir küssen uns lange und beginnen dann, unsere Waden zu dehnen.

»Vielleicht haben wir einen Treffer«, sage ich und erzähle ihm von der SMS, die ich vorhin gelesen habe.

»Er oder sie?«

»Gayle. Ihr richtiger Name ist aber Jordan, falls die Gesichtserkennungssoftware sich nicht irrt.«

»Gut gemacht, Tommy!«, grinst Ian.

Nach vielen wortreichen Entschuldigungen hat sich Tommy mein Vertrauen vorsichtig wieder erarbeitet und ist mir bei meinem Kampf gegen *Risk* eine große Hilfe. Mittlerweile glaube ich ihm, dass er keine Ahnung hatte, wie extrem die ganze Sache werden würde. Und es ist ja nicht so, als wäre er der Einzige gewesen, der an dem Abend gegen seine eigentliche Natur und wider besseres Wissen gehandelt hat.

Nach einer Weile gehen wir zu einem Baum und lehnen uns an seinen breiten Stamm, um noch etwas Beinstretching zu machen, bevor wir in lockerem Tempo loslaufen. In der ersten Woche nach dem Spiel haben uns auf unseren morgendlichen Joggingtouren noch jede Menge Beobachter aufgelauert, um uns für irgendwelche Anschluss-Spiele und Belohnungen eines absurden Bonussystems zu filmen. Tommy hat sogar einen Peilsender unter der Stoßstange meines Autos gefunden.

Die Polizei war nicht sonderlich hilfreich. Es könne keine Anklage erhoben werden wegen Mangels an Beweisen, hieß es. Die anderen Spieler beharren darauf, dass die Waffen nur Spielzeugpistolen gewesen seien. Ich bin mir sicher, dass man sie für ihre Kooperation angemessen bezahlt hat. Und der fiese Typ, der uns aus der Bowlingbahn rausgeworfen hat, sagt natürlich auch nichts.

Aber wir machen weiter. Und ich kenne mittlerweile viele Leute, die uns helfen wollen, darunter auch einen Beobachter, der es geschafft hat, ein kurzes Video von Gayle und Guy während der großen Preisrunde zu machen. Es ist von einem Video abgefilmt worden, daher ist das Bild recht grobkörnig, aber Tommy hat alles Mögliche getan, um es so zu bearbeiten, dass eine Gesichtserkennungssoftware es mit Millionen von Bildern im Internet abgleichen kann. Guy und Gayle sind zwar wahrscheinlich auch nur kleine Rädchen im perfiden System des Spiels – genau wie wir –, aber wenn sie uns einen Hinweis darauf geben können, wer die Leute hinter *Risk* sind, die das große Geld machen, lohnt es sich, ihre Spur zu verfolgen.

Ian und ich joggen an einem Geißblattbusch vorbei, der den Geruch von Sommer verströmt. Ich atme seinen Duft tief ein, dann fahre ich erschrocken zurück, als hinter einem Baum ein magerer Junge hervorspringt und eine Kamera auf uns hält.

Ian bleibt vor ihm stehen. »Hey, du musst hier nicht auf der Lauer liegen. Wenn du uns gefragt hättest, hätten wir uns auch so fotografieren lassen.«

Und das stimmt, denn wir haben etwas Interessantes über den Ruhm gelernt. Diejenigen, die am meisten danach gieren, sind diejenigen, die das Publikum am wenigsten sehen will. Deshalb lassen Ian und ich uns bereitwillig fotografieren, wenn wir darum gebeten werden. Wir hoffen, dass wir umso uninteressanter werden, je demonstrativer wir uns zur Schau stellen.

Aber dieser Typ hat nicht gefragt. Also muss er die Konsequenzen tragen. Ian und ich zücken unsere Handys und beginnen, den Beobachter zu filmen.

Er hält sich die Hände vors Gesicht, um unerkannt zu bleiben. »Was soll denn das?«, jammert er.

»Das ist für eine neue Website«, grinst Ian. »Sie heißt: *Guck mal, wer da stalkt!* Bitte lächeln!«

Fluchend dreht sich der Kerl um und läuft davon. Unsere Taktik funktioniert. Meine Aufnahme ist wahrscheinlich verschwommen und zittrig, weil ich immer noch kein neues Handy habe. Aber es gibt Schlimmeres als eine lausige Handykamera.

Eine Meile weiter bleiben wir an einer Holzbank stehen und setzen uns. Ian zieht mich auf seinen Schoß und küsst mich warm und zärtlich, aber ich bin nicht wirklich entspannt. Immer wieder spähe ich zwischen den Bäumen hindurch und frage mich, ob wir wirklich allein sind.

Wir haben lange überlegt, wie wir unsere morgendlichen Treffen etwas verborgener halten könnten, aber sowohl Ians als auch mein Zuhause kommen dafür nicht infrage. Und selbst wenn wir an den entlegensten Stellen geparkt haben, wurden wir von irgendwelchen Irren aufgestöbert, die mit ihren Kameras durch die Fensterscheiben filmten. Ich kann verstehen, warum diese andere Spielerin, Abigail, seit Wochen im Hinterland von Virginia verschwunden ist. Auch wenn ich mir nichts mehr wünsche, als die Macher von *Risk* zur Strecke zu bringen, hofft ein kleiner Teil in mir auch darauf, dass am nächsten Samstag wie geplant die nächste Runde beginnt und die Aufmerksamkeit auf neue Spieler lenkt. Ein schrecklicher Wunsch, ich weiß.

Als ein paar Jogger an uns vorbeikommen, stehen wir auf und laufen weiter. Es verspricht ein schöner, klarer Tag zu werden. Vielleicht können Syd und ich mit unserem Fotografiekurs später ein paar Freilichtaufnahmen machen. Nach der Schule und abends arbeite ich mittlerweile regelmäßig an meiner Bewerbungsmappe für die Zulassung zum Modedesign-Studium. Wer braucht schon *Risk,* um seine Träume zu verwirklichen?

Unsere Laufrunde ist viel zu schnell vorbei. Ian und ich trennen uns nach einem langen Kuss, dann steige ich ins Auto. Als ich losfahre, bemerke ich, dass es im Wagen wie in einer Imbissbude riecht, so als hätte jemand gebratenen Speck darin gegessen. Kommt der Geruch durch die Lüftung? Oder …? Ich drehe mich um und sehe nach, ob sich jemand auf dem Rücksitz versteckt hat. Er ist leer, aber ich spüre trotzdem, wie ich zittere. Wird es denn niemals ganz aufhören?

Zu Hause begrüßen mich meine Eltern mit einem erleichterten Lächeln, so wie immer, wenn ich laufen gegangen bin. Ich weiß, dass es sie ihre ganze Willenskraft kostet, mir wenigstens so weit zu trauen, deshalb tue ich alles, um mir dieses Vertrauen auch zu verdienen. Dass ich ihnen alles über *Risk* erzählt habe, hat den unerwarteten Nebeneffekt, dass sie jetzt wissen, wie sehr ich an meinem Leben hänge. Ich glaube, langsam sehen sie ein, dass das damals in der Garage tatsächlich ein Unfall war. Und wenn ich richtig Glück habe, lockern sie meine lebenslange Gefängnisstrafe nächsten Monat vielleicht ausnahmsweise mal, damit ich mit Ian zu einer Veranstaltung von Habitat for Humanity gehen kann.

»Hast du etwas bestellt?«, fragt Mom und deutet in den Flur. »Das stand draußen, als ich die Blumen gießen wollte.«

Als würde ich mit meinem wenigen Geld irgendwas anderes tun, als es für mein Studium zu sparen. Ich sehe zum Tisch an der Tür, auf dem ein Paket liegt. Aber die Post war heute doch noch gar nicht da, oder? Vielleicht stand das Paket noch von gestern draußen. Der Absender ist eine exklusive New Yorker Boutique, deren Schriftzug in goldgeprägten Buchstaben auf die Pappe gedruckt ist. Auch der Poststempel ist aus New York. Eigentlich deutet nichts darauf hin, dass eine Bombe darin sein könnte, trotzdem flackert mein Verfolgungswahn wieder auf.

Als ich den Karton öffne, finde ich inmitten des Durcheinanders von recyclefähigem Verpackungsmaterial eine Schachtel. Darin befindet sich ein Samtbeutel mit einem Logo, das ich immer und überall erkennen würde, weil ich es schon stundenlang im Internet angestarrt habe. Mit zitternden Händen nehme ich ein Paar apricotfarbener Schuhe aus dem Beutel. Es sind die Schuhe, mit denen *Risk* mich für die Challenge im *Gotta-Hava-Java* geködert hat. Das ist unmöglich. *Risk* hat mir deutlich klargemacht, dass ich durch meine Flucht aus der Preisrunde alle Ansprüche auf meine Gewinne verloren habe. Ist das vielleicht ein Versehen?

In den Schuhen steckt ein kleiner silberner Umschlag, der einen Zettel enthält, dessen Inhalt mich langsam auf den kalten Fußboden sinken lässt.

Ich werde nicht müde, dir zuzusehen, und ich kann es kaum erwarten, dass du wieder spielst.

Ich starre die Schuhe an, die mit jeder Sekunde hässlicher werden. Dann stehe ich mit einem Ruck auf und werfe sie in Moms Geschenkekiste. Da wird eine Frau aus dem Obdachlosenheim bald ziemlich stilvoll ihre Runden drehen.

Ein vertrautes Geräusch schreckt mich auf. Mein Handy verlangt meine Aufmerksamkeit. Aber nicht mit meinem normalen Klingelton.

Sondern mit dem nervigen Singen eines verwöhnten Kindes.

Vorhang

DANKSAGUNG

Bei der Arbeit an diesem Buch hatte ich viel Hilfe und Unterstützung. Mein herzlicher Dank geht an meine Familie und meine Freunde von nah und fern, die mich jahrelang ermuntert haben, während ich davon träumte, Romane zu schreiben. Eure Unterstützung und Begeisterung haben mir über viele schwierige Tage hinweggeholfen.

Dank an meine Lektorin bei *Dial,* Heather Alexander, unter deren Anleitung die Geschichte konkreter und ausführlicher wurde, als ich es je für möglich gehalten habe. Ebenso an Andrew Harwell, dessen Ideen *Risk* auch noch lange nach seinem Ausscheiden aus dem Projekt beeinflusst haben.

Vielen Dank meiner außergewöhnlichen Agentin Ammi-Joan Paquette, deren scharfes Auge und kritischen Kommentare dazu beigetragen haben, das Manuskript in Form zu bringen, und die nie müde wurde, mir Mut zu machen. Solch ein Glück wünsche ich allen Autoren.

Und herzlichen Dank an die vielen kritischen Leser, die miterlebt haben, wie sich diese Geschichte von den groben Anfängen in etwas verwandelte, was tatsächlich veröffentlicht werden konnte. An meine hiesige Autorengruppe, die bereitwillig und kurzfristig immer neue Ideen lieferte und mir – bisher – durch fünf Manuskripte geholfen hat: Annika de Groot, Lee Harris, Christine Putnam und Lesley Reece. An meine

Online-Kritiker, die angeregt hatten, eine bessere Einleitung für die Geschichte zu finden, was dazu führte, dass ich Vee in ein Theater versetzte: Kelly Dyksterhouse, Kristi Helvig, Joanne Linden, Mary Louise Sanchez und Niki Schoenfeldt.

An meine Schwestern und meine Nichte, die ebenfalls mitgelesen haben und mir, wenn ich Zweifel bekam, wertvolle Hilfestellung leisteten: Mary Ryan, Rachel Ryan und Madeline Anderson (deren Tag und Nacht aktives Handy mir zur Idee für eine Geschichte verhalf, in der Handys eine zentrale Rolle spielen), an meinen Halbbruder Tim Beauchamp, den ich rund um die Uhr anrufen kann, um mir technische Fragen beantworten zu lassen – im Fall von *Risk* diejenigen, die sich um den Gebrauch von Schusswaffen drehten. Alle Fehler, die möglicherweise noch im Manuskript vorhanden sind, gehen auf mein Konto, nicht auf seines.

Eine meiner größten Heldinnen seit der allerersten Version war meine liebe Freundin Lisa Berglund, die *wusste,* dass mein Buch eines Tages veröffentlicht werden würde. Die einzige Wolke am ungetrübten Himmel dieses Tages ist, dass sie dieses Ereignis nicht mit mir feiern kann. Wenn es im Himmel einen Buchclub gibt, dann leitet sie ihn ganz bestimmt.

Nicht zuletzt geht mein Dank an meinen Mann und meine Kinder, die mich zahllose Abende unterstützt haben, als »Mom ins Café ging, um zu schreiben«. Sie sind mir eine so große Hilfe und gestalten den Schreibprozess aktiv mit, indem sie Bilder davon zeichnen, wie eine Szene aussehen soll, oder über Ideen für die Geschichte diskutieren. Ich liebe sie mehr, als ich sagen kann. Und ich schulde ihnen nach meiner Rechnung 1509-mal Mittagessen.

Robert Muchamore

Top Secret

Sein Name ist Adams. James Adams. Und er ist Mitglied der Spezialeinheit CHERUB des britischen Geheimdienstes, die Jugendliche zu Undercover-Agenten ausbildet. Die jungen Agenten werden weltweit immer da eingesetzt, wo sie als unverdächtige Jugendliche brisante Informationen beschaffen können. Doch vorher müssen sie sich in einer harten Ausbildung qualifizieren!

Der Agent
384 Seiten, ISBN 978-3-570-30184-5

Heiße Ware
352 Seiten, ISBN 978-3-570-30185-2

Der Ausbruch
352 Seiten, ISBN 978-3-570-30392-4

Der Auftrag
368 Seiten, ISBN 978-3-570-30451-8

Die Sekte
384 Seiten, ISBN 978-3-570-30452-5

Die Mission
384 Seiten, ISBN 978-3-570-30481-5

Der Verdacht
384 Seiten, ISBN 978-3-570-30482-2

Der Deal
448 Seiten, ISBN 978-3-570-30483-9

Der Anschlag
380 Seiten, ISBN 978-3-570-30484-6

Das Manöver
416 Seiten, ISBN 978-3-570-30818-9

Die Rache
480 Seiten, ISBN 978-3-570-30826-4

Die Entscheidung
384 Seiten, ISBN 978-3-570-30830-1

6279

cbt

www.cbt-jugendbuch.de